hao ren zong zai xin li

跨度新美文书系
Kuadu Prose Series

好人总在心里

张庆和 著

中国文史出版社

蜂抚百花，酿蜜一滴。
蝶舞旭境，缤纷世界。
在文学的小路上学步，
转眼已达五旬光景。
值本书出版之际，
谨向过往时光里，
关爱和帮扶过我的
所有师友致谢！致敬！

目　　录

走山吟水天地宽

情到深处意难掩

漂泊尽头是故乡

实话真说也是药

文情友情情深深

走山吟水天地宽

白浮泉的记忆

　　轻雷隐隐，细雨纷纷，踏着蜿蜒山阶，走近，走近……

　　要走近的是一座山，名为龙山。此山位于京北昌平东南方。山不算高，山腰处有一名泉，叫白浮泉。此泉名字由何而来，并无太多说道。据地志记，由于距离山下不远处有一村庄叫白浮村，故而得名。

　　在通州居住多年，距离大运河不近也不远。曾去岸边一回回眺望春柳，也曾临水一次次问讯秋波，不怕人见笑，还就是没打听过运河的源头在哪里。这不，听说白浮泉就是大运河的故乡，谒见之心甚为迫切。

　　行进的历史有许多相似之处，比如由于一件事而造就了一个人，或因一个人而成就了一件事。说起白浮泉，就不能不提起元代的那位科学家郭守敬，也正是他发现了白浮泉，并开发利用了白浮泉，才使大运河的碧波荡漾不枯，韵响千年，从而亦为郭守敬丰硕的科学成果增添了一缕幽幽香气。

　　白浮泉有座泉池，池壁上一溜探出九个龙头。据说滔滔泉水当年就是从那龙嘴里喷射出来的，然后又沿着郭守敬规建的渠线，先西行，再南甩，一路曲曲弯弯，波波清涟便乖乖地流进了百里之遥的昆明湖。人们可曾知道，白浮泉与昆明湖的海拔高度是有差别的呀，要精确地测量出这百里地势的落差，要让向着低处流动的白浮泉水一路畅行，不因地势高低变化而受阻碍，即便使用现代的测绘工具，恐怕也是有一定难度的，而几百年前的郭守敬竟然做到了，而且不差分厘。这白浮泉眼下虽已干涸，望着眼前的一幕，想象当年郭守敬修渠治水的情景，人们不禁投去了感叹和敬佩的目光。

据龙山游册记载，郭守敬系河北邢台人，元朝著名的天文学家、数学家、水利工程专家，在天文、历法、水利、数学等方面成就卓越。当时他奉命修订的"新历法"一直沿用三百余年，也早于世界历法三百年。1970年，国际天文学会曾以郭守敬的名字为月球上的一座环形山命名，为"郭守敬环形山"；1977年，国际小行星中心又将小行星2012命名为"郭守敬小行星"。这不是一般性的国际褒奖，是当代世界对一位科学巨匠的认可和铭记。

是呀，人们是不会忘记那些为人类文明和进步事业做出过贡献的先贤名哲的。

早在元朝皇帝忽必烈移都北京建立元大都后，城里人口一下子激增到四五十万，人们的生活或面临缺水的危机。一天，忽必烈把郭守敬召到面前，给了他一个新差事："都水监。"要他负责修治元大都至通州的运河，一是可解决人们的饮用水问题；二是可疏浚通州至大都的运粮船道。郭守敬领命，极其负责。作为一名杰出的水利专家，他深深懂得，欲使河道水势旺盛，人足饮用，舟船畅行，首先要找到足够的水源才是。为此，郭守敬花费了近一年的时间，风餐露宿，足迹踏遍了京北大地，曾先后发现近百处泉源，最终把水势不凡的白浮泉作为极好的可用之水，并立即动手勘测绘图，修渠引流。传说忽必烈很支持郭守敬的工作，曾命大臣们去参加修通水道的义务劳动，致使治水工程进展顺利，动工仅一年多就"引泉"成功，滔滔不绝的白浮泉水就驯服地奔流进了大运河，从此"通惠河"亦由此而定名。

据有关记述，郭守敬天资聪慧，少年时就勤奋好学。在其祖父郭荣的教养下，做事认真精细，且勤于善于动手制作各种器具，十四五岁就弄懂了在当时连一般成年学者都难以解开的"莲花漏图"（北宋科学家燕肃在古代漏壶基础上所改进绘制的一种计时器）。也正是受那次解图的启迪，以至于后来郭守敬攀登上了改进、发明、创造新的天文历法的世界高度，并因此写出了能够推算下一年时历的《授时历》等百余卷述。

　　面对沧桑的白浮泉遗址，怀想郭守敬的巨大科学成就，深知这一眼泉、一片湖、一条河是难以支撑其科学巨匠头衔的，他一定还有更多的科学发现正如他的名字一样被民间百姓知之甚少。这是为什么呢？近期读了有关郭守敬的一些资料方悟：原来郭守敬的科学研究成果确实遭遇了不测。

　　郭守敬后半生，虽然已经当上了太史令，却一直没有停止所热爱的具体天文研究。他曾经把自己制造天文仪器、观测天象的经验和结果等极其宝贵的知识编写成百余书卷。然而，认为民可使治之不可使知之的封建帝王元世祖虽然支持了改历工作，却不愿让真正的科学知识流传民间，把郭守敬的天文著作统统锁在深宫秘府之中，使那些宝贵的科学遗产几乎全部淹埋。当时，为观测天象所用，郭守敬还改进了北宋时的"浑仪"，并取名"简仪"。此仪器与现代"天图式望远镜"的构造基本一致。在欧洲像这种结构的测天仪器，直到18世纪以后才开始从英国流传开来。据有关记载，这架"简仪"一直到清末还保存着，后来被在清朝钦天监中任职的一个法国传教士拿去当废铜给销毁了。现在只留下一架明朝正统年间的仿制品，保存在南京紫金山天文台。

　　这是郭守敬及其科学成果的遭遇，也是历史的遗憾。然而，遗落在京北的白浮泉以及参照了郭守敬引泉入京水道而修建的当代京密引水渠，却以它奔流不息的态势珍存了对郭守敬这位科学伟人的记忆，也在不停地向世人述说着他的历史贡献。

古韵悠悠是晋中

　　晋中几日，车飞步疾。望着眼前不时飘过的一簇簇古建筑群落，身心情不由己地被迎面扑来的一串串古意笼罩。那凝固的悠悠筝弦，那停摆的叮咚驼铃，那沉睡的切切洞箫，以及尘封的鼙鼓金号，一个个先贤明哲，随着一种美好感觉的抚摩，仿佛都在复活。其形，其韵，其灵，久久萦绕不去。

　　榆次，是去晋中叩开的第一个门户。

　　说起榆次古城，曾经有过一段难忘的遗憾。十多年前，作为单位的工会主席，我曾陪同离退休老同志有过一次"山西游"。那一次，大家看晋祠，寻祖根，走五台，谒佛洞，当然，已经热映过的"乔家大院"是不能不去的，甚至连峭壁上的悬空寺也没有错过，偏偏这个"榆次"，事先却没有被列入"计划"。那天已近黄昏，当车过榆次时，人们惊叹地问：这是什么地方？古意缭绕，状若仙境，好壮观好气派呀！延安时期，曾经做过新华广播电台第一代播音员的王恂先生了解这里的情况，他给大家概述了榆次的历史沿革和传说。由此，我对榆次才略知一二，同时也为那次没能和大家一起游历古城而深感遗憾。

　　走进榆次老城，似乎这里正在举行一种什么仪式。锣鼓喧天，人们穿红戴绿，各式奇装异服纷呈。扭的唱的，跑的跳的，抬亲的迎嫁的，装丑的扮靓的，表演的旁观的，老老少少几乎挤满了街巷。看得出，这是主人专为客人的到来而设，其用心可嘉。但我等一行急切的是企图走进老城内部，去领略它的千年风貌，聆听它的古老韵味，对其盛情没敢

6

过多逗留。

榆次古城，雄伟，排场，且寓政治、宗教、商业、民居于一体，其年岁超过北京故宫近一百年。它既是兴建者处境、情境的外化，也是设计者和建造者高超技艺的展示，堪称国之瑰宝。其实，往深处看，它的地下还有一城，即猫儿岭古墓群。这是一座精美的地下建筑群，踏进这块宝地，仿佛听到了春秋战国的人喊马嘶，也似乎看到了秦汉争斗的刀光剑影。我想，也许正是这座古墓群，有如先人植入地下的一粒粒种子，那种子继而生根、发芽、长叶，才长成了榆次这座地上古城，被后人仰慕。

站上榆次古老的塔楼眺望，那被仰慕者就真的移步走来了。

那是留下巨著《三国演义》的罗贯中吗？他长袍加身，衣袂飘飘。是刚刚走出祁县老宅正准备远行漂泊，还是晚年回归故里河湾村的疲惫身影？

那是"负荆请罪"的廉颇老将军吧？他来了，坐骑蹄声嗒嗒，大刀映日辉月。老将军攻则取，守则固，百战百胜，威震天下，时称一代"战神"。晋中榆社县城西二里处那个依山傍水、风景秀丽、民风淳朴的小村庄——廉村，正是将军老家。

将军挥剑，文士持笔。接着，一大群晋中英豪组成的名士方队也紧跟着走来了，其阵容磅礴，步韵铿锵——

他正是《三国演义》里巧施"美人连环计"的王允。王允家在祁县，一座被人们祭拜了两千多年的"王允墓"，述说着他的忠贤、智慧与不朽。

诸葛亮神机妙算，几度出祁山伐魏，对他却无可奈何。见久攻不下，只好退兵而去。这个以少拒多的守城名将就是郝昭，为榆次区人，《三国演义》曾经为他绘了浓浓的一笔。

还有"诗佛"王维、"诗王"白居易、"花间鼻祖"温庭筠等文人墨客，都是祁县人。他们或"鸡声茅店月，人迹板桥霜"（温庭筠）；或"同是天涯沦落人，相逢何必曾相识"（白居易）；或"遥知兄弟登

7

高处，遍插茱萸少一人"（王维）。他们个个才华横溢，学富五车，终生为诗，好诗佳句流传千古。

祁县多才俊，晋中贤士众。绵山是一定要去的，因为这山里有一位人人皆知、念念不忘的历史名臣——介子推。

介子推，春秋晋国人，忠良贤智，彪炳青史。在追随晋文公流亡途中，他曾"割股啖君"，后又"功不言禄"而流芳千古。到得绵山方知悉，原来介子推就安葬在这里，并且比较完整地了解了"清明节"和"寒食节"的来龙去脉。

我们常说人民"伟大"。其伟大就在于对那些为国家、为百姓做过好事、有过贡献、清廉守德之人总是念念不忘，并且要想方设法予以各种形式的怀念：端午节里的屈原，清明节里的介子推，如果不是人民自觉情愿地世代传续，任由君王圣敕，恐怕也难以承继。

窃以为，无论大自然馈赠的礼物，抑或文明时代的珍贵遗存，一景一物都是有灵性的。你对它恭敬，它必以恩泽惠报。晋中的山山水水，路遇的先贤明哲们，你们自管安坐祭坛，且受我深深一礼，以弥补沿途匆忙拜谒不周之过。

观山思古在武夷

柳永是北宋词坛高手，武夷山是他的出生地。到武夷山不去见见"柳永"，肯定会留下遗憾。于是，在同行的人们拜谒"朱熹"的路上，我独自拐弯，走进了柳永纪念馆。

这是一尊大理石雕像：风尘仆仆的柳永刚刚步出家门。

柳永要去哪里？他一生颠沛流离，居无定所，不是自谓"流浪词人"吗？难道那尘世的风风雨雨并未使他疲惫，依然眷恋着家外的万千风景？

武夷山碧水丹山，人杰地灵，曾经孕育生成了许多动人的故事和传说。历代达官来这里印下过足迹，无数文人到此地留下了墨宝。然而，那个适应着当时都市的繁荣和小市民的需要，突破了小令的局限，继承了唐代民间乐曲传统，发展了唐代民间慢词，开疆拓土，从而奠写了宋词昌盛基础的柳永呢？在这里，除了这座新建的"柳永纪念馆"，再没有关于他的任何一点踪迹。

不用了，留下那么多优秀作品就够了。历朝历代，不是有很多权贵企图自己不朽吗，他们这里题字，那里树碑，但真正留在人们心里的又有几多呢！然而柳永"衣带渐宽终不悔，为伊消得人憔悴"。当今能识几个字的，谁不记得他的这一名句！

公元987年，柳永出生在武夷山（当时叫崇安）。早在幼年时，他便跟随做官的亲人远去了宋都开封，从此就再没有回归过故里。

柳永有一首叫作《鹤冲天》的词，其中有这样一句："忍把浮名，换了浅斟低唱。"关于这首词产生的背景，民间有这样一种传说：柳永所处的时代，是北宋王朝经济发展的最高峰期。为了迎合小市民的心理，博取歌妓们的资助，他写的词有些的确是无聊之作，因市井流行，一直传到了宫廷内，连仁宗皇帝都知道他的名字。柳永家族几代为官，柳永也是想做官的，大约三十岁时，他曾去应进士试，并且考中。但到发榜时，皇帝却把他革掉了，说："此人风前月下，好去浅斟低唱，何用浮名？且填词去！"

柳永做官的愿望破灭了，从此就让自己的生命动力转移到了"忍把浮名，换了浅斟低唱"，以结交青楼的红颜知己为人生慰藉，把为歌女填词作为流浪生活中的一种职业。毋庸置疑，在他写下的无数庸俗的文字的同时，其中也不乏大量脍炙人口的名章佳句。如："执手相看泪眼，竟无语凝噎"，"多情自古伤离别，更那堪，冷落清秋节！今宵酒醒何处，杨柳岸，晓风残月"，等等。篇篇章章，写伤离怨别之情，诉相思怀念之苦，叹人生失志之悸，以及春女善怀的情愫，都得到了淋漓尽致的宣泄。

当然，柳永的才气除受到了皇帝的褒渎，其后来的一些风流韵事也曾被同代以至后来的一些文人墨客所斥责，尽管他们并不否定柳永对宋词写作手法的贡献之大。据说苏轼就很看不起柳永，但当读到《八声甘州》中的"渐霜风凄紧，关河冷落，残照当楼"的句子时，也不由发出了"此语于诗句不减唐人高处"的赞叹。

柳永出身宦门，是富家子弟，但他对劳动人民的疾苦是怀有一定同情心的。已经不太想当官的柳永在他快五十岁时，却又当了一个管盐的基层小官。他曾写过一首名为《鬻海歌》的诗："鬻海之民何所营？妇无蚕织夫无耕。衣食之源太寥落，牢盆鬻就汝输征。"在诗中，当柳永具体述说了盐民们十分艰苦的制盐过程，以及如何受地主、官僚和奸商的欺诈、剥削的不幸遭遇之后，接着便愤怒地控诉："周而复始无休息，官租未了私租逼，驱妻逐子课工程，虽作人形俱菜色。"

这是一首很难得的诗，足以反映他同情劳动人民，痛恨官府奸商，

"洞悉民疾，实仁人之言"，富于人民性的思想感情。

柳永走了，永远地走了。望着他栉风沐雨的背影，我情不自禁地感叹——假如柳永在见到皇帝时会讨好权贵，也能"云想衣裳花想容"地来一番曲意逢迎；假如柳永试进被革名之后，不灰心，不泄气，能洗心革面，不自毁"长城"……

凭他的才气，凭他的坦诚，凭他的良知……然而，命运只给柳永做了一种安排：他穷困潦倒，死在了一座寺院里，连棺材都买不起，是众歌妓闻讯后，集资安葬了他。

这就是他——一个才华横溢而不得志的柳永；一个四处流浪、几乎乞讨为生的柳永；一个为宋词昌盛做出了巨大贡献的柳永；一个令人钦敬又使人惋惜的柳永；一个被后人争议着却又鲜活的柳永……

海边，望着浪花

浪花呀　疾首顿足
使劲拍打岸的胸脯
哦　大海在倾诉

墙皮剥落的石堡，被高岭土死死堵住"嘴巴"和被强盗的利刃砍断"手脚"的岸炮，还有那座仿佛被挖掉眼球、正木木地瞪着天空的销烟池……

惨烈的岁月曾经把这里踩得痛不欲生；沉重的历史曾经压得它气喘吁吁。

而林则徐呢？那个身着官服，头戴顶戴花翎，面色凝重，右手抚须，一副威严端坐、大义凛然，曾经伟岸在小学课本里的钦差大臣呢？那个屹立在中国思想的制高点上，以变革求新的眼光打量世界的先贤明哲呢？

终于，这一切都实实在在地叠现在了我的眼前。

这就是虎门炮台。

探访这片中国近代史的始源地，祭祀在这里为国殉难的英雄儿女，曾经是我许久的心愿。

仰望着眼前的一簇簇雕像，触摸着被战争的牙齿啃噬留下的斑斑伤痕，我的目光不觉抛向了那个浴血拼杀的战场：

虎门的布防，不可谓不周；清军将士，不可谓不勇。然而他们却失败了，败得很惨，数千忠勇无一生还，全部壮烈牺牲在了这里。

这是为什么呢？

长长的虎门炮台弯曲着，宛若一个大大的问号。在问天，在问地，似乎也在问来到这里的每一个人。

逝去的人是悲壮的。但那是一个朝代制造的罪恶，是整个中华民族经历的灾难。

在鸦片战争纪念馆里，有一处浓缩的且被现代科技手段再现的战斗场景：火光冲天，炮声隆隆，数千将士正殊死格杀；浓浓硝烟弥漫着，遍地尸体纵横着……

清军将士对那场战争的胜利本是充满希望的，而他们可曾想到，飞舞的大刀怎能抵得过先进的洋枪，热血澎湃的胸膛哪里扛得住牢固的舰盾。正当勇士们期待援兵，准备最后一搏的时候，他们又哪里能想到，那些贪图安逸富贵、苟且偷安、屈膝求和的朝廷奸佞，如何容得下此等刚烈。所以，首先被出卖的正是这些国家忠良。就这样，以中华民族血液里的英雄气质灌溉养育的一批最优秀的男儿，一个个都倒在了挣扎、绝望之中。

这里的花，无不浸润了烈士的鲜血；这里的叶，无不为他们沉痛哀悼……

浪花呀　疾首顿足
使劲拍打岸的胸脯
哦　大海在恸哭

是的，从根本上说，杀死他们的，不是英军，也不是英军的坚船利炮，而是清王朝自己。是朝廷里那些吮尽人民骨髓的昏庸的权力持有者，是那个喂养着无数蛀虫的腐朽污浊的社会渊薮和那个极不合理的社会结构。

海潮退去了，岸边走来一群捡拾贝壳的少男少女。他们嬉笑，他们追逐，他们不时地弯腰拾起一枚枚喜悦，抑或扬手放飞心中的满足……

这是一群天真活泼的孩子呀！

此刻，也许他们不会想到那段历史，也不会记起那场战争。

是啊，有谁不想把那段民族的屈辱尽早忘却呢？然而，人们却无法忘记！

> 浪花呀　疾首顿足
> 不停地拍打岸的胸脯
> 那是大海在叩问
> 是历史在嘱咐……

狼牙山远眺

　　狼牙山本无名，在中华大地上它仅仅是千万秀峰中极为普通的一处。然而，自从那年那月那天的那一场抗击恶魔的战斗之后，狼牙山便有名了，继而名扬天下。

　　蒙蒙细雨中，我听到花草在歌唱，大山在诉说——

　　兽性的蹄在践踏我们的国土，锋利的刃在惨杀我们的百姓！苦难中挣扎的中国人民啊，外受欺辱，内遭蹂躏，血性的男儿岂能熟视无睹！于是，在大江南北，在黄河两岸，山，举起了刀枪；水，唱起了战歌。千千万万有志男儿，一起奔向了抗战前线！

　　前线，其实就是一条生死线。在那里，前进一步，就要遭遇敌人，就要殊死格杀，就要付出血的成本和生命的代价。所以，在前线，敢于前进的，是勇士，是英雄，是耸立在人们心中的光辉。而胆怯退缩的，就成了逃兵，成了叛徒，成为千古唾弃的耻辱。狼牙山的五位勇士，面对多于自己数十倍的对手，他们选择的始终是"前进"！一直前进到无路可走的最高峰。这高峰，不仅仅是一种地理高度，更是一种精神信念的高度。站在这高度上俯视，苟且的生渺小了，凶恶的敌人低矮了，所以勇士们才选择了折射生命之光的另一种前进，踏着脚下的渺小和低矮，高呼着感召胜利的口号，纵身跳下了万丈悬崖！

　　那是惊天地泣鬼神的一跳，是震撼亿万心灵的一跳，是让生命和青春瞬间升华的一跳。那一跳，如雄鹰搏猎，让一股英雄气激荡神州。那一跳，若流星闪烁，把光明播撒进天下人心中，勇士们以自己青春生命的凋谢，让祖国收获了胜利的果实。

可不是吗！听，风在吼，马在叫，黄河在咆哮；看，在高高的山岗上，在密密的丛林里，子弹射进了敌人的胸膛，大刀向鬼子们的头上砍去……那是一段怎样波澜壮阔、激情燃烧的岁月啊！

登上五勇士舍身跳崖处，仰望高高的五勇士纪念塔，心中不由生出几多感叹。

举目眺望，不远处清西陵似隐约可见。清王朝入关后的第一代皇帝就曾经规定，不论谁登基坐殿，自当皇帝那天开始，就要为自己选陵造墓，甚至一座比一座奢华，其目的无非是想要自己死后不朽。至于皇帝们的墓地花去了国家多少银子，谁也无法说得清楚。而只知贪婪吮吸人民血汗的皇帝们，如今除了能使一些喜好制作、戏说电视剧的人还能赚些小钱外，已经再无多少实质性价值可言。可五勇士却不同，他们生前无所求，死后无所取，为祖国、为人民义无反顾的英雄气概，已经成为一种精神，一种基因，浸入中华文化的血脉之中，营养着不屈不挠的民族之魂。

登山时，雨一直在头上飘，雾一直在身边绕，狼牙山被笼罩在迷蒙之中。一到山顶，骤然间雨停雾散，山也明亮起来，像五勇士睁开的眼睛。

那天下山返回已是中午，看到还有很多人正在向狼牙山顶端攀登。这么多人，为什么要来？是祭祀？是追忆？还是仅仅为了看景？如今，人们的思维已经不再局限于行走于一条通道了，不管登山者们出于何种动机，但有一点可以肯定：只要来了，就不会不知道五勇士和五勇士的动人故事；天天月月年年，前赴后继，那动人的故事就会不停顿地在人们的灵魂深处复活。所以我才有理由说，五勇士的壮举，作为一道景观，必将与狼牙山一起，在人们的记忆中永存。同时，也很希望那些曾经企图把狼牙山五勇士从学生教科书里删除的人们，不妨也来狼牙山走走看看，让激荡在这里的那股英雄气，拂去蒙着心灵的浮尘。

荔波一棵树

荔波在黔南。这里气候温润，四季常花，被叫作地球腰带上的"绿宝石"。作为一棵植物，能够在这里生长，是很幸运的。不信，就看看这一棵树。

那是一个阳光打着折扣的上午。樟江岸边，林荫际处，诸友徒步而行。迎着或瀑或流滔滔而泻的江水，望着或枝或丫摇曳多姿的浓郁，我的心也就不安分地蓬勃荡漾起来，恨不能把这大自然馈赠的千般美好，立刻一览无余。

正行走在通往大七孔古桥景区的路上，一棵奇特的树，蓦地挑开了我的眼帘，使我惊异的目光一下子搭在了这棵树上。

怎么会有这样一棵树呢！

它茶杯般粗细，高不过四五米。盘龙交错的树根整个地裸露着，而且还生怕被谁抢走了似的齐心协力地紧紧搂抱着一块块乱石。那形态就像一堆洗净的红薯，在根的周围竟找不到一点可供养分的泥土。而这树却泰然地活着，活得壮硕，繁茂的枝叶障天荫地。

是谁雕琢了这一棵树，把它塑造成这样一种状态？而它又是以怎样的一种毅力牢牢坚守在这里的呢？顿时我的心被震撼了，情被扯动了。

从这树周围留下的痕迹看，这里曾经是一条山洪行走的过道。想象得出，当初这里一定发生过一场惊心动魄的掠杀：一个大雨滂沱的夜晚抑或是白天，蛮横的山洪咆哮着奔泻而来，它们为了自己行进的畅快，便不顾一切地撕咬、冲撞。纤弱的草被践踏了，婷艳的花被摧折了，松

17

软的土被卷走了。那些充当卫士的树木呢？也没能经受住山洪的淫威，一棵又一棵地俯首缴械了，留下的只是这光秃秃的板石。而唯有这一棵站立的树，勇敢地抗争过，战斗过，没有倒下，经过和山洪的几番搏斗较量之后，顽强地生存下来。

祝福这一棵树吧，它是劫难中的幸存者，更是恶战之后的胜利者。而它又是靠了什么力量才取得了那场搏杀的胜利，进而成为这山林中的强者呢？

同行的植物研究专家余先生告诉说，作为一棵树，必须有大于其树冠三倍的根才能存活和生长。依此推断，这树一定有比人们肉眼所见到的大于树冠的几倍的根，在更深处伸展着，旺盛着。就像蚯蚓翻松泥土一样，默默地为树做着属于自己该做的事情。原来，这才是树之所以岿然不动的根本理由呀！这时候看那一棵树，果然，它的无数条根系正是在穿越石丛之后，又钢钉般深深刺入地下的。加上它的一些边根又是紧紧地把那堆乱石抱在了怀里，这样就产生了一种难以动摇的坚定——根抱着石，石帮着根。根，千方百计地寻找生长的土；石，忠贞不渝地护卫坚定的根。根石相助，紧密合作，树才成为了这样一簇令人感叹的景观。这时候再看树，简直就像一部内容丰实的哲学著作，它令人思索，它给人启迪，它使人咀嚼品味再三。

树啊，你看到了吗？在你面前，有多少双惊羡的眼睛仰视着你。树啊，你听到了吗？在你身旁，有多少赞美的话语品评着你。与你合影，与你道别，与你依依不舍。而根却依然默默无语，甚至任由那些与树合影人的脚踩踏自己的身躯。

祝福你，小树！你于劫难中涅槃，你在平凡中巍峨。你是万木丛中的独秀，你是锦绣荔波的自豪。你彰显风骨，你展示意志。你是昭告，你是诉说，你是心灵的慰藉……

满眼秀色染诗心

一溪秀水，流韵潺潺；一条绿道，枝抚叶慰。这秀水，这绿道，依山势，就水形，宛若一对热恋的情人，彼此缠缠绕绕，不离不弃，一路蜿蜒而去。

秀水名为永安溪，波光粼粼，千年不枯，被仙居人称为母亲河；绿道，是仙居人近年来新打造的一条步行道，一路花映荫蔽、绿意盎然。

这曲曲弯弯的景观去了何方？终点又在哪里？问号一出，神仙居"方丈"陈子干先生的回话便飘了过来：绿道设计总长度为五百余公里，现在已经修通四分之一，用不了太久，它就会走乡串镇，把仙居县境内的村村寨寨紧密地连接在一起。

我顿悟：这是在织一张绿色的网呀！画家外形于图，诗人外形于意，作为当地父母官，爱家乡惜山水追求美好的愿望，不正是外化于景吗！能以画的眼光审视布局，以诗的情怀安排山水，把生机和活力裹挟，让健康和快乐同行，而且还要连接成网，可见其善心其境界。网是什么？它无止境无终极无遗漏，那里隐匿着的可是一个无限数啊！这是否象征了这网打捞起的好日子没有尽头，长着呢，而且还要连接一起，共同分享。

漫步绿道，枝叶间有花朵微笑，耳边闻翠鸟鸣啭，脚下是溪水淙淙，嬉戏的鱼儿轻摇银尾，如此景色驻之仙居，实乃恰如其分。望此生彼，不由我又回到了当年驻守黄土高原的一幕。

沟多没水流，山多和尚头，遍地是黄土，风吹石头走。这是当初面

19

对寸草不生的营房驻地，大家对那片荒漠的形象描述。那里的路，晴天洋灰（扬灰），雨天水泥。苦中求乐、喜好幽默的战士们曾经想，要是有棵树该有多好。听者有意，还就有浙江战友探亲时从家乡带来几棵树苗。见到了那几株翠绿，战友们像见到了亲人一样亲热，像见到了江南风景一样兴奋，大家立即七手八脚把那几簇绿意植于连队营房门口两侧。黄土高原常年干旱，没有地下水可取，吃水都是由部队送水车从几十里外运来的，那时候，节约用水就成了新兵入伍的第一课。尽管如此，大家每人每天还是要自愿节省出一点点清水，分送给小树享用。日升月落，朝来夕往，在大家的经心侍弄下，那几棵小树也在慢慢长高。后来，由于部队移防，营房废弃，不知那几棵小树的命运该是如何。由于有了这样一段心结，当看到完全用绿色营造出的仙居绿道之后，心情着实被这绿浓浓地染了一层。甚至想，当年军营门口的那几棵小树，如果能迁移到仙居生长，该是多么幸运呀！它肯定也会像仙居的所有绿植一样，热情地加入这支庞大的绿色合唱队伍，不知疲倦、不图回报地甘愿奉出那份被绿染透的歌声。

绿是春天和兴旺的布告，绿是生命蓬勃的宣言；绿是单纯，绿是幼稚。仙居人就是因了这"单纯"和"幼稚"，迎八方客，暖百姓心。在绿道上，哪怕只是很随意地走一走，那茂密所释放出的超高负氧离子，也足以让心灵和肺叶像沐浴了一场盛大节日般舒畅。

看书时曾见这样一说，中国的北方是男人，南方是女子。到仙居后，看了与绿道结缘同行的永安溪水和那绿润润的空气，还真的有些相信了。那弯曲的水形婀娜多姿，像极了翩翩起舞的江南少女；那潺潺的清澈轻抚绿岸，又恰似纤细的柔指梳拢刘海儿。

美好的山，温润的水，谁见了都爱。"军营门前有一条小溪/每逢星期天溪水都格外的绿/问班长他总是笑着不语/仿佛那是大自然的规律。"面对一道北方的溪水，当年一位叫智猛的浙籍战友曾经写诗抒怀。"溪水又绿了/我沿着溪水寻找绿的秘密/泉水边响起雷锋之歌/哦，班长走来了/他手提一桶绿军衣。"

20

那时候我和智猛都爱诗写诗，我写了《身旁流着一条小溪》，表达对亲人的思念；他则把战友情、同志爱抒发得酣畅淋漓。只是这战友就在我去军校学习时退伍离开了部队，从此杳无音信。智猛那么热爱异乡的山水，对于江南家乡他一定会爱得情更深，意更切，说不定在这水润的江南绿道上就有他抛洒的心血与汗水呢。

　　如果你也来到这根须深深扎进历史的仙居县，走进这文化厚重得不可搬动的天姥山，面对这景这色，令人不知道用什么语言去表达爱意时，我敢说，每个人都难免会张开想象的翅膀，让自己的心灵去实现一次跨界飞翔。

魅力柳祠

　　感谢柳侯祠里那拂去尘埃的史页，让我走近了那个被世代怀念和景仰着的柳宗元，让我真切地触摸到了他的脉搏……他从哪里来？又到哪里去？一切都变得清晰起来……我望见了他精神的高度——"虽万受摈弃，不更乎其内"积极向上的用世之道；我觅到了他精神的根部——为国家忧，为百姓虑，博大而善良的诗人兼思想家的政治情怀。

　　柳宗元是四十七岁时病逝于柳州刺史任上的。世世代代的人们之所以景仰他、参谒他，除了其散文诗歌的巨大成就之外，与其勤政、清廉、爱民的人生观以及在柳州刺史任上的积极作为是不可分的。

　　彼时，柳宗元虽属贬官，可他对自己的要求却很严格。还在赴任的路上，他就蓄结了"从此忧来非一事，岂容华发待流年"的美好心愿。到任不久，经过了一番认真"调查研究"之后，就开始了他兴利除弊的施政措施：兴教育，却巫术，打井栽柳，植柑种花，制定新政，解放奴婢……一项项利好新政不断出台，大受当地百姓欢迎。短短几年时间，使人民富裕，社会安定。正如柳侯祠碑文所铭："民业有经，公无负租，流逋回归，乐生兴事。宅有新屋，步有新船。池园洁修，猪牛鸭鸡，肥大蕃息。子严父诏，妇顺夫指，嫁娶葬送，各有条法，出相弟长，入相慈孝……"直至众百姓因为感谢和敬重柳宗元，怕执行不好新政惹柳侯生气，而自觉相互提醒："老少相教语，莫违侯令。"

　　有什么能比人民的热爱和拥戴更有价值呢！柳宗元拥有了，所以他的诗文和政绩才一起成为一种摇撼人们心灵的力量和珍贵遗存，被世代念念不忘。

柳宗元悯民、爱民，有不少的传说和记载。他主张"吏为民役"，说当官的要为老百姓办事，要做人民的仆役。《柳州罗池庙碑》就这样说："相侯为州，不鄙夷其民，动以礼法。"柳宗元在他的《柳州峒氓》一诗中，面对着当地的贫穷落后状况，也表达了他同情劳动人民，"欲投章甫作文身"，要与贫苦人民一道努力，改变落后面貌的愿望。为此，柳宗元和当地人民曾一起栽柳，一起植柑，还去偏僻地区调查民俗风情，和少数民族群众交谈，了解他们的疾苦。听不懂他们的话，就找人翻译……

读史书的记载，听古老的故事，古往今来的所有好官们几乎都是同时实行了勤政、清廉、爱民这一要义的，柳宗元无疑都做到了，而且做得很出色。从人生观念上他主张"君子谋道不谋富"；从他的行为上世代都有传述，说他一身清贫，死后连下葬的花费都是朋友和亲友凑集的。

伟大来自平凡，伟大也来自平易。是平凡和平易造就了伟大的柳宗元。所以，当他的棺木运回永济老家时，柳州人民都争相为他抬棺相送，而后又为他建造"罗池"，以资世代纪念。

一个把人民装在心里的人，人民把他举到了高处；一个为中国文学做出了杰出贡献的人，历史珍存了他的遗墨。假如柳宗元也是一个贪得无厌、有恃无恐、不通民情、无所事事、刚愎自用、仗势欺民的贪官、痞官、混官，行施苛政的恶官，他在人民的记忆中还能有如此重要的位置吗！

然而，柳宗元毕竟是柳宗元，他有教养，怀志向，一生积极用世。柳州，也便在有意无意间造就了一位彪炳史册的杰出人物。柳侯祠，无疑成为一条激励人们奋勉向上的文化根脉；柳州——这座千年古城也因他而平添了几分诱人的魅力。

那片血色记忆

　　这是中国抗战史上的一个痛穴，位置就在《歌唱二小放牛郎》歌词所唱王二小牺牲的地方。当目光触摸着大石头上那摊酱紫色的血痕，心灵深处不由迸发出一种难以忍受的疼痛。

　　怎么能不疼痛呢！孩子牺牲时毕竟才只有十三岁呀！

　　十三岁，正值年少，天性活泼，会让我们立即想到自己的晚辈。他应该在父母的呵护下，坐在教室里，听老师讲天文讲地理讲今古人事，或者与同学与玩伴于校园内外快乐地嬉戏玩耍。可二小家穷啊，穷得无房无地，一家人只能住冰冷的山洞，他也只好跟着爸爸靠给有钱人家放牛过活。后来，他爸爸妈妈又因病无钱医治，相继离世，二小成了形单影只的孤儿，并且继承了他爸爸唯一的遗产——放牛鞭，小小年纪就做起了放牛娃。

　　位卑未敢忘忧国。这中华民族数千年遗传下来的优秀基因，也同样注入了王二小稚嫩的血液，滋养了他幼小的心灵——在那个狭小的地段，他以智慧和勇敢上演了一场"一个人"的"抗战"。那一摊酱紫色的血痕，据说，就是当日本兵发现上当后，用刺刀挑起王二小摔死在大石头上后流出的鲜血洇成。后来，尽管岁月流逝，风浸雨洗，那血痕却从未消迹，镌刻般永远地留在了这里。

　　这血痕是天地的记忆，是对凶残和暴行的控诉，也是留在中华民族苦难史页里的一笔血债！

　　多么悲惨而又悲壮的一幕啊！望着那摊酱紫色血痕，我的心在颤抖，在哭泣，同时也禁不住地在追问——

当年那个用刺刀挑起王二小狠狠摔死在大石头上的人，究竟是日本兵，还是甘当狗腿子、出卖良心的汉奸?! 人们尽管无从查考，不得而知，但良知会提醒来到这里的每一个中国人，在心灵深处需进行一番沉重而认真的思考：国弱民穷，必遭欺凌；心散魂垢，难逃落后。弱肉强食，落后真的是要挨打的呀!

记得一次去云南腾冲，那里曾经是中国抗日战争的一处圣地。那片已经废旧了的机场，曾经起降过美军的空中"飞虎队"，被称作生命线的中缅公路也横卧在那里。也是在腾冲，听当地百姓讲，在抗日战争中还有一段难以抹去的记忆：那一年的那一天，县城里的六万多人，包括警察、官员，竟被一百九十二名鬼子兵赶得如惊弓之鸟，四散逃奔，其中也包括时任县长在内。幸好有位"位卑未敢忘忧国"的血性志士及时站了出来，他自荐县长，立即组织民众殊死抵抗，很快就赶走了日本兵，夺回了县城。据悉，这位志士名叫张问德，此前只是个无职无位的读书人，时年已经六十二岁了。

张问德、王二小，一南一北，一老一少，无疑他们都是备受敬重的志士仁人。如今，天下并不太平，域外，有如狼似虎的眼睛盯着；国内，贪婪的嘴脸也并不少见。如果有一天重遭国难，我们将何以待之?

问这里的山，山以石明志，握紧了拳头；问这里的水，水以瀑为言，趋身而赴——峭壁上，犹如悬挂起一个昭示的惊叹号，活灵活现。

千境万景黔江行

　　人们总是喜欢把家里最珍贵的物件，存放在隐秘之处。大自然也不例外，不然就不会把黔江如此美妙的境地，深深地藏掖在这边远一隅。

　　是的，对黔江，人们还有点陌生，致使我接到采风通知时，曾误以为是一次黔贵之行。但飞机的降落地点是武陵山黔江机场，确切地说，黔江是重庆市的一个区，一个像躲在深闺刚刚揭开盖头的新娘一样，惹人钦羡与爱怜的区。

　　一到住地，最扎眼的是迎接我们的片片云雾。那雾薄薄脆脆柔柔软软的，起伏连绵，像披在山肩或戴在峰巅的一袭纱巾，又像怕惊扰了谁似的，正轻轻抚摩眼前的山峦。这不禁使我一下子想起1994年春天，三峡工程开工前游历三峡的情景：上行的游船到了巫山，为赏巫山云雾，我特地下船在那里住了一夜。黎明，我被缥缥缈缈的云雾簇拥着，搀扶着，喜不自胜，大有做神成仙的惬意，曾想，这美妙一境，不知今生是否还能遇见。而黔江几日，这云情雾境，几乎天天相亲相伴、处处拥有，真是过足了腾云驾雾成仙做神般的飘逸之瘾。

　　光是万能之神，是呵护城市之夜的保姆。下榻当晚，我们便领略了由光营造出的一城斑斓。

　　阿蓬江是黔江人的母亲河，而位于双龙河口的武陵水岸，则是这里的人们借鸡生蛋，在阿蓬江与蒲花河交汇处精心打造的一道供人们休闲的新景观。被灯光点亮的水岸，虹影挥洒魅力，喷泉鼓动遐思，大家边走边聊，尽情享受这夜色里如梦似幻的灯影水景，时而举起相机拍下一簇簇生动与美妙。据说，黔江打造的所有景观都不用走回头路，这水岸亦是。我们循径而往，正走着，有一段路却灯光幽幽，迎面走来的面孔也变得朦胧。为什么华灯虹影会突然中断？是要留一处供有缘人幽会的空间吗？这样的夜路是否安全？当地朋友解释，几年来，这里从未发生过不安全的事，而且黔江区已经连续两届捧得全国"平安杯"。说这话时，他脸上有种自信和自豪在荡漾。

夜色覆盖神秘，灯影蛊惑心绪。"哎呀呀，好高好大的棕榈树耶！"正走着，只听作家王子君女士好奇地喊了一声。王子君年轻时曾任《海口晚报》记者，在海南工作多年，对那里的一草一木都怀有感情，所以当她看到这些连海南都少有的高大粗壮的棕榈树时，好奇也就不足为怪了。

子君已离开海南二十多年，见到这些棕榈树，或许又让她想起了什么。是想起了海南创业的快乐，还是想起了异乡打拼的艰辛，或者别的什么什么，比如生成在海南的那篇爱情散文《纸屋》。当地朋友解释，黔江正好处于北回归线边沿偏南一侧，这里气候温润，四季常青，正好是棕榈树得以生长的好地方，所以人们在这里也能见到这别样的景观。

米黄色的面包车有如一把钥匙，七扭八拧很快地就插进了土家十三寨。

土家十三寨历史悠久，由宋代时期湘鄂渝黔接合部的土家族聚居地演变而来，后经时代变迁，逐渐形成了今天的土家十三寨：学堂寨、熊家寨、瓦房寨、女儿寨、摆手寨、何家寨、老熊寨、张家寨、龙须寨、周家寨、大湾寨、向家寨、谈家寨。

十三寨的寨门打开了。按习俗，寨门口应有歌舞迎宾，有美酒敬客，或许是雨天或农忙的缘故吧，这些都从简了，到得寨子深处的何家寨后，方听到寨民们响亮的歌声。歌声虽然拙朴，却传递着原始的韵味，采风团里有喜歌好唱的便也加入进去。溪水岸边，峰隙坊间，蜿蜒狭长的山谷里顿添几分声色，回音悠悠，余韵袅袅。

《西游记》里的唐僧曾宿住女儿国，直惹得女国王心生恋，情难却，致使差点误了取经大事。十三寨颇有些像《西游记》里的女儿国。在这里，人们遵循的是母系氏制，十三位寨主全部由女性担任，女人有很大的管理权与支配权，地位颇高。正巧为我们做导游的庞娇即是土家族人，也是摆手寨的寨主。

庞娇说，各寨主必须是十三寨寨民，不分年龄，苗族汉族姐妹都可参选。她是四年前经过网上报名、才艺展示、竞选意图说明等诸多环节后，先由寨民网上投票初选入围，再进行两轮现场辩论投票选举，而后才成为寨主的。现场选举时，第一轮从入围者中先选出二十四名候选人，第二轮从二十四人中再选出十四名，分数最高的做总寨主，其余十三名通过抓阄形式，再定夺是哪个寨的寨主。不论你家住哪个寨，只要你成了某个寨的寨主，就要全心全意为所去的寨服务，代表寨民的利益，反映他们的诉求，努力做一个大家信得过的好寨主。

庞娇还说，每任寨主任期五年，按约定，明年又到选举寨主年了。她家住在瓦房寨，父母亲身体都很好，很支持她为寨民服务，所以明年她还要继续参加竞选，争取连任。

庞娇热情开朗，工作负责，是一位心里充满阳光的女孩。导游期间，她因扁桃体发炎发烧了，晚上输液，白天依然为大家讲解，还要唱歌，大家就劝她别唱，要保护嗓子。可在蒲花暗河景区洞口，见对岸一男子撑着乌篷船悠悠荡来，她还是禁不住地与其对歌，让一首土家人喜闻乐唱的《六口茶》，在山谷河岸飘荡……

《六口茶》里藏着很多美好的故事。古老的当代的，哭的笑的，酸甜苦辣咸……想听吗？随时来。一位踏歌起舞的土家族游伴随口凑趣。

之于古镇，人们是这样定义的：古代文化的外在承载体，拥有百年以上历史，至现代仍保存完好，且有一定规模的古代居住性建筑的商业集镇，是一种介于古城与古村落之间的聚落形态。

依此为鉴，照一照黔江区的濯水古镇，其形入镜，可圈可点；其态入目，掠心挟魄。细察，既汇古韵悠悠，又闻新声切切。仅世界稀有、长达六百五十八米的风雨廊桥，就让游人们赞不绝口。

是晚，刚刚放下碗筷，大家就迫不及待地要观赏古镇夜景了。

火龙！看，火龙！仰视，一条龙在空中飞舞，直舞得人们心旌摇动。俯瞰，一条龙在水中弄波，恨不得一头扎进河里，与水龙嬉戏相拥。这是装点了无数灯盏的风雨廊桥被夜灯点亮，又投影于河，在空中与水下营造出的古镇独有的双龙同舞景观。

在十三寨，摆手寨寨主庞娇曾说，土家人爱跳的摆手舞又分小摆手与大摆手两类。小摆手就是平时人们很随意跳的那种，不需要排场，不需要特别场地，不需要鸣奏乐器引领，以健体娱乐为目的，几个人相约，随便放个音乐，便可随机而舞。而大摆手则是在一些重大节日或事件时，仪式感很强的一种集体活动。无疑，我们在濯水古镇观赏并参与的摆手舞便属于后者。

篝火熊熊燃烧，主持人妙语连珠，表演者着民族服装，参与者逐渐入群，围观者越聚越多……而我，则是从观赏者逐步升级，一直被土家妹拽进了舞者队伍。不会跳，没关系，热情好客的土家妹、苗家妹毫无拘束地手拉手教你。几圈下来，一身大汗，顿觉心旷神怡。

回宾馆好梦正酣，忽又被窗外"梆梆梆"的敲击声惊醒。那是木梆子被敲击发出的声响。侧耳细辨，还有人在喊话："关门上锁！""梆、梆、梆"，三声，接着又喊："小心火着！"再"梆、梆、梆"三声。噢，听出来了，这就是古书古诗以及说书人所谓的夜半更声了吧。顺便看了下表，时针已经指向二十四点。

第二天问庞娇半夜更声之事，得以证实。至于打更人为什么喊"火着"而不是人们习惯的"着火"，庞娇解释：上扬的尾音易拖长，喊者顺口，听者悦耳。采风活动很快接近尾声，临行前，大家一起座谈感想。末了，团长要我也说两句。真的只说了两句，六个字："没看够，还想来。"是什么没看够呢？窃想，那应该是黔江美丽的风景没看够，魅人的风光没看够，多民族的风俗没看够，良好的风气没看够，多彩的风情没看够……还有，若不是阴天下雨，又恰逢元宵或中秋，于廊桥之畔，古巷深处，若有谁偶遇风月，也不失奇缘一桩。

山高水长韵依依

揣着浓浓的遐思和向往，一脚踏进了武当山。

武当山仙风道韵，紫气撩人。刚入山门，一段段听不完的故事和传说、一幕幕看不够的迤逦和秀美，纷纷扑面而至……武当归来，盘点着行囊里沉甸甸的"震撼"和"惊喜"，蓦然发觉，最让我难以释怀的竟然是水——是那既熟悉又陌生的武当山的水。

武当山的水起点高，一千六百一十二米高的天柱峰是它的诞生地。四处泉眼，有如四个同时出生的乖孩子，一路活蹦乱跳地奔跑而去。四条山泉形成的清流，又宛若一架正被弹拨的四弦琴，铮铮作响；而山中那一组组、一簇簇令人赞不绝口的古老建筑，就仿佛琴弦上迸出的音符，定格在那里。

说起武当山的水，它的确应该是那里的主角。

据当地史料记载，唐代李世民执政初年，遇天下大旱，四方几番求雨不得。于是李世民便派一大臣去武当山求雨，结果天降甘霖，龙颜大悦。以今天的视点看，这雨下得仅仅是一种巧合。然而，或许正是由于这偶然的巧合吧，却成全了一座远方的大山：从那时起，武当山便有了第一座皇帝敕建的供奉"水神"的宫观，从而也为武当山后来的兴盛奠定了舆论和物质基础。

至于武当山缘何成为道教名山，还可以追溯得更远，因而就不得不想到一个人和一本书，即老子和他的《道德经》。

31

老子姓李名耳，世界百位历史名人之一，我国古代伟大的哲学家和思想家。据联合国教科文组织统计，在世界文化名著中，译成外国文字出版发行量最大的是《圣经》，其次就是《道德经》。老子崇尚水，"上善若水，水善利万物而不争"是他的基本思想。他认为：上善的人，就像水的品性一样。水造福万物，滋养万物，却不与万物争高下，这才是最为谦虚的美德。江海之所以能够成为一切河流的归宿，是因为它善于处在下游的位置上，所以成为百谷王。因而，"无言""无为""道法自然"等等，就成为老子看待世界的态度，进而成为"道理"，谆谆教诲后人，一直延续了两千多年。

　　老子把自己的确也当成水了。他觉得，水不仅仅往低处流，而且还能往高处飞。当然，那是在阳光空气等的作用下，转化、升华了的水的另一种状态——云雾虹霓。所以，当他历经了人生的冷暖炎凉，参透了人世百态之后，毅然辞官而去，向往云雾虹霓般那样自由自在的境界了。

　　函谷关是一道闸门，要出走必须通过那扇门。老子知趣，为了能获得方便的"通行证"，他不得不留下买路的"著述"。他端坐函谷关上静思，不几天就写出了一部五千字的《道德经》。老子大概不会想到，他的这部《道德经》竟感染、感动了那个把守关口、企图"阻拦"他出关并"发难"向他索要"著述"的人——尹喜。尹喜获得了"著述"，从此也辞官不干了，怀揣着老子的《道德经》，四处寻找起能够修身养性的圣地来。

　　可以说，武当山是尹喜到达的最后一站。在那里，他看到了淙淙的清泉和飘逸的云朵，他听到了百鸟的鸣啭和松风的歌唱，他嗅到了百草的芳香和山花的明艳，他一定也感叹过那七十二峰朝大顶的神奇和壮观……尹喜喜不自胜，庆幸自己终于找到了能够承载老子思想、进行自我修炼的绝佳境地。尹喜"寻找"的经历一定充满艰辛，而修炼的过程抑或更不轻松。他心灵深处是否有过一场恶战，他怎样讨伐孤寂，如何抵御诱惑，人们不得而知。从此，尹喜就把武当山作为实现夙愿、安放灵魂、传承老子思想的神奥之地，苦修苦炼，直至后人把他奉为了"得道"的神。

从唯物主义的观点出发，神是不存在的。但作为一种文化现象，它却给了后人不少的精神营养和启迪。比如那位由神化人、蘸水磨针的老婆婆，并以此启迪"真武"苦读的故事，到那里方知，原来这"事件"就诞生在武当山中。"铁杵磨针"是假的，而"故事"却是真的。世世代代就那么传来讲去，有谁说得清这故事曾经启迪、诱导了多少积极用世、努力进取的人生呢。

这就是文化浸润的力量，也是武当山的魅力所在。

老子对水的理解和释义是很到位的。他对水的崇尚与赞美可谓达到了后无来者的境地："上善若水。""水"几乎就是他的"道"；并且把居善、心善、与善、言善、政善、事善、动善这"七善"，也毫不吝啬地赋予了水。

老子是个读书人，他有学问，懂历史，之所以崇拜水，有其深厚的文化根源。"金木水火土"五行，是人们最先认识的物质形态，水是其中之一。而后又有了关于水与人的关系的许多传说和故事：比如出土陶器上的"水纹"，传说中的水神"共工"，治水的"大禹"，修建都江堰的"李冰父子"，乃至后来历朝历代管理水务的大臣，以及当代的水利部门等等，都足以说明人们对水的崇拜和重视。

武当山的水是有功劳的。它因肯于向下而成景，因敢于翻越坎坷而生歌；它飘动的云霓拂绿了山峦，它晶莹的晨露润红了花朵；那由纯净涤亮的万物惹眼，那灵动引诱得众禽争鸣；以雾为形，它舞美了八百里山脉；以隐为库，它"内存"了万般丰富……水在武当山是不可替代的圣物。水和龙彼此不分，有水的地方必有龙，人们便以"龙宫""龙潭""龙池""龙泉"为寄托，水被至高无上地尊崇着，膜拜着，弘扬着，走过了千年百年。"水态""水性""水义""水愿"，一个"水"字，让武当山的历史水灵灵地鲜活。然而，武当山还有另一种水，它流得崇高，流得难忘，流得辛酸，流得沉重。

那个时代，君王至上。自知肉眼凡胎的明朝皇帝朱棣，为争取政治的合法性，弄得一个名正言顺的帝位，便拿神来说事儿。他蘸着侍女研磨的墨水，一挥笔，一道"圣旨"下来，要在武当山敕建"紫金城"，为传说中的"真武大帝"加冕。于是江南九省的资财，全国三十万工匠，便浩浩荡荡地朝武当山涌来。三十万工匠，就意味着有三十万个家庭要离散。那妻儿相送的悲戚，谁听到了？那扶杖老人盼归的泪眼，谁看到了？那在"圣旨"阴影下徒增的苛捐杂税，谁过问了？武当山的"紫金城"与北京的"紫禁城"几乎同时动工，一建就是十四年。

十四年日晒雨淋，十四年风寒霜雪，十四年蚊叮虫咬，十四年历尽艰险。还有那十四年的相思、乡情，是怎样地灼烤着工匠们的灵魂，其苦痛，其悲哀谁人能知……那时的武当山就是一个大工地，工匠们抛洒了多少汗水，又有谁说得清楚！

在武当山博物馆里，有一处被浓缩了的施工场地。工匠们有凿有扛，有刨有锯，那场面还很有些逼真。复制的岁月再形象，也难以再现那往日的鲜活。且看天柱峰垒筑"紫金城"宫墙的石块，每块都在一吨以上。那么陡峭的山崖，那么沉重的负荷，在运输工具并不发达的当初，是怎样运上去的，是怎么垒上去的，而且数百年仍如此的坚实牢固。遥想彼时情景，连当今的建筑专家们都情不自禁地发出一声声感叹。如此浩大艰巨的工程，如此艰难险恶的施工，肯定有流淌的血水，肯定有遇难的工匠。抱着一种似乎有点挑剔的心思，在那里我终于看到了一块纪念三百六十八名死亡者的石碑。"一将功成万骨枯"，这里真的是只安放了三百六十八位亡灵吗？那些死亡者名单里，是否也包括了为工程献出生命的普通得不能再普通、卑贱得不能再卑贱的"下等人"！

历经数百年的风雨行程，墨水、泪水、汗水、血水、潺潺流淌的泉水、从天而降的雨水，就这样聚集着，交织着……每一滴水都在诉说着武当山的凝重。

武当山是一部水的文化史。山是硬件，水是软件，丰厚的文化是它的内存。山，诠释宏伟；水，演绎太极。水善，滋润万物；水智，启迪灵性。水无言，山捧出花朵向它致意；水隐忍，山举起绿荫把它颂扬；水无争，山撷来秋果为它祝福；水洁净，山披挂银装为它布告……

有人说，参透了武当山的水，就会获得一种平和的心境和看待世界的智慧。所以，如果说武当山是中华灿烂文化的一个章节，水当是武当山这一章节的主线或脉络。

在武当山金顶一隅，矗立着一块"圣旨碑"。上面镂刻着明永乐十七年五月敕建武当山"紫金城"的一道圣旨："今大岳太和山大顶砌造四周墙垣，其山本身分毫不要修动。"仅凭这一句，人们也该为朱棣皇帝说句公道话了。

这是一种环保意识的萌动，是对大好河山的敬畏，还是出于一种什么别的心思？对朱棣皇帝的意欲不好揣度。但，这道圣旨的客观效果倒是值得一说。

无疑，这圣旨是一道难题，但同时也让修建"紫金城"的工匠们大显了一番"身手"，从而成为武当山乃至中国的一笔珍贵文化遗产。这里，且不说那顺势而建的"太子坡"造型如何奇特、美观，工艺怎样先进、考究。只说"金顶"的那道宫墙吧，它绕着山腰顺势而筑，最后形成的曲曲弯弯的墙垣，再加上金顶一侧一座突兀隆起的山头，当几年前人们乘直升飞机航拍时，惊喜地发现，那满山的碧绿仿佛深不可测的大海，那椭圆形宫墙又活脱脱像一只龟的裙边。因而由宫墙、金顶和那座小山三者组成的立体图案，原来是一只正在游向深海的"大龟"。

这不是巧合，是武当山金顶"紫金城"的建筑设计者们独具匠心的艺术创造。一项工程一旦上升到了艺术的层面，其审美价值，就远远地超出建筑本身的意义了。

还需称道的是，自从朱棣下达了"其山本身分毫不要修动"的圣旨，后来不管是敕建还是修缮武当山的人，真的就再没有人去随意"修动"它，致使那里的山水草木、飞禽走兽们才一直悠然自得地生存着，繁衍着。那四条如练的清泉，也才潺潺不倦地歌唱着，跨越了千年、百年，而没有像"飞流直下三千尺"的庐山瀑布，早已消失得无影无踪。

　　游武当山期间，有幸乘船游览了太极湖。太极湖原名丹江水库，是我国南水北调中线工程的水源，始于金顶的四道清泉就注入太极湖里。望着那青山碧水，不禁感慨万千。感慨六百年前的那一次"敕建"，竟为后人保留下这方清水净地；感慨那里渗出的一滴滴清露，六百年后竟然有了这么一次神妙的轮回——它以"上善"之水，来回报当年曾经关注过武当山的北京城。

天姥山间踏诗行

诗仙李白，在地是风，在天为云，在他的终老之地，曾经蘸着楚江写天门。

李白酷爱山水，寄情山水，凡是他到过的地方，都留下了千年不朽的美丽诗篇。白帝城的朝霞，庐山的瀑布，异乡的醉月，大唐的落日，一丛丛，一簇簇，承载着他的政治理想、亲情、友情以及喜怒哀乐，满满地走进了他的诗里，就连他的梦境也摇曳着一束束亲山昵水的灿烂光芒，《梦游天姥吟留别》堪称他诗歌宽度的一个注释。

说起《梦游天姥吟留别》，一件童年往事不禁又敲打起我的记忆。

那时候我上小学，是第一次背诵李白的《早发白帝城》。第二天，有位小同学从家里拿来李白的《梦游天姥吟留别》，让大家猜是谁的诗。当时对于我们这些小小的学生来说，那诗简直就像天书一样深奥难懂，谁也猜不出，甚至还把"姥"读成了"老"。从此我知道了这首诗，对于天姥这怪怪的山名也就开始向往起来：为什么叫"天姥"，真的有这山吗？它在什么地方？什么时候我也能去那里走走看看听听？一串问号在我心灵深处竟然晃悠了几十年。

向往终于成为现实，原来天姥山就在浙江省的仙居县境内。

说起仙居县，开始我还以为是当地为发展旅游业由某个老县名改动而来，查阅相关资料得知，这"仙居"古老且厚重。早在东晋时代仙居便立县，名乐安，至五代吴越时期，改名永安，一条名为永安的溪水，不知疲倦地诠释着仙居县的沧桑岁月。北宋景德年间，宋真宗以其

"洞天名山屏蔽周卫，而多神仙之宅"，诏改今名。幸好我没有偷懒，否则真是误会了祖宗般年长的"仙居县"。

天姥山是大自然的造化，其峻险奇秀，非鬼斧神工莫为。到达此山之前，我曾疑惑地自问：李白一生喜山乐水，为什么不亲自"到此一游"，非要弄出个什么"梦"？李白又为什么要到"东鲁"去？为押直这问号，一进山门我便睁大眼睛看，竖起耳朵听，抖开思绪想，生怕漏掉了什么。

李白胸怀天下，积极入世。诗，让他结交了天下贤士，从而也让他看到了自己通往理想实现自身价值的那条通道。经朋友引荐，他到得唐宫后，也一度得到了皇帝的青睐。可李白豪放的秉性，不拘小节的狂放，在那个礼数如盘、钩心斗角的皇宫大院里，如何待得下去。尽管"云想衣裳花想容"也曾经一时取悦权贵，可没过多少时日，他还是被排挤逐出了皇宫。

离开皇宫后的李白心情如何？他有失落感吗？他失意了吗？据说，《梦游天姥吟留别》就是李白离开唐宫到达东鲁后而生成，因为，此诗的另题就叫"别东鲁诸公"。

东鲁在哪里？以如今齐鲁分界的山东莱芜看，此地应是泰山或曲阜一带。人们知道，曲阜是我国儒家代表人物孔子的家乡，其儒学儒教影响甚广，当时的李白不会不知道。

我斗胆猜想，失落的李白或许正是想去东鲁走走看看，散散郁结的心垒，顺便也拜访下儒家，试试那个著名的儒学理念能否改变下自己桀骜的性情。怀揣安世济民理想的李白，悻悻地离开京城后，果然就去了东鲁。但他发现儒学与自己的秉性还真的有点难以相融，住不多日，抛下个不痛不痒的《东鲁门泛舟二首》便欲离开，以实施他的目标之旅。临行，东鲁的朋友们曾努力言荐：距此地一直往南，有座仙境般的天姥山，南朝大诗人谢灵运曾在那里居住，李诗人呀，您不妨也去那里走走看看，说不定又要写出个惊世骇俗的名篇大作呢！李白何曾不想去彼处乐游呢，可是他早已与故友相约，人家正在那地儿等待自己同游哪！临行前的那个晚上，李白辗转反侧难以入眠，好容易进得梦乡，一座心造的大山便耸立在了他的眼前。当我来到天姥山，走过看过之后，惊异地发现，这实实在在的天姥山与李白梦中的"天姥"竟然有如此多的相似之处，一时生疑是上天特为李白梦境打造而成。

天姥山中走，绿道携水行。无疑，这古老的"留别"诗竟成了人们走山越洞的导游图。按着"梦"的指引，心灵果真撷取了无数个满满的足。

站在山下望，天姥山高耸入云，一幢幢柱山就像喝了酒的醉汉，东摇西晃，仿佛只要有阵风吹来，那山们就会立即倒下。登临山顶看，天姥山又宛若一个大大的盆景，千岩叠嶂，峭石嶙峋，流韵在谷底奔忙，山鸟于洞隙筑巢，一个山的大家族在这里和谐而居。山岚中的天姥合掌胸前，为众生祈福；祥云里的观音俯视凡界，慈悲为怀。行走其间，可闻浓荫溢出的鸟语，可嗅芬芳奉送的香气。回首行踪，曲曲弯弯，美不胜收，直抱怨心，缘何不早成此行，让灵魂来个涅槃呢！

走过了天姥山，再来品读《梦游天姥吟留别》：梦缘，梦起，梦境，直至梦醒，实乃见心见性，情由志生。难怪李白要"且放白鹿青崖间，须行即骑访名山"了。也正是这一摇撼人们心灵的著名诗篇，为如诗如画的真实天姥山重重地盖上了一枚印章，使这幅天作的图画，得以面世，且流传广袤久远。

佗城不是城

佗城不是城，是一个镇。不过，两千二百多年前的这地儿，还真是个城，是龙川县的县城。这县城是秦始皇下旨设立的，它的首任县长就是后来当了南越王的赵佗。

赵佗少年得志，雄姿英发，文韬武略，十九岁就成为五十万平南大军的副统帅。赵佗很有出息，他胸怀"仁政爱民"的政治理想，挟着秦国的文明，一当上县长，就立志改革开放。引进铁制的生产工具，传播先进的秦国文化，帮助越人摒弃原始、落后的生产方式和生存状态，实施"和辑百越""汉越一家"的民族融合政策。短短六年时间，就把个龙川县治理得井然有序，上下和谐，百姓安居乐业，生产水平和生活质量都有了很大提高。

人们拥戴和感激这位给越人创造福祉的人，为他建祠，为他塑像，为他立传，直至把龙川县的旧城叫成了"佗城"知足。而有着九百多年历史的南越王庙，堪称赵佗在人们心中耸立的符号。

20世纪40年代末，毛泽东曾经风趣地对要去岭南工作的同志说：赵佗是南下干部第一人。在与客家人的交谈中，他们也认为赵佗应是第一批南迁的客家人。当然，为了南越的巩固和发展，赵佗后来还采取了一次移民措施，由他建议，秦二世批准，以为军士缝补衣被为由，从北方征迁来一万五千名未婚少女。这些少女，一个个花朵般水灵灵鲜亮美丽，后来也没能再回到故乡，有的嫁给了那些征战岭南的军人，有的嫁给了当地的越人，为其生儿育女，荫泽子孙，为南越的文明和进步做出了自己的奉献和牺牲。有人说，岭南女子个个娇俏，也许正是那一个个美少女们的基因所传。佗城镇有一个村庄叫佗城村，全村才两千多人，而姓氏却达一百四十多个，这在全国少见。人们称这是一座姓氏博物馆，也是两千多年前的那批南下军人们就地安家落户的活见证。

走在佗城的大街小巷，仿佛穿行在历史丛林深处，脚下的每一块砖石都能发出古老的回音，身边的每一件物体都会讲述昨天的故事。

苏堤是佗城的一大胜景，建于宋代。当初，大文学家苏辙被贬官来到这里后，看到当时鳌湖旱涝无常，村民田园年不保收，生活艰苦。于是，苏辙就倡议村民筑堤堵水灌田，从此年年旱涝保收。后人为纪念他，便称此堤为苏堤。

其实，如果故事仅仅于此，确也没什么太打动人之处。而偏偏是苏堤对面一座小亭子里的两副对联，令人对它不得不产生兴趣。

其一：

此地亦良佳，勿太忙，且暂时休息；
前途应尚远，莫多恋，但少顷便行。

其二：

为名忙为利忙忙里偷闲且在凉亭坐坐；
劳心苦劳力苦苦中寻乐卿将往事谈谈。

对联像是说书人的开场白，也有劝人宽心舒畅之意，且充满哲理，令人回味。试想当代那些猛贪的人物们，如果早读懂了此联，且践行之，说不定他们就不会堕落成人民的罪人了。

山山水水到过不少地方，曾经这样想：出外旅游，观山听水看风景，自是应当之事。但，如果要把此行赋予一个"文化"的概念，仅此便难胜其任，似乎只有贯以"读"的含义，方能读出山水的灵性，

41

读出风景的神韵。以上两副对联，似乎在验证拙见。当然，读山水风景与读对联的意味是不尽相同的。

距南越王旧居不远处有一口井，叫越王井。此井有两千二百多年的资历，它滋润过南越王的口唇，也流经过普通百姓的肠胃，至今仍水波潋滟，清澈甘冽，从未干涸。南越王活了一百零一岁，据说就是因为喝了这井里的水。

南越王的长寿究竟是否因了这井水的缘故，不得而知。但，佗城如今长寿的老人多，却是事实。据当地人介绍，仅两千多人的佗城村里，九十五岁以上老人就有九十八人，一百岁以上老人也有三人。按照天人合一的自然法则，应该说，这些老人长寿与饮用的水和食用的粮不无关系。

行走在佗城，俯视身边流水清澈，眺望远山树木葱郁，不由想到了人对大自然的依赖和对其保护的责任与义务。佗城人或许正是因了这里的青山绿水吧，再加上他们因袭了祖上底根旺、底色强、底气足、底蕴厚这些从远古奔来的源源不息的流韵的滋润，心灵洁净，身体康健，那一颗又一颗长寿星的光芒，要偏爱他们，照耀他们，也就不足为奇了。

峡谷竹韵

　　是峡谷风的沐浴？是江南雨的滋润？毛竹，三月破土，四月拔节，五月刚过半，便长成了这典型的男子汉形象：挺直，高大，一株株，一片片，或伫立路旁，或云集谷底，以坚韧刚毅、不卑不亢的个性，向路人宣示自己的存在。这便是我去福建泰宁，在寨下大峡谷第一次见到毛竹时发自心底的惊羡。

　　我爱竹，尤爱江南的竹，却始终无缘去那里看竹、赏竹、细细地品竹。于是，一些竹的画，竹制品，往往就成了我心灵的慰藉。

　　还在部队时，办公室里有老首长从云南边境带回的一把竹椅。那竹椅已经跟随他多年，扶手上的竹片竹皮亦已破损，我就用布把它包上，缝好。老首长转业地方了，临走就把它留给了我。那竹椅又伴我多年，直到我调转了单位，还经常回去借故看看它。我的朋友中有不少是画家，可画竹的不多。听说正安先生是画竹高手，便立即向他求画。先生慷慨，二话没说，不几天就送我一幅名为"劲节图"的水墨竹画：我亦立即找画店裱好，挂在厅堂，如今已伴我数载。

　　时过境迁，那竹椅早已成为记忆；那竹画笔力遒劲，直抵心性。而眼前这实实在在、生龙活虎般的竹呢，堪称气韵生动，摇撼心灵。

　　对于毛竹，过去一无所知，见峡谷里一棵棵碗口粗细的毛竹在身旁耸立，以北方人的眼光看，原以为起码也有几岁龄了。问导游方知，凡那些竹干表面还挂着白霜的竹子，都是当年的新竹。进而还获知，毛竹是世界上生长速度最快的植物，四十五天时间，就能长到二十多米高。

而后五年的时间里毛竹丝毫不长，到了第六年雨季到来的时候，它便以每天六英尺的速度向上挺进，十五天左右就可以长高到九十英尺，成为竹林中最惹眼的身高冠军。更为奇特的是在它快速生长的那段日子里，处在它周围十多米内的其他植物会像接到命令似的都停止了生长。等到它的生长期结束后，那些植物才又获得了生长的权利。真是自然界一大不易为人所知的奇观。

从内行的植物学家那里还得知，毛竹的前五年不是没有生长，只不过是以一种不易被人们发觉的方式在生长——努力地在地下发展。经过五年的"地下工作"，一株雏竹的根系已经向周围伸展了十多米，向地下也深扎了近五米。所以，当第六年雨季到来的时候，它才能够几乎以资源垄断的方式独自生长。而此时，周围的其他植物只能望竹兴叹，眼巴巴望着它长高。

毛竹的生长过程或许会给人一种启悟：天人合一，心同自然。只有打牢基础，扎扎实实地做好强壮根系的事情，才会如毛竹一样拥有旺盛的生命力、生长力，直至长成葱葱郁郁的一片风景。这也给人类社会中某些喜好做表面文章、搞面子工程的人一种有力的暗示和提醒。

穿越了数公里的寨下大峡谷，边看边想，仿佛真的阅读了一部内容厚重的哲学著作。那里充满了哲理，充满了思辨，充满了对立统一——古老的峡谷与新生的毛竹，天岩的皲裂与新竹的青秀，缓慢的变异与快速的生长……让人品咂不尽。

在植物界，毛竹真的是一个值得赞美、值得骄傲的家族。它不像峡谷里那些藤藤蔓蔓，喜好攀附高枝儿以炫耀自己的高大威风；也不像那些枝枝权权，喜好是是非非地叽叽喳喳。毛竹，独立正直，向上向善，要求得很少，奉献得很多——它驱除了峡谷的空旷寂寥与乏味；竹笋可食，味美，且营养丰富；长大后又可用来织席编篓，制筏做板，就连那条著名的"朱德的扁担"也是毛竹的贡献。

毛竹尽管不是这大峡谷的主角，却尽着志愿者的责任。一年四季，无论晴天雨日，它都在一刻不停地演奏那首生命之歌、新生之歌、绿色之歌。

小汪清的英雄气

小汪清位于吉林省汪清县境内。它不是一村一寨一屯一户的具体名字，而是一处抗日游击区根据地。由于当时东满特委机关与中共汪清县委在这里合署办公，且离县城较远，所以人们都习惯地称其为"小汪清"。

走进小汪清，踏访这片被抗联将士鲜血浸染过的土地，一种震撼、感慨、崇敬之情，油然而生；同时，那荡漾在这里的一股英雄气，也不停地拂动瞻仰者的心灵。是的，逝者已去，但他们不屈不挠英勇抗敌的大无畏精神却永存世间。

1

当年的大梨树沟、现在的红日村村口，生长着一棵老榆树。这棵树年过百岁，依然枝繁叶茂、郁郁葱葱，有如一位岁月老人见证着发生在这里的"曾经"。

金相和是中共汪清县第二任县委书记，牺牲时只有三十一岁。第一任县委书记牺牲后，他便担起了县委书记的重任。由于小汪清一带抗敌坚决，游击队活跃，引起日伪军恐慌。有一天，他们调集六百多日伪军前来"围剿"，金相和不幸被捕，同时被捕的还有八十多名青壮年。敌人严酷审讯金相和，问他是不是共产党员，要他说出游击队和武器弹药的藏身之地。金相和始终一言不发。敌人见问不出什么，就把他和另一名被捕的村干部韩永浩关了起来。两个人商量，为避免一旦受不住酷刑泄露了党的机密，便决定一起自杀。他们取出藏在鞋底的刮脸刀片。韩永浩首先割破自己的颈动脉。就在金相和自杀时，被看守发现。这时的金相和已血流不止，口不能言。于是他用手势让敌人拿来纸笔，写下一段文字："我和韩永浩是共产党员，其余的人都是无辜百姓，你们应该放了他们。"

正如一位诗人说的，"有的人活着，他已经死了。有的人死了，他还活着"。只当了十五天县委书记的金相和壮烈牺牲后，人们隆重地安葬了他，并且把他的英雄事迹编写成歌曲，至今还被小汪清人传唱。

2

密营是当年抗联将士战斗和生活的地方，也是小汪清的珍贵遗存。在踏访密营的山路上，"遇见"了许多可歌可泣的抗日英烈，他们或被塑成雕像，或事迹被刻成碑文。

其中，一个名叫金锦女的女孩，曾被抗联战士称为"小百灵"。她惨遭日寇杀害时年仅十二岁。

金锦女的家，距小汪清百里之遥。一天，日寇来扫荡，见人就杀，父亲急忙把她藏进猪圈。就在父亲转身要去救护金锦女的哥哥弟弟的时候，鬼子闯进了他们家。金锦女幸运地躲过一难，但她却目睹了父母亲和哥哥弟弟一家六口被日伪军杀害的过程。金锦女在学校是儿童团员，早就听说过小汪清是抗日根据地，于是她就一个人一直向着人们传说的小汪清方向走，她要加入抗日队伍，为全家人报仇。整整走了三天，她终于找到了位于小汪清的县政府和游击队。她哭诉了家里发生的不幸，游击队立即收留了她。在游击区，金锦女当上了儿童团团长。金锦女是位朝鲜族女孩，喜好歌舞，她还把自家遭遇编成文艺节目在游击区演出。

1934 年初的一天，县委要向敌占区传达一份密件，经慎重考虑，决定派十二岁的金锦女去完成任务，这样不易引起敌人的警觉。当金锦女完成任务返回游击区时，不幸与日寇遭遇。鬼子兵盘问她，还用糖果哄她，要她带路去找游击队。家仇国恨，立刻引燃了金锦女仇恨的烈火，她不顾一切地向鬼子扑去，用手抓鬼子的脸，用嘴咬鬼子的手……凶狠的鬼子兵就用木棍打她，用石头砸她……两天后，当游击队找到金锦女时，发现她全身都是伤，头颅已经被石头砸烂了……

鬼子残酷的杀戮，引燃了游击队员抗击日寇的怒火，他们斗争的决心更大了。

3

仲秋的阳光已把无数斑斓涂抹于山林，那些染红的枫叶更是耀眼，恍若一簇簇火红的花束，敬献在抗联烈士的墓前。

在踏访密营的崎岖山路上，有一尊塑像和一段碑文倏地跳入人们的眼帘：

亲爱的中国游击队同志们：

　　我看到你们分散在山沟里的传单了，知道你们是共产党的游击队。你们是爱国主义者，也是国际主义者。我很想和你们会面，去打倒共同的敌人，但我被法西斯野兽们包围着，走投无路。我决心自杀了。我把运来的 10 万发子弹赠送贵军，它藏在北面的松林里，请你们瞄准日本法西斯射击。我身虽死，但革命精神永存。祝神圣的共产主义事业早日成功！

日本关东军间岛辎重队、日本共产党员　伊田助男
1933 年 3 月 30 日

原来，在小汪清的一次伏击战后，战士们抬回了一具日本兵遗体。

人们不解，那可是我们的敌人呀！可当看到这位伊田助男留下的遗言后，战士们顿生敬意，十分隆重地安葬了他。后来游击队又把伊田助男的事迹逐级上报，1935 年莫斯科的《救国时报》还刊登了他的义举；新中国成立后，《红旗飘飘》等书刊也收录了他的事迹。

提起伊田助男的弃暗投明，就不能不说到东满特委书记、小汪清游击队和游击区根据地的创建者童长荣。

童长荣是中国共产党早期的一名优秀共产党员、年轻的革命活动家，还是 20 世纪 30 年代"左联"发起人；他先后担任中共上海沪中区委书记、河南省委书记，组织过多次白区的对敌斗争。九一八事变后，他从大连市委书记调任东满特委书记，把最后一滴血洒在了小汪清这片土地上。

童长荣早年曾被官派到日本留学，并且在那里加入了中国共产党，因为参与并发起革命活动，被官方断资，且遭日本政府逮捕，后被驱出日境。

童长荣是一位有知识、有文化、有信仰、懂军事的坚定革命者。在抗击日寇的斗争中，他谋大局，讲策略，还对敌展开攻心战。伊田助男所见的传单正是由童长荣创意并书写，而后散发到敌占区或日军"讨伐"游击区必经的道路上，用以瓦解敌人。

童长荣是南方人，不适应东北气候。1932 年初，因劳累过度导致肺病复发。加上缺医少药、食品短缺，他严重营养不良，一米七几的身躯，瘦得只剩下七十多斤。

1933 年 11 月 17 日，日寇再次纠集大批兵力进犯小汪清抗日根据地。在长达五十多天的"讨伐"中，小汪清根据地遭到重创，原有一千五百多人的根据地，最后只剩下四百多人。

1934 年 3 月 21 日这天，敌人拉网搜山，童长荣和部队被包围，情况十分危急。童长荣身体极度虚弱，身边的战士和群众见他几乎要昏倒，都要背他一起突围。童长荣怕连累大家，掏出手枪，严令所有人立刻突围，不许管他。这时，敌人已经靠近，他扣动扳机连续打倒几个敌人。疯狂的敌人便集中向他射击，一颗子弹射中他的腹部。抗联英雄童长荣倒下了，倒在了抗日最前线！

童长荣，为了中华民族的解放事业，英勇地牺牲在汪清大地上。他虽然在世只有二十七个春秋，却是光辉战斗的一生。2014 年 9 月 1 日，童长荣被国家民政部确认为第一批三百名抗日英烈。

据考证，在汪清县这片土地上先后有六百零三名抗联战士献出了自己宝贵的生命，而牺牲在小汪清有名有姓的就达三百多人。在踏访抗联密营的路上，面对烈士鲜血染红的一方土地，人们都禁不住停下脚步，默默地鞠躬致敬。

仰望一幅照片

吉林省敦化市陈翰章烈士陵园内，一幅只有陈翰章将军头颅的照片供奉在纪念馆展台上。

——题记

仰望这一幅照片，仿若在仰望一座高山，巍峨地屹立在中华大地。

这是一种高度。拥有了这高度，远眺，四海风云尽收眼底；俯瞰，大好河山尽览胸怀。正是这高度，使陈翰章将军怀天下因而钟情华夏，哀民疾因而立誓革命。他是一位以智勇胜敌和献身无畏的先驱，是飘扬在同道者队伍里的旗帜，是照亮黑暗角落的火把，是激励前行者冲锋的号角。

仰望这幅照片，如同捧读一段血与火的历史。1940 年 2 月，抗联英雄杨靖宇将军牺牲了。慢道抗联无继，有我在！时为抗联第一路军第三方面军指挥的陈翰章将军，独撑第一路军大旗，伏击讨伐队，夜袭敌哨卡，在白山松水间与侵略者展开了更加坚决的斗争，谱写了抗联战士不屈不挠、艰苦卓绝的又一曲壮烈悲歌。

寡不敌众呀！终因寡不敌众，战斗到 1940 年 12 月初，面对敌人梳头发般的冬季大扫荡，由陈翰章将军率领的一支六十人的小分队，最后只剩下了十六人。这是革命的火种呀！保住这火种就保住了希望，保住了未来，保住了最后的胜利，一定要冲出敌人的包围圈。陈翰章带领着这支队伍昼伏夜出，艰难跋涉。雪地上，他们走得很快，大家都踩一个脚印，走在最后面的人再把脚印埋上，以防敌人发现追踪。队伍悄无声息地疾速前进，从 12 月 5 日到 7 日，三天时间，敌人并没有发现他们的影子。眼看就要突出重围了，孰料这最后的十六人中竟出了个贪生怕死的叛徒，偷偷离队向附近的敌人投降告密去了。投敌者虽然只有一人，却抵过了一直围堵他们的千余日伪军。由于敌人掌握了他们的行动计划，便立即增调大批人马，对陈翰章带领的抗联队伍进行了东西北有目标的三面合围。

那是杨靖宇将军牺牲（1940 年 2 月 23 日）九个月之后的 1940 年 12 月 8 日，陈翰章带领着仅存的十五人小分队继续突围。由于出现了叛徒，原定在晚上的突围计划，不得已改在了白天。

几个方向已传来枪声，眼看敌人一步步逼近，陈翰章掏出手枪决定，由他和一名机枪手留下掩护，其余人由胡连长带领立即向附近树林方向撤退。然而，就在胡连长与陈翰章将军争论要由他来掩护的时候，几颗炮弹落下，胡连长不幸牺牲，接着机枪手为掩护陈翰章也不幸遇难。敌人离得更近了，已经能听到他们的喊叫声：捉活的！捉活的！陈指挥快投降吧，能当大官呢。为掩护战士们突围，陈翰章躲在树后，一串串子弹射向敌人，机枪子弹打光了，就用手枪打，敌人一个个倒下。他们见劝降不成，便集中火力向陈翰章射击。陈将军身中数弹，上身完全被血染红。最后，陈翰章将军凭着仅有的一点力气，挣扎着爬起来，让自己的上半身就近靠在一棵粗大的松树上，"如同一尊庄严的雕像，威武不屈"，时年他只有二十七岁。

为向关东军头子邀功，凶残的敌人不仅砍下了陈翰章将军的头，而且就在他中弹靠上松树之后，竟用刺刀捅进了他的眼睛……陈翰章烈士的头颅被福尔马林液浸泡，曾被保存在当时伪满洲国首都新京（今长春市）的"大陆科学院"。

人民想着念着这位为国捐躯的抗日英雄，1948 年 12 月 25 日，长春解放前，他的遗首被地下党找到，1955 年 4 月 5 日安放在了哈尔滨东北烈士陵园。为纪念陈翰章将军，让他在家乡的土地上永生，敦化人民于日本投降后的次年 8 月 15 日，即把陈翰章将军的出生地敦化县半截河屯改名为翰章屯，并在县政府院内建立了陈翰章纪念碑。2013 年 4 月 10 日，在陈翰章将军百年诞辰来临之际，敦化市男女老少手持挽幛，沿途各界群众冒雪迎回了将军遗首，并于 6 月 14 日陈翰章将军百年诞辰这天，在新落成的敦化市陈翰章烈士陵园举行了隆重的身首合葬暨公祭仪式，让一代抗日名将的英魂回归故里。

陈翰章将军的英雄事迹感天动地，英名流传八方。一首怀念镜泊英雄陈翰章的歌曲至今还在流传："镜泊湖水清亮亮，一棵青松立湖旁。喝口湖水想起英雄汉，看见青松忘不了将军陈翰章。"如今来到敦化的人，也都以能够走进陈翰章烈士陵园瞻仰，能够去走一走抗联路，看一看密营的树，拜一拜烈士墓，为了却心愿而欣慰。

原始的魅力

看景不如听景。这话拿到西双版纳，自然要被否定。

在西双版纳几日，能够完全否定这话，直至把这话的前后位置颠倒的力量，对于我，那里既不是令人心醉的满眼秀色，也不是处处盈耳的百鸟鸣啭，更不是深秋里彩蝶们依然挥洒的四野芬芳，而是来自那古老且蓬勃、遥远而清新的不可抗拒的对原始的感动。

原始的确是一种美，是那种最本真、最自然的美。它有如种子拱出的第一柄芽蕊，虽弱，却宣告了诞生；它有如长河源头的涓涓细流，虽小，却启动了浩荡。又如一泓净水，它能把心灵涤亮，能把生命润泽，能把从都市带来的所有芜杂、俗欲、烦忧，一股脑儿地洗个干净，让正在沙漠化的灵魂生发一片绿洲……

聚居在西双版纳的基诺族，是我国五十六个民族中的最后一支，是1979 年国家才正式批准确认的一个单一少数民族，总人口约两万人。过去，基诺族一直生活在与世隔绝的高山密林中，20 世纪 50 年代还处于原始社会末期，按氏族组织村社，过着共同劳动平均分配的生活。基诺族只有语言，没有文字，60 年代还要靠"刻木记事"。被基诺族人视为图腾和神物并加以崇拜的是"司吐"，也就是人们所说的大鼓。这鼓我见了，它造型独特，美观大方，鼓周嵌有数根木楔，似太阳的光柱，所以，又被形象地称作"太阳鼓"。

善良纯朴、热情好客的基诺族乡亲走来了，他们总是以本民族最隆重的礼节——大鼓舞迎接尊贵的客人。

八对男女青年，穿着最原始也是最典型的基诺族服装，每人双手各持一根如舂米用的短木杵，鼓手用它作击鼓的鼓槌，舞者则用它作击节伴奏的道具。当他们俯身膜拜"司吐"的刹那，或许是被舞者的虔诚感染，或许是观者正期待一种什么，那一刻，全场静得出奇。就在这被舞演者营造的出人意料的"静"里，我仿佛看到了基诺族的创世女神——阿膜腰波在一片岚光中正缓缓翕动眼睑，并娓娓嘱告：一个混乱不堪的世界已经埋葬，一个新世纪孕育着的新生活就要开始，聆听那催发新生的轰鸣吧！

八对男女青年缓缓起立，如同梦中醒来。鼓声倏地惊雷般炸响，在两件铜器的领奏下，他们各自敲击着手里的木杵，围着"司吐"跳起了欢庆新生的大鼓舞。这鼓蕴藉旷古的声响，这鼓传递始祖的心韵。这里发出了振聋发聩的原始冥音，它正越过千山万水，直逼人的灵魂深处——那是一番怎样的万劫不复的情景啊：远古洪荒，天地万物皆为创世女神阿膜腰波所造。她造出了人类，也造出了飞禽走兽。但是，此时的动物、植物都会说话，和人们互相争食，吵闹不休，把世界扰得混乱不堪。于是，阿膜腰波决定：毁掉她亲手创造的世界。

阿膜腰波用木料和牛皮做成一个大鼓，她只把善良纯朴的玛黑、玛妞兄妹二人放进鼓内，并告诫："鼓不被撞出响声，不要划破鼓面。"阿膜腰波做完这一切之后，便造法天降大雨。就这样，滔滔洪水吞没了创世女神第一次创造的人类。七天七夜后，漂流的木鼓被撞击发出"咚咚"的声音，玛黑、玛妞依照阿膜腰波的吩咐用小刀划破鼓面，从鼓中走出，并在现今的西双版纳基诺山落脚，繁衍了基诺民族。

这是原始的传说和故事，它寄托着基诺人向往天下和睦、人们生活幸福以及善良美好的心愿。而短短十几分钟的大鼓舞，竟把一个民族诞生、成长的经历阐释得如此淋漓尽致，也着实令人感佩。

在基诺族村寨，我还谒见了这样一位基诺族老人。她半卧在一张用木板架起的露天床铺上，嘴里嚼着槟榔果，赤裸着双脚。据说她一生从未穿过鞋子。老人的儿子告诉说，他母亲已经百岁有余，身体依然硬朗。这是一位见证原始的老人。有人想为她拍照，老人摆手示意不允。她不会汉话，那意思是说，照相会吸走她的灵魂，那样不但自己要折寿，始祖也会责怪她的。人们都很自觉地遵从了老人的意愿，谁也没有抱怨责怪什么。因为大家谁也不会吝啬地去苛求一位刚刚涉出原始社会，一下子又跨越了那么多年代的原始老人的观念也非要和我们一样开化，一样地来接受这世界造出的种种新鲜事物。这正如再过五十年后，当我们这些如今已经五十岁左右的人假如也活到了百岁，那时，当面对一个五十岁的后生，二者的观念也必将有巨大的差异，否则，那就是时代的不幸了。

缓步行走在基诺族村寨，脚踏镶嵌着牛角的山路，细数那里依然保留着原始韵味的十分简陋的起居室、灶火膛、劳动工具……一景一物，尽管有些老旧，甚至有的已经残损，也不由得使人动情地发出几多感慨，感慨这个民族生存的顽强与奋斗的坚韧。

造物主果然偏爱西双版纳，不然就不会把这么多值得留恋的美好赐予她。但最令我留恋的还是那闪射着纯正自然光辉的原始景物，比如密丛中正在戏水尚未经过驯化的野象，比如令人毛骨悚然为争夺生存空间而奋力绞杀的植物，比如原始森林中一株朽木上附生的另类新棵……正是这些具有原始野性、不带任何修饰与矫情的真实，使我的心灵受到了一种震撼。

转眼从西双版纳归来已经数日，我依然眷恋着那本真而又充溢灵性的原始，眷恋着那向原始回归的勃勃生机，且坚信这眷恋并不是那种向陈腐倾斜的恋旧心结。

走向崇高

——写在"瞿秋白被囚处"

　　小院很小，被高高的围墙圈着。小院隐匿在长汀县城一隅。小院里，仅有的一棵石榴树和一棵桂树，对峙地占据着各自一角。

　　小屋也不大，两间。如果不是有片天井照着，潮湿的小屋会愈显阴暗。小屋的主人呢？一张眠床曾经安放过他的忧思和梦呓；还有一把旧椅、一张木桌、一盏油灯，这些都曾经伴他完成了《多余的话》，然后他就起身走了，一直走向五百米外的那片草地。他说："此处甚好。"而后就从容地坐下，先是用手理了理被晨风吹乱的头发，接着就唱起了自己翻译的《国际歌》和那首他平时最喜爱的《红军歌》……刽子手的枪声响了，他倒在一片血泊之中。那血，润红了他身下的土地。从此，那里的草更绿，花更明，树亦更高大，成为一种永恒的记忆，在客家人，不，在全中国人的心灵深处珍藏。

　　这是一次伟大的睡眠啊！时年他才三十六岁。

　　三十六岁，风华正茂，正该是叱咤风云的年岁！而且，他还那样地眷恋着这个世界。请听那番并非"多余"的话吧："这世界对于我仍然是非常美丽的。一切新的、斗争的、勇敢的都在前进。那么好的花朵、果子，那么清秀的山和水，那么雄伟的工厂和烟囱，月亮的光似乎也比从前更光明了。"《多余的话》不多余，那是一位老实人说出的老实话、真心话。那"话"不作秀，不掩饰，用锋利的解剖刀勇敢地对准自己，把灵魂解剖了交给党，交给人民。坦荡的胸襟，英雄的气质，一部《多余的话》淋漓尽致地倾诉了自己的情怀。

身在被囚处，他的心是飞动的，那是一位诗人的心，一颗作家的心，一个才情横溢、坚定的革命者的心。那时候，他一定想到了正在长征途中跋涉的红军，看到了小院里正硕硕地开放的石榴花和浓郁着的桂树叶，甚至树上甜蜜的果实以及对革命胜利后美好的憧憬——"那么雄伟的工厂和烟囱"。可惜这一切都将不属于他了，因为在生与死的抉择上，他早已坚定地选择了后者：一次次拒绝了崇拜着他的学生——时任国民党高官宋希濂的劝降。据说，蒋介石也看重瞿秋白这个人才，曾派大员前来游说，并表示不必发表"声明"，只答应去国民政府做一名俄语翻译就够了。

生命是宝贵的，宝贵在它不能死而复生。在一次次利诱、劝降面前，在生死抉择的重要关口，他有足够的时间可以想很多很多。他一定想到了客家先贤文天祥"人生自古谁无死，留取丹心照汗青"的诗句，也想到了为变法而慷慨就义的谭嗣同，还想到了曾经和他一起从事过共产主义运动宣传的李大钊，甚至想到了历史上那些投机钻营、背叛人民、背叛革命意志的败类们。而且他深爱着自己的妻子，牵挂着他抱养的也是他唯一的女儿……在孤独的囚禁中沉思、抉择，他的心灵经历了怎样痛苦的折磨，他的精神经历了怎样艰难的挣扎与摆脱！对往事的沉思和对亲人的眷恋，都化作丰富的精神营养，滋补了他的灵魂；小小的囚室也仿若一座烈焰熊熊的熔炉，直把他的意志冶炼得更加坚强，信念更加坚定！

瞿秋白是伟大的战士、坚定的革命者，他以自己的慷慨赴死，实现了他的"人爱自己的历史，比鸟爱自己的翅膀更厉害"的心愿。就这样，瞿秋白走了，走得从容不迫，走得大义凛然，一直走进历史，走向崇高，走成闪耀天宇的一颗星星，被世代仰望。

情到深处意难掩

坝 上 月

　　既然有人把灵魂视为一座建筑，我便有理由认定，这坝上月就是建筑它的材料。

　　今晚的月亮是和夜色同时闯入坝上的。

　　月轮满载着惊异，满载着慰藉，从东山坡顺势奔来。那气势，浩荡荡不可阻拦；那声响，轰隆隆惊天动地。我珍视这宇宙里的诞生，我谛听这天籁间的呐喊。我敢说，凡莅临坝上，目睹了此初升之月者，很难再找到不被震撼和不被惊诧的灵魂了！

　　月亮是一位不知疲倦的登攀者，她没有因为对她的种种赞美和感叹而沾沾自喜，而止步不前。月亮继续上升。月亮开始以她银色的光芒涂抹坝上之万物、装饰物中之灵魂了。

　　月光如潮。月光是被一道堤坝囚居在草原上的。坝上的月光浩浩渺渺。沐一场月光浴吧。清纯的月光水能涤去污浊，幽谧的月光水能洗去烦忧。最好把浮躁的心也掏出来泡泡，让它袒露原色，让它在本来的位置上蓬勃跳动，跳动成一种景观，跳动成一曲和谐、优美的旋律。

　　月亮如饵，诱惑了千般心情；月光如丝，柔柔地织成了一张巨网。我的心被这网捕捞住了，情便无处逃脱，任由这网的摆布——

　　我向月祈祷，我向月倾诉，我向月忏悔。

　　月如鼓，振聋发聩；月如号，邀群呼众；月如花，芬芳四溢；月如醇，令人陶醉……

　　这才是李白、苏轼为之豪饮，为之狂舞，为之放歌的月亮呀！这才是千百年来远避于坝上草原，默默地明亮、悄悄地照耀、不闻不问坝外那夜的辉煌和灿烂的月亮呀！

好一部生动的童话剧，好一支美妙的梦幻曲，好一首缥缈而空灵的诗……一切的创造和意境，都在这里孕育并生成。

月，这坝上草原之夜的主宰者，这夜色里的精灵鸟。

不要再说你是游弋于太空的一块废弃物了吧！不要再说你是抛弃在宇宙里的一具僵死的尸体了吧！凄清不属于你，孤寂不属于你。你正是那片柔抚万物、光顾众生、可饮可餐、"梦里寻她千百度"的秀色啊！

坝上月不断上升，她已经站在了生命的制高点上。尽管偶尔有几缕云丝羁绊，却很快就被她挣脱。即使有积云冲撞裹挟，也不能动摇和遮掩她慷慨赐予的万缕辉光。

这时的坝上月，晶莹如珠玉，明亮似宝镜，人世间的所有一切仿佛都在她的窥察之中。仰望此时的月，一种用纯洁修饰自己的向往油然而生，禁不住要认真地盘点一番自己了：看走过的途径有几多曲折，数身后的脚印是否端正，望前方的陌路该如何选择！

选择是必然的，因为有坝上月的照耀与引导。

我相信月，相信这坝上的月；我寄希望于月，寄希望于这坝上的月。我相信自己会走向一片莹洁与美好。因为，坝上月已经高高地悬挂在我心的天空，永不陨落。

草原日出

内蒙古大草原上这一圈兜得，那可真叫够趣儿够味儿够劲儿。然而，最够份儿的，能够深深地刺痛我视网膜的，当属草原日出那一幕了。

——题记

1

晶莹的黎明，宛若等待分娩的产妇，躺卧在墨绿色的产床上。

日出是一种诞生。人们静静地恭候着，期待着。

一片浓云飘来，恰如一件紫色衿被，轻轻覆盖上生动的躯体。

覆盖制造神秘。越是覆盖，人们越是聚精会神，那目光一刻也不肯离开殷切的等待：先是暗红，继而鲜红——

那是生命走出之门吗？它流血了，鲜红的血洇透了衿被。

诞生就是新生，是一种不可逆转的走向；诞生就是创造，是创造一切的始元。所以，诞生是美丽的，是生动的。但分娩的过程却是痛苦的。

由此，我想到了前途，想到了人类共同求索的前途；我想到了事业，想到了千千万万人所从事的伟大事业；我也想到了母亲，想到了千千万万母亲的痛苦和辛劳。

2

草原的太阳从刚刚诞生那一刻起，它便热烈地燃烧起来。

那紫色的衿被被点燃了，火焰升腾，浓烟障蔽。整个草原的大东方，仿佛被投进了一座熔炉冶炼。

草原上勤劳着的是牧民；草原上欢乐着的是牧民。

他们的情思被这熔炉的炽热温暖了；他们的炊烟被这熔炉的火焰点燃了；他们的歌声被这熔炉的光芒照亮了；甚至，连马头琴的悠扬里都融进了这炉火的质料……

于是，牧民的梦呓便随着炉火的喷薄而生动——

枣红马在碧绿的草原上奔驰；洁白的羊群在碧蓝的天空下游动；鲜艳的草原花乐滋滋地芬芳。牧鞭声脆，脚步匆匆。一切景物都和着草原日出的节拍而律动，随着草原日出的进程而次第展开。

太阳每天都是新的。从大草原升起的太阳也不例外。这是一个充满激情、充满能量和充满自信的生命体啊！

渐渐地，草原朝日旋成了一张精美的唱盘，翱翔的鹰仿若那枚划响韵律的唱针。

草原的清晨，荡漾起动人的牧歌。

3

太阳踏上了云层的顶端，把瀑布般的光芒倾尽泻下。大草原被这光芒彻底涤亮了，人们的情致被这湿漉漉的瀑水完全滋润了。情不自禁，我的整个身心也融入了这草原的清晨。

太阳继续上升，像一个悬浮的红气球。它扯着一道道五彩霞云，宛如一条条迎宾的彩带，于半空挥舞；刹那间又突掷草原，蒙太奇般绽放成一簇簇婀娜的舞姿。

64

就这样，太阳以其不可否定的权威性，驱逐了草原上所有角落里的黑暗。

从草原升起的太阳可是那个从古代走来的大英雄吗？是谁，为什么又把它熔铸成金质的勋章，如此煊赫地缀在了蓝天的胸脯上？

穿越白桦林

走进京郊怀柔境内的千亩白桦林，我见了很多，听了很多，也想了很多。本是要写篇《穿越白桦林》颂文的，可到了坐下来动笔时，却只在纸上写了这么一句："白桦林是大自然馈赠给这里的一笔遗产"，就再也无话可说了。

怎么就写不下去了呢？是那片白桦林不值得一提吗？

白桦的栖息地是有选择的，它必须在海拔八百米以上地域才能生长。白桦能在这里成林，足以说明它的脚步已经踏上了一种高度，无论它是怎样才攀爬上这高度的。

占据了高度者，总是希望能够被人仰视。然而我，在白桦林里却只顾走自己的路，并没抬头多望它几眼。难道就为这，白桦林才不肯给我如意之笔吗？不给就不给吧。反正它轻浮浅薄、风中摆首弄姿、飘飘然张扬自己的那副做派和伪君子模样，原本就没给我留下什么好印象。想到这，只觉得白桦林未免也太世俗了些，太小家子气了些。它的确没有资格也没有位置来悬挂我投去的仰视的目光的。

进入白桦林前，我曾经这样想象：白桦林白盔白甲白戟，犹如威武的军阵。它抗风御寒，它经冬历夏；它高洁正直，它不畏强暴——它质朴轩昂的仪态，会在完全的不经意中，潜入我心灵的家园。当一缕清风拂过，洒落的阳光定会点点滴滴地弹击体肤。这时候，对于心灵干涸的人，它是一池清水；对于孤寂的人，它是一枚唱盘；对于乏味的人，它是一幅多彩的画卷；对于寡淡的人，它是一地醉人的芬芳；对于走进它抑或穿越它的人，它赐予的会是人生的一番生动的感悟和激励。

然而，这美丽的想象破灭了。它所给予的是败枝满地，是乱荆缠足，甚至连它固有的、曾被传颂过的那点秩序和蓬勃，也都不知了去向。

原以为穿越白桦林是人与自然的一次交流，彼此会生发一种心灵的抚摩：我热爱它，钦敬它；它迎迓我，簇拥我。彼此是一种欣赏，是一种检阅，是一次生命的互动和灵魂的塑造。

然而……

其实也难怪，我与白桦林只是初次相识，本来就没有什么交情，更谈不上投缘。也许，正是由于我对这陌生的白桦林过于奢望了吧，所以才如此地遭遇了它的冷漠和无礼，那份曾有的兴致才被它从希望的高点推下了深深的谷底。

既然白桦林是祖宗的"遗产"，早有专属，或许我压根儿就不该不知天高地厚地对它多情的。面对狂妄傲慢的白桦林，我这样想着，一时竟不知这是自慰呢，还是在自嘲。

白桦林是一道栅栏，它上遮天，它下蔽地。停步这里，生命就会被它禁锢，自由就会被它扼杀。

远游的云已经归来。银须飘飘，正静静地端坐前边的山峦。对，也许它们才是心之归处，情之所钟。继续行走吧，相信那里风光正好。

关于"火"

火——

你自莽原生成，你从远古走来；你承载着灵慧，你裹挟着激情，一路踏歌而行。

那驱逐寒凉，温暖人间的是你吗？那抵御黑暗，照彻心灵的是你吗？那焚毁愚昧，涅槃文明的也是你吗？

你是腐朽和芜杂的天敌；你是开拓和进取的助手。

作为圣火，是你点燃了一场场拼搏；作为焰火，是你为喜庆增添了快乐。有了你，人们尽享了生活的美味；有了你，世界不停地激动蓬勃。

还记得儿时摇曳村头的缕缕炊烟吗？那浓浓的乡情是火点燃的。还记得元宵节小伙伴们羡慕追逐的盏盏花灯吗？那欢快的童趣是火满足的……

因而，我赞美火，我热爱火，我需要火。

火般的热血涤亮火般的青春，——一个个燃烧的生命被历史歌吟；火般的事业冶炼火般的岁月，一段段火般的故事映照火般的生活。

我们处处被火围绕，我们时时被火指引；我们因火而健康成长，我们缘火而繁衍生存。灯火照亮了我们觅求知识的夜路；灶火使我们吮足了大自然赐予的丰富营养；而烛火，则把生命一节一节地举上人生的高度，让我们时刻把前路瞭望。

不堪设想，没有火的世界该是多么荒芜，没有火的人生该是如何寂凉。

　　然而，有时我却十分地痛恨火。

　　比如那燃烧了数千年至今仍不肯熄灭的战火；比如那被世代习惯了的"州官放火"；比如那隐匿在贪婪者灵魂内部随时都会纵容假恶丑出笼的鬼火；比如那用意歹毒、乘人不备的深夜纵火；比如那居心叵测的煽风点火；比如那缘于性格缺陷，莫名其妙地胡乱喷发的无名之火；还有随时会突降人间的那种缘于不慎的失火，缘于无知的走火，缘于不礼、不良而导致的邪火、玩火，以及那数不清的从旁门左道里随时可能冲撞而出变异了的火，火，火……

　　哦，火——

　　你这叫人又爱又恨、多不得也少不得的精灵啊！你这使人又求又防、远不得也近不得的光芒啊！

哄哄自己

哄哄自己，就是想着法儿让自己高兴；就是懂得利用自己成熟的心智来抚慰自己受创的心灵；就是自己给自己不断地寻找希望，因为希望是人们灵魂的天幕上不可或缺的太阳。

这世界的风霜雨雪太多。心一旦被打湿了，受潮了，只有自己把它搬到阳光底下去晒，才能寻找到温暖，才能不让它发霉，才能把角落深处的那个阴影驱逐。因为，他人的施舍总是那样的不可靠和不稳当。

哄哄自己，并非主张掩耳盗铃似的欺骗自己。因为，这繁杂的世界给了人太多烦恼；这缤纷的社会产生了太多诱惑；人与人东拉西扯，关系如织，常常觉得似有一张无形的网正在罩住自己。真真是扯不清，理还乱。这时候，就需要哄哄自己：我的兴趣就是我，我的爱好就是我，我的追求就是我，其他皆过眼云烟也。高官厚禄算什么？巨富大款算什么？天晓得他们施了多少手段，昧了多少良心才弄到手的。

人，作为一个生命体，他总要行动，总要走路。但眼前的路，条条弯曲，处处坎坷。这时候，就要经常哄哄自己：弯曲的路是暂时的，坎坷的路总要过去。不是说"相信未来"吗？未来绝不会是这个样子。至于"未来"在哪里，先不必想得太多，否则，又要自寻烦恼了。

几年前，听一位教授讲人生课。他问，在座的诸位有谁曾经想要自杀过？请举手。结果，我这个曾经想过自杀的人，因碍于面子不肯举手，许多人也没有举手，敢于举起手来的寥寥无几。教授接着讲，好！举手的朋友请放下。你们是世界上最勇敢、最坚强的人，因为你们曾经战胜了死亡，也就是说战胜了自己。想想看，一个能够战胜死亡的人，他还有什么战胜不了呢，还有什么事情做不成功呢。

教授的话，是一针强心剂。他在诱导大家，无论在任何挫折面前，都要设法哄住自己。这样才能最终做到，自己把握自己的命运，自己拯救自己。

其实，想哄哄自己并不容易，它所寻找的不仅仅是一种心理平衡，而是一个坚强的人生支点，也是一次对世界、对人生重新认识、重新理解、重新整合的思辨过程。比如，当一个人不幸被骗了、被耍了、被欺了的时候，就要想：花无百日红，事无两次顺；好人有好果，恶人遭恶报。这样，人在黑暗中就看到了光明，在逆境里就发现了希望，从不幸中也找到了万幸。特别是对于一些会给自己招至痛苦、很伤害自己的事情，有意回避一下，也不失为哄哄自己的一种办法。

当然，哄哄自己，不是要人一味地放弃原则，也并非要人"到此为止"。物质在运动，社会在发展，人事在更替。这运动，这发展，这更替，有规有律，有章有法。所以我们还要不断总结，以教训磨砺自己，以成功激励自己，以经验提升自己，使人变得逐渐聪明起来，免得被一块石头绊倒两次。

最后，请允许我再说一句不算多余的话：祈愿那些想"哄哄自己"的人，一定要自己哄哄自己，切莫被一些聪明人把自己当成"小孩子"，哄来哄去哄着玩。

客家土楼

土楼很土，土夯土筑。是一群与土地为伍，靠土地繁衍，脚板踩着泥土，身上流着汗，在土地上仰望，在土地上畅想，缘土地而放飞理想的客家先人们，群体意志的凝聚和智慧的结晶；是客家人大迁徙留下的一个又一个深深的脚窝；是摇曳在客家人心灵深处的一簇风景。

土楼很圆。圆圆的围墙，圆圆的巷道；圆圆的企盼，圆圆的向往。没有开始，也没有结束。这里养育、成全了客家人一代又一代优秀儿女，也圆了客家人一代又一代圆圆的梦想。土楼是客家人永远的心灵崇拜和精神皈依。

土楼很高很大，土楼很坚很固。水泼不进，风吹不动；狼越不过，虫钻不透。她呵护幼苗，呵护花朵；她呵护真善美好，呵护日月星辉；她呵护这里的滴滴点点，呵护这里的欢声笑靥，直到每块瓦片，每根椽柱，每粒沙石。

土楼是一枚大大的印章，拥有了这印记的客家人，人生就有了支点，命运就有了归宿，心性就有了寄托，脚步就有了力量。土楼就像那枚大大的圆月亮呀！如缕的清辉，总要扯痛客家游子的乡恋之情；柔抚的光芒，总要照亮游子的回归之路——不管身在何方，路有多远。

土楼是一道蕴藏丰富的矿脉，拥有开采不尽的资源。有如时光隧道的出口，又像盛满琼浆的金樽，恰似招聚群贤的铜号，宛若催征奋进的鼙鼓。

是谁饱蘸了这砚池的香墨，把土楼绘成了多彩的画！是谁倾注了这真挚的情感，把土楼吟成了优美的诗！是谁仰望朗朗的天，把土楼唱成了悠扬的歌！土楼真的是一部厚厚的书呢，只有痴痴地读，细细地品，方能读出她的千山万水，品出她的灵性神韵。

土楼是一座资料库，她真实地记录了客家人千百年来的风雨颠簸；土楼是一座档案馆，她完整地珍藏了客家人祖祖辈辈的喜怒哀乐；土楼是一座大舞台，她生动地演奏了客家人美妙的圆舞曲。

土楼是一条旺盛根脉的节点，又像行进途中的加油站。她让"修身齐家、忠义报国、崇文重教、耕读传家"的客家文化，世代相承；如同一条汹涌的江河，源源相汇，直奔未来……

土楼之最，当数永定。永定在福建。人到那里方悟，福建即福健也。遍地皆福：福荫山，福泽水；福润心，福诱人；福壮魂，福励志；福盈门，福照路……只要肯于寻找，只要能够发现。因为，绵长的"客家福"正在翩翩起舞。

沐浴心情

路，七弯八绕，拧螺丝般把我等旋上了灵山之巅。

灵山海拔二千三百多米，位于北京门头沟区西北边缘，与河北省涞水县肩并肩地靠在一起。每临盛夏时节，这里不仅是避暑胜地，还是一处观赏高原风光、领略大自然慷慨馈赠的极佳境界。那天，登上灵山的一刹那，首先涌入我胸怀的便是那种心情被淋漓尽致沐浴的酣畅。

屹立灵山之巅，极目四望，无遮无拦，偶尔有几片白云掠过，不仅不能模糊视线，反而会被信手撷来，揩去登攀的汗渍。眼前更显一片亮色。

身位低下，平素许是仰视久了的缘故吧，此时此刻的目光，若想捕捉到点什么，也只好变换方向了。原来，俯视竟是如此充满魅力的一簇风景：此顶我为峰，一切都匍匐在脚下，一切都变得比原来微小，一切都被看得可有可无……即便那片刚刚穿过的曾经蓊蓊郁郁、为我等遮阴送凉的白桦林。

哦，难怪说人要往高处走了。

然而我等此行，如果说只是为了登攀高处，只是为了寻找一种高度感，那是不必来或曰不想来的。因为，城里有高楼大厦，有耸入云空的电视发射塔，去那里同样也能获得一番俯视万物之微的快感。灵山毕竟远在郊外，且空旷辽阔，这里没有楼峰街谷里无休无止的喧嚣，不会人挤人，也没有你呼我吸各种各样的浊气交叉。清新、清爽、清静、清纯，主宰着灵山，主宰了这里浩荡如涌、一泻而去的碧草，主宰了这里

74

摇曳多姿、缤纷炫目的一花一蕾……

于是，在登山的诸君中，便有了都市如岸、郊野似水、沐浴心情，灵山是高高溅起的一朵浪花之说；便有了昼光如饮、夜光如醇、蓬勃生命，灵山是向人们输送精、神、气、血之说；便有了登攀者心悦、欲临者心切、未顾者生憾之说……

灵山有灵。灵山归来，真的拥有了一份好心情。那心情曾经是期待许久的平静和美丽。

1997 年 7 月

起 点

旭日喷薄而出，那是光明的起点；山间响泉叮咚，那是浩荡的起点；婴儿呱呱坠地，那是人生的起点；新年钟声悠扬，那是新生活的起点。

哦，起点！

你是刚刚啄破蛋壳的小鸟，蓊蓊郁郁的日子，正期待你的悦耳歌谣；你是刚刚绽蕾的花苞，芬芳馥郁的百花园，不嫉妒你的娇艳妖娆；你是一粒萌芽的种子，无论长成参天大树，抑或生成茵茵小草，都将顽强地伸展一条条根须，不停地去探索大地的奥妙。

哦，起点！

你是零的突破，你是圆的创造；你是映亮心性的水晶，你是宣布诞生的公告。

回首来路，起点驱动了多少豪杰；展望天下，起点美丽了多少人生。起点不是虚无缥缈的云雾，起点不是遥不可及的彩虹。起点实实在在，起点可触可感：在每个人行走的双脚下，在迈出的每一寸步幅间，在每时每刻脉搏的跳动里，在起起伏伏深深浅浅的呼吸中。

在起点站立的，是人；在起点展翅的，是鹰。站立者，向往辽阔和前进；展翅者，仰视蓝天与翱翔。

起点不是落点，从起点出发，不论攀登高峰，还是走向远方，只要肯于行进，成功必定会一步步走来；起点不是终点，从起点出发，不论道路平坦，还是历经坎坷，只要坚忍不拔，身后总会有一条优美的曲线

76

蜿蜒。

蜜蜂的起点是花朵：起点——落点——直至终点，循环往复的行程，把香甜的事业缭缭绕绕。苍蝇的起点是垃圾：起点——落点——直至终点，肮脏的路径，把罪孽的病菌四处传播。因而，起点才拒绝五花八门的诱惑，起点才鄙视假恶丑陋的角色。

哦，起点！

翻开崭新的日历，有如推开新年的大门：蓝天如洗，太阳鲜红；软风拂面，松柏泛青；弦歌悦耳，杂花繁盛。一条条大道在眼前铺展，从南到北，从西到东，——大道上，总是激荡着向上、向前、永不停步的人生。

三十岁而立

人生三十，如日当午。在盛夏，赤日如火，自然万物在它的抚爱下，比赛般拔节生长；当隆冬，大地寒凉，它把温暖无私地洒向芸芸众生；逢春时，它挥动七彩画笔，绘出满眼的姹紫嫣红；若秋临，它高举成熟的旗帜，把收获奉献给无数个企盼。

人生三十，光芒四射。是说人到了三十岁，生命力旺盛，正是向上向前、拼搏奋斗、大干事业的极佳时期——三十岁是人生路上一道观瞻不尽的亮丽风景。

人生三十，经历了风雨，见过了世面，性情已趋向老练。不再迷茫，不再犹豫，不再动辄怒发冲冠，不再是豪猪般抖着剑刺四处乱撞的愣头小伙儿；对于成功能够不过于惊喜，对于挫败能够不过于失落，对于世态炎凉，已经具有了一颗平常心；而且懂得了思考，懂得了反思，懂得了承担——承担使命，承担责任，承担困难，甚至苦难。

人生三十，情志趋稳。为人处世，懂得了坦然地面对和理性地选择。稳定、稳重、稳健、稳妥，人们会把无数个善意的褒奖之词慷慨递上。

人生三十，是知识的富翁，但又往往不满足于已知。所以，渴求新知，不倦追求，向着学问的深度和宽度扎根，往往又成为三十岁的起点、拐点、亮点、兴奋点，直至重新确定人生的目标和前进方向。点动成线——看吧，从古到今，从中到外，以那绵长的丝线织成的五彩锦缎，曾经灿烂了多少人生！

人生三十，其实依然会有许多个不明白。但，毕竟懂得了智慧地整理心情，淡定地看待生活，并且以自己的刚毅和真诚，让踏在低谷的双脚独立行走，直至走向一个高处又一个高处。行走的路上，那一条条高高低低的优美曲线，便是对无愧人生的注解。

　　日升月落，斗转星移。三十岁，眼角舞动着的扫帚般皱纹，早已彻底扫除了脸上的稚气和心性的幼嫩。三十而立：站立，独立，屹立。时光如流，日月如梭。三十岁人生，即便雄关如铁，也当从头跨越。

问候心情

　　心情需要问候。因为，心情是大千世界里风霜雨雪的产儿，心情是精神家族的重要成员。也因为，有时候心情很不幸，心情很劳累很辛苦。

　　好心情会吹来和煦馨风，好心情能降临绵绵好雨。好心情来了，那是飘然而至的天使，它遏制邪恶，它消除灾难，它还人世一片安详与宁静。

　　然而，好心情并非永远常驻，有时候它也很坏。一旦坏起来，它会甩出惊天动地的一串串雷电，它能制作掀翻舟楫的一丛丛狂澜。坏心情来了，那是挟沙裹石的怪气。它寻衅滋事，它平生祸殃，把好端端一方天地，搅得浑噩不堪。

　　即便如此，心情依然需要问候。因为，坏心情往往是由于好心情得不到应有的认可而改正归邪；坏心情也常常由于受到了应有的抚慰而变换了角色。所以，坏心情和好心情一样，都可能因时、因地、因人、因是否得到了理解和尊重而改变其方向。

　　是应该问候心情了。可心情在哪儿？

　　不是说心情无处不在，心情无时不有吗？然而，谁又看见过心情的影子，谁又听到过心情的声音！

　　那举动是被心情操纵吗？那行止是被心情役使吗？倾听那一曲哀怨而忧郁的歌唱吧！悉听那一声发自肺腑的呐喊与浩叹吧！聆听那一句情真意切的苦心规劝吧！还有，那乞而无门、求而无助、无可奈何的娓娓倾诉……

这便是心情了。它有如身体内部的软组织，有如行走在肌体里的气血津液。它协调平衡，它抵御疾患，它为生命的健康不知疲倦地工作着。

当然，有人也说心情还是一种味道。咀嚼它，能品出人世间的酸，能品出人生里的甜，能品出命运中的苦，能品出心灵上的辣，也能品出生命内的咸……心情是那道丰富生活的多味素呢！

但人们更需要、更喜欢的还是被好心情孵化出的那熏风般的温暖、和煦与明丽。

这是企盼，这是追求，同时也是人们随时随地都会得到或者失去的一种存在。

问候心情吧。从它那里，每个人都可以回收自己的付出，每个人都可以获得"问候"的回报。

我 的 梦

黎明，再接受一次恳求吧，留一片夜的角落，藏我美丽
的梦。

——题记

世界上最孤独的是梦，最快乐的也是梦；最荒唐的是梦，最美好的
也是梦。梦是奔突不熄的地火，梦是意志喷发的奇观……

啊，我爱我的梦。

梦有色，五彩缤纷；梦有味，甜酸苦辣；梦有声，是生活之锤撞击
命运之钟的阵阵回响；梦有形，似信手可撷的路边花，如随时可触的绕
身风……

哦，我的梦……

踏着父亲和母亲并不和谐的旋律，我走上了人生的舞台。

这就是属于我的舞台吗？它太简陋了，它太窄小了。人生是支歌：
1—2—3—4—5—6—7。这音阶，注定我的路坎坷不平。于是，父亲嶙
峋的肋骨成了我登攀的阶梯，母亲苦涩的乳汁是我灵魂的洗涤剂。我有
了路，也有了一双去大千世界寻觅真善美的眼睛。

不要阻止我吧！

生活太美好了：一落生，我就对芸芸众生发出由衷的歌唱。

人世太无情了：一学步，我就一次次被拉不直的问号绊倒。

风说，看我把迷雾驱散；雨说，看我把坎坷踢平。果然，风来了，

雨也来了。但风雨过后，却留下一片断壁残垣……

相信生活吧！梦说——

火的面前，我是水；水的面前，我是岸；岸的面前，我是山；山的面前，我是鹰。鹰有翅……

相信求索吧！高阔的天空说：我是希望，我是未来……

不该为心愿设置障碍！梦说。

我相信梦……

心灵道白：我对我说

妻子的唠叨，是一部喜闻乐见的随身听。

故乡是个被窝，所有留恋温暖的人都很怀念她。

欣赏他人的时候，正是在塑造自己。

以自己的创造和勤奋酿制的成功，是一杯终生品味不尽的美酒。

丰富而美好的内心世界，是提升人生以及生命价值的最重要成分。

人的一生，不要只是企望在高点上行走。
须知，有高有低的人生历程所形成的曲线美，才更动人、更有魅力。

忍耐并非逃避，它是积蓄能量的一种智慧行为。

既然想生命火焰般燃烧，
就不要拒绝灵魂被苦苦煎熬。

在走向成功的路上，一定会有一个时刻准备为你祝福的人。

这个人，往往就是那个平时很不被你留意的人。

被暗箭射中的伤口，是人的第三只眼睛，通过它，可以看透各种假象。

真诚——一种最珍贵的人生资源。它如同山里的宝石、沙里的金子、海里的珍珠，尽管稀少，但毕竟能够找得到。但是，真诚如果稀少得像宝石一样珍贵，那是人间的不幸。

不可低估了真诚和善良的力量。谁亵渎了它们，谁就会为此付出昂贵的人生代价。

真诚是获得信任的前提；信任是滋生威望的基础。而威望，则是开发人生的动力。

其实，责任是一副沉重的担子，挑起它就不要惧怕劳累和艰辛。

自信是打捞命运的救生圈；自信是人生挺立的支柱。所以，人非有自信不可。但自信不可过头，否则就会滑落"刚愎自负"的泥淖。

刚愎自负是一种不健康的心理状态。人一旦"刚愎"起来，就难免使正直的人生发生倾斜。试想，一根倾斜了的支柱，如何能承载重托呢？

底蕴深厚者，便自信。自信者，则自立。自立者，如一棵树，如一座山；不像藤，依附攀爬；也不像草，随风倒伏。

愈是逆境里唱出的歌，愈是悲壮、豪迈。

要相信没有人为自己的人生设置程序，脚下的路全靠自己去走。

不幸和痛苦，是亮丽人生的高级补品。

反思是为心灵打开通敞之门的一把钥匙。

痛苦是燃烧在生命里的一种炙烤灵魂的火焰。它冶炼意志，它提纯思想，同时它也能焚烧心灵的腐枝败叶，从而提纯人的品质。

苦难是人生的营养品，耻辱感是更高级的营养品。认真地咀嚼它吧，它能使人的思想健康，它会让人的灵魂长寿。

痛苦是一块肥沃的土地。辛勤地耕耘它吧，种植它吧。它的回报是果实。

只要心中驱逐了黑暗，世界就是一片光明。

寂寞是一把钥匙，它能为你打开灵感之门；
寂寞是一条巷道，它能引领你走进创造的广场。

回忆，就是借助往事的力量，推开面前的那扇大门，走进或悲或喜、或苦或甜的庭院，接受记忆的洗濯。

表扬是精神的鼓风机，批评是心灵的营养品。
能同时吸纳它们者，灵魂才健壮而高大。

不要讥笑爱做梦的人吧！
因为做梦毕竟是活人的事，死人是从来不做梦的。

手的功能不仅仅是拿来，而且还要奉献。

敏感是一面凸透镜，它既能放大快乐，也会凸显痛苦。

自私是坟墓，走出坟墓就会走出死亡；
嫉妒是围墙，走出围墙就会走进辽阔。

利益，既然被人们视为驱动器，它就能启动或加速一个人境界的升华，也可以促使其灵魂飞快地堕落。

舍其事而成其心者，为高尚；
舍其心而成其事者，则卑鄙。

嫉妒是嫉妒者喷吐的烈焰，疯狂地燃烧，肆意地暴虐。

它能把遭妒者烧成灰烬，它能使绿洲变成荒漠。有多少蓬勃的生命被它焚杀，有多少伟大的创造被它毁灭。它摧残善和美，它纵容丑与恶。清明的世界被它弄得乌烟瘴气，美好的人间被它搅得一片污浊。

魑魅魍魉以它为渊薮，人妖鬼怪奉它为圣杰……

其实，嫉妒还是嫉妒者自设的樊笼，是在吞噬自家种植的苦果。

名言或格言，是思想者把生活中采撷来的矿石，经过思虑之火的冶炼之后，再经过一番精心打磨而奉献出的稀世珍宝。

机遇、机缘或运气，绝不会像雨点那样密密匝匝，轻易就会落到谁的头上；

机遇很吝啬，尽管有时众里寻他千百度，却常常是踏破铁鞋无觅处。

所以，要善待机遇。

时间像个不停地摇来晃去的筛子，它能把一切有价值和应该被淘汰的东西分得一清二楚。

风来了，被风吹走；
雨来了，被雨冲走。
这就是轻浮者的命运。

皱纹——为了不使成熟四处流浪，生命才设置了管束它的栅栏。

舞动在眼角的鱼尾纹，是岁月赠给人们的一把扫除天真和幼稚的神帚。

纯洁是一种冷色，如雪花，如霜凌，如清露，如寒天的月色。
经常接受这浸润，沐浴这辉光，会使一个人的情感世界保鲜。

如果灵魂是树，那么人生所经历的幸福、苦难、欢乐、忧伤……就该是这树上结出的果实。

心灵是座无底黑洞，只有带着光芒走进，才能看清它的万水千山。

日子如叶子。
再翠绿的叶子，也会经霜沐雪；
再平静的日子，也会遭风吹雨打。

一无所有的风，虽然清贫，带给人们的却是无尽的清爽和温馨。

宝石藏于山，珍珠蕴于海，金子掩于沙。
真的人才，往往就在这如山、似海、若沙的芸芸众生之中。

一滴水珠，一片绿叶，一柄花蕊，一份善意……
虽然它们很弱小，却是净化、美化世界的基本单位。

风景——灵魂的领导者，欲望的蛊惑者。
从一朵花的艳丽中，从一粒果的馨香里，只要用心观察，就不难发现，在它们身上都残留着一种艰难跋涉的痕迹和成长的痛苦。

不要鄙薄泥土，不要践踏小草。

因为——

当你飞升得不能再高，一旦跌落的时候；

当你行走得不能再远，一旦累倒的时候，

看吧，那亲近你、呵护你的，一定就是那一片泥土或一簇小草。

情感是流水，清澈而明净；理智是危石，沉重而多姿。石逢水，影动神飞；水遇石，舞美歌甜。

哈哈镜里，是一个畸形的世界。

伸手可即的成功，并不光彩。

希望，总爱伸出多情的手臂，把不慎跌倒的人生搀扶起来。

心灵是一片土地

　　心灵是一片土地，是根的家；是种子放飞梦想，期待和向往的庄园；是红硕的花、成熟的果，直至参天大树无法忘怀的故乡。

　　心灵是一片土地，一笔人生独有的财富，他人无法抢占。在这片土地上，种瓜得瓜，种豆得豆。如果庸散懒惰，不肯耕耘，不去播种，这土地就会荒芜。荒芜的土地里，会杂草丛生，会秕草满目，甚至会有毒草恶株泛滥成灾。

　　心灵是一片土地。它埋藏智慧，珍存希望；它孕育生机，助长活力。发现它，开垦它，会有一种挖掘的快乐和收获的满足。

　　心灵是一片土地，它拥有不可低估的抚育能力。你看，在那悬崖峭壁的缝隙间，虽然只有一捧泥土，却养育了一棵树，抑或一蓬草，从而使它们成为一簇耀眼的风景。

　　心灵是一片土地。它不但拥有抚养的能力，还拥有承担的力量。那巨龙飞奔的铁道线，那四通八达的公路网，那纵横交错的江河流，那直插云霄的高楼群……一条条，一幢幢，无一不是踏着土地的身躯，踩着土地的肩膀而起飞，而登顶的。

　　心灵是一片土地。这土地有肥沃与贫瘠之高下：不惜汗水，辛勤耕耘，是土地肥沃之秘诀。

　　心灵是一片土地。这土地有湿润与干涸之区分：审度云雨，洁身净气，是土地保有常态之诀窍。

　　心灵是一片土地。这土地有松软与板结之不同：敞开情怀，吐故纳

90

新，是土地永不僵滞之奥妙。

心灵是一片土地。这土地有冰冻与温暖之差别：善待四时，感受阳光，是土地永驻春天之真谛。

品咂着土地的味道，吮吸着土地的清芬，触摸着土地的温润，感恩着土地的厚爱，生命会愈加蓬勃，人生则不断丰富。便会有希望之鹰起飞，一只只飞向高远，飞向辽阔……

当飞翔的鹰劳累了，困倦了，这土地——便是温馨的眠床。

仰　望

　　仰望源于魅力；仰望钟情向往；仰望受信念驱动；仰望是觉醒的生命；仰望是心灵企盼图腾的抚摩；仰望是人生向上向前的寻觅与探索……

　　曾经，仰望着大哥哥大姐姐鲜艳的红领巾心生羡慕；曾经，仰望着校园里每天升起的五星红旗成长立志；曾经，仰望着蓝天上飞动的白云大雁遐想万千……

　　仰望，仰望着走出深谷，仰望着奔向光明，仰望着争取胜利，仰望着走向成功……

　　仰望岁月，回首来路，或曲折，或笔直，或坎坷，或平坦。路边，总有绿树摇曳，总有鲜花芬芳，总有鸟儿啁啾，总有蜂唱蝶舞；心中，总有历史铸就的万千雕像巍然屹立。

　　那是井冈山挑粮队伍踩弯的小路吗？那是遵义城头迎风飘扬的战旗吗？那是先烈们留在险山恶水间的冷冷忠骨吗？那是天安门城楼庄严肃穆的国徽吗……

　　哦！望见了！望见了！

　　因为仰望，遥远的近在眼前，微小的陡然高大，陌生的顿成亲切，迷茫的变得清晰……

　　仰望吧！仰望山，意志在仰望中更加坚定；仰望水，心灵在仰望中得以净化。

　　仰望昨天，憧憬的心，奋斗的手，敬意与崇拜激荡情怀；仰望今天，温暖的风，和谐的韵，美丽着人间……

仰望吧！仰望天，仰望地，仰望春夏秋冬风霜云霓。

仰望吧！以心为舵，以爱为桨，以情为帆，谱一曲赞歌唱给辽阔蔚蓝。

仰望吧！以真为经，以善作纬，以美当梭，织一幅锦绣献给朗朗晴空。

仰望吧！生命在仰望中昂首行进，心灵在仰望中豁达、宁静，人生在仰望中充实、美丽。

仰望雪山

千里迢迢，奔赴耸立于川北地区的雪山脚下，大脑传递的第一个信号，就是仰望。

哦，仰望雪山——

这是缘于崇敬而酿成的久盼所导致的一种以亲切的目光触摸晶莹的姿势。

这姿势，曾经是一种向往，是一种期待。

你，被风云簇拥，由雷雨裹挟，受信念委托，咔嚓咔嚓，又让照相机们悄悄地摄进底片，植入心灵，并且成为一种静默的美丽。

红军爬过的岷山雪峰呀，一种岁月的流水无法涤去的记忆。

在仰望者心里，你是一座丰碑，你是一笔遗产，你是送给未来和希望的一件珍贵的礼物；你是巨轮，你是扬帆，向着未来，正破浪行进。

你不是那位白发苍苍的长者，手持拐杖，喋喋不休，总爱把昨日的辉煌挂在嘴上；你也不是大草原上那顶追随季节搬来挪去的蘑菇帐篷，东西南北，居无定所；你不屈，你坚定，你刚毅，你是曾经嚼碎过一个腐朽时代，至今依然完好无损、颇具硬度的钢牙利齿！……

当目光沿着陡峭制作的险峻，攀登上雪山峰巅的那刻，仿佛才突然地领悟：尽管我挖空心思痴人说梦般地赋予你那么多赞美，但最终还是无法与你所持有的那哲人般沉思的头颅伦比，无法与你所固有的高大巍峨伦比；似乎还隐约感觉到你斩钉截铁的存在活像一架庞大的制冷机，正在不断调节这世界的温度，因而也才使传统里的优良成分保持了长新久鲜。

真想将激情澎湃的心情悬挂于此，让那血红血红的心锤把这倒立的洪钟撞响，让那一声声振聋发聩的轰鸣，闯入并警醒那些沉醉的睡梦。

仰望雪山——

在一束束热烈的目光下，你会流泪吗？在一声声深情的呼唤里，你会应声吗？你肯把缘你而生成的那份向真向善向美的心灵冷藏起来，使其永不变质吗？

哦，雪山！

这里总闻啼鸟声

　　走出黎明的太阳，把光束刚刚搭上楼群的墙壁，这里的鸟儿们就歌唱起来了。

　　鸟儿们是在等候一位恩人的出现；鸟儿们正演奏一支迎宾曲，在迎接一位朋友的到来。

　　恩人出现了，远远地，他骑着一辆小三轮，上边放着两只口袋。口袋里分别装着小米和高粱米。

　　朋友来了，朋友来到了楼群之间。朋友慢慢迈下三轮车子，又慢慢从口袋里掏出小米和高粱米，东一把，西一把，前后左右，一把一把地撒。等撒够了，朋友再看看树枝上正友好地望着自己的鸟儿们，骑上车子，又慢慢地走了，去了另一个他该去撒米的地方。

　　鸟儿们被朋友的举措感动了。鸟儿们的歌声更加响亮优美。鸟儿们不知道朋友的名字。于是，在一个晨光明媚的时刻，笔者特意等候在那里，替鸟儿们打听到了这位朋友的情况。

　　朋友姓翟，是一位退休工人，已经八十五岁高龄了。

　　老人从年轻时就喜欢鸟，退休后曾经在家里养过一阵子。养着养着，他发现，把鸟囚在笼子里，让鸟失去了自由，这不是真的爱鸟。鸟是会飞的动物，鸟是自由的精灵。如果真心爱鸟，就应该给它一个自由飞翔的天空。

　　养鸟不如喂鸟，老人一下子悟出了这理儿。于是，就在十几年前的一天，老人把自己喂养了很久的几十只鸟，全都放到院子里，训练它们

96

自觅其食，让它们学习飞翔的能力，谁学会了生存，谁的翅膀硬了，谁就先飞走。一只、两只……老人眼望着一只只鸟儿飞向了天空，老人的心思亦随着它们飞向了远方。

鸟儿们飞去了哪里？鸟儿们的生存状况怎样？老人的心时常牵挂着那些飞走的鸟儿们。从此，老人就每天都带上鸟儿们爱吃的小米、高粱米，从自己居住的地方开始，走一处撒一处，最多时，一天能撒出五六斤。细心的人们或许已经发现，在公园的绿荫下，在城区的某个空地，在一个个曲径通幽之处，在他力所能及的一个个角落……有一位老人，正骑着一辆小三轮车，不时地停下来，掏出装在口袋里的鸟食，不断地撒，不断地撒……

无数个春夏秋冬，无数个风吹日晒，他从没有停止过自己的行动，尽管他的步履已经蹒跚……

中秋望月

中秋好月朗照，月亮注定是今晚的主角。从心灵出发，揣上最真纯的心绪，设圆月为远方的盛景，让目光和心情一起去旅行。最好把视线搭上圆月，再缠绕几圈，拽住那月，让她行走得慢些、再慢些，与她相靠得近些、再近些。

望月，不免会记起"床前明月光""明月几时有"的唐风宋韵。春花诱春心萌动，秋月惹秋思缠绵。那里有相思，那里有心念，有浓得阅不尽、听不够的幽幽伤感：因了思团聚而盼月圆，因了惦亲人而祈月圆，因了诉衷情而拜月圆……甚至把缘于思念、期待、分离而酿制的千情百结都寄意中秋圆月：东西南北待秋月，终使"天涯共此时"。

那是身负重托的中秋圆月吗？那是踽踽独行的千古寂客吗？那是垂钓乡情的丝丝银缕吗？那是虐待相思的千般惆怅吗？那是一只召邀呼唤的铜号吗？那是一个深梦回归的穴口吗？

其实，中秋望月，不仅慰藉了千千万万心灵，更是在显见月的善能：皎洁的月光似水，可洗涤心性；娇柔的月色如醇，可滋养灵魂。那月是承载美的使者，是种植梦的田园，是绽放在心中的花朵。她娇艳馨香，可触可摸。亮在心里，如在身边。

是谁把月光斟满心杯，让我在梦中与你同醉？

把圆月紧紧地揽入怀抱吧！那是一种情怀，一种信心，是对一个美丽的梦的拥有。

望中秋圆月，美丽倾洒人间。若月下漫步，可花间林径：清风动月影，银辉沁心脾，心清气爽。若庭院闲坐，可美酒香醇：听歌吟诗，抒情咏怀，舞姿绰约。

中秋好月朗照，这边风景独好。中秋月不知疲倦地努力照耀，宝蓝色的夜空仿若悬起一面明亮的宝镜，又似在敲响一只巨型的金鼓：天上月圆，亲人团圆。人间盼事圆，心中追梦圆……

漂泊尽头是故乡

尴尬往事

人在无意中做了不该做的事，弄得很狼狈，很没面子，这就是尴尬。这种事，相信人人都会有，我也毫不例外。

拉 错 手

那时候我还年轻，正谈恋爱。因为我和当时的女友都住在京郊，去乡间小路徜徉，或在月光下漫步，边走边聊，就成了我们的一种"恋爱行动"。我走路比较快，是当兵齐步走练的，女友总是跟不上，有时落得很远了我才发现。每当此时，女友就做出很"生气"的样子，故意背过脸不理人，非要我折返回去，亲自哄她一阵才肯继续"前进"。

一天，我俩去逛王府井。那时候通讯很不方便，不像现在呼机手机的什么都有，熙熙攘攘的大街上，人一旦走失了，是很难找的。商店的广播里就时常有"现在广播找人"的声音响起。那是发生在横穿王府井马路的一幕，为防止身旁的女友落在后面，我就顺手拽起她的手，径直往马路对面走去。没走几步，觉得有些不对劲，那手似乎在往回缩。我以为是女友不好意思我当这么多人拉她的手，想抽走，就又使劲攥了攥。可那手终于还是抽走了。这时候我扭头一看才发现，原来手里刚才拽着的并非自己的女友，而是一个毫无关系的陌生女孩，这时候再找女友，才看见她正站在马路对面的人丛中哧哧地笑我呢……

后来，这女友就升格为我的妻子，那"拉错手"的一幕也就成了彼此经常使用的一种"笑料"，调拌我们的生活。

进错门

一般情况下，男女卫生间都是紧挨着的。我当时工作的办公室曾经紧挨女卫生间，每当要去那个地方时，出门只要右拐经过一个门口再进第二个门口，保准没错。无意中，这"经一进二"就成了一种习惯。

可后来单位调整了办公室，这调整的办公室也偏偏只移动了一个门。

那是刚搬进新办公室没几天，一次，我急匆匆地要去洗手里的擦桌布。按照新办公室位置的要求，这时候头脑里的那个"习惯"按钮应该调整到"出门右拐经二进三"才是，可我一时竟忘记了调整，一下子就闯进了"二"。

这地方可是上帝为男性公民设置的禁区啊！幸好，那天女卫生间内两个高八度的对话声音及时警醒了我，使我迅即退回了脚步，幸好走廊里也没有人发现，否则，这尴尬的场面该让人如何收拾呢！

唉，习惯，都是习惯惹来的尴尬。

穿错鞋

2004年4月中旬的一天。山东某市邀我作为嘉宾去参加一个颁奖会。早晨五点半钟左右，火车驶进了泰安车站。

该下车了，我从中铺下来，穿上鞋，收拾好东西，迎着朦胧的晨光走下了火车。那火车只停几分钟就开走了。

走出站口，天已渐亮。迎着接站人高举的名牌，一抬腿才发现自己脚上的棕色皮鞋有一只变成了黑色。天哪，是我穿错鞋子了！

一错造成二错。当时想，那位被我穿错了鞋子的旅伴不知发现没有，如果发现了，是笑是骂是怨，只能由人家去了。为了不在颁奖会的主席台上露尴尬，我只好赶紧去商店买了一双新鞋换上。说到这事，我还要真诚地向那位被我穿错鞋子的陌生旅伴道一声歉："真的很对不起！"

　　不少同事曾经以为我是个细心人，从这几件尴尬往事看，其实我也是个很大意之辈。由此想到，平时不经意间，对朋友、对同事肯定还会有一些粗枝大叶的地方，若此，只能请大家多多包涵了。

故乡有棵枣树

故乡半山坡上，丁字路口处，生长着一棵枣树。

枣树树干很粗，要两三个小孩子牵手才能搂得过来。这树很有些年纪了。

老李家人说这枣树是他爷爷的爷爷的爷爷在野地里捡到一棵树苗，看那丁字路口有个土坑，就把它埋下，又随意撒上泡尿，那树就活了，慢慢长大起来了。

可老张家的人说这枣树是他爷爷的爷爷的爷爷见那丁字路口有个土坑，用铁锹一剜，就把自家院里一棵小枣树移植过来了。而后就是浇水、养护，那树就慢慢长大起来了。

乡亲们觉得他们说得有根有据都有理，据说多少代人也没有认定这树的完全归属：说是李家的树，行；说是张家的树，也行。就这样，这树在人们的关注下，在大家的议论声里坚守着脚下的土地，且不断地做着踢腿运动——树根越扎越深，不断地做着伸展运动——树冠越长越大，不停地做着扩胸运动——树干越来越粗，终于令人刮目相看起来。

那是一棵甜枣树，树上每年都会结不少枣子。那枣儿椭圆形，就像后来我所知道的橄榄球的一个微缩版。

春天，枣树长叶、开花都很晚，比洋槐花要晚很多很多。小伙伴们就等着它开花，想着它结枣，盼着它成熟。那是秋天到了呀，便有大孩子爬到树上，把争着先红先熟的枣子摘下来，装进上衣口袋，然后下树后分发给我们这些小孩子。给多给少，先给谁后给谁，那可是有讲究的："以后从家里再拿什么好玩的出来，必须要先给我；以后不能再找谁谁去玩了……"唉，孩子小啊，管他是不是情愿呢，先答应下来，吃到枣子再说。

就为了能吃到枣子，小伙伴们对这枣树是很爱护的。比如，如果发现有谁拿小刀在它身上乱刻乱划了，有谁用石块打它的叶子了，小伙伴间会立即通报"情况"，很快便会有人通知他家大人；如果那家大人不肯接受孩子们的"报告"，最狠的说不定哪天夜里他家院子里就会落下一块不大不小的土坷垃来。就这样，那枣树在大家的呵护下，春天按时长叶，夏天及时坐果，秋天嘛，准会满足我们这帮淘气孩子的期待。

20世纪50年代末，家乡闹了大旱灾，大家都自觉地过起了吃不饱穿不暖的日子。要说那日子有多么苦，当小孩子的并不懂，只知道那些饭菜不如以前的好吃了，小伙伴们谁也不再把零食拿出来分给大家了。我就是因为吃了一种叫作"本槐"树叶子做成的"菜豆腐"，而闹了个脸肿，眼睛都"胖"成了一条缝。为了不挨饿，有的人家便外出讨饭，有的人家便选择了阖家搬走。无疑老张家选择了后者，因为，自那年那天他们一家搬走以后，我们就再也没有看见过老张家的人露面。

老张家的人走了，那枣树有点不太情愿地便归属到了老李家的门下。枣树有了归属，枣树的主人对它就"格外"地看管起来，而且看管得很严：先是在枣树周围垒起一圈石墙，见依然挡不住孩子们的攀爬，就又在枣树干上捆扎了好几道酸枣枝圪针。孩子们吃不到甜枣不甘心呀，每年那枣树刚坐果就有人趁夜色偷偷拿石块打嫩。再后来，不知是什么原因，老李家就把那枣树给杀了（老家人管砍树叫杀树）。据说那枣树干和枣树枝被做成了很多打场用的木锨、木耙、木杈，有的还做成了犁杖，据说拿到集市上卖了不少钱呢。

一晃就过去几十年了，不知道那个丁字路口闲置的土坑里，是否有人新栽了什么树？如果栽了树，那树的命运又该如何？多少年了，我心中一个拧着的问号，一直没有被抻直过。

关于狼的记忆

关于狼，从刚记事起，它就被大人们狠狠地楔进了我的记忆。

狼凶残，狼狠毒，狼贪得无厌。为吃掉可爱的小羊，它有时甜言蜜语地唱"小羊儿乖乖"，有时又蛮不讲理、面目狰狞地直逼在下游喝水的小羊。

狼可怕，狼可恨，还吃小孩。这就是我对狼的最早和最初的印记。所以，怕被狼欺骗，我才懂得了不要轻信；怕被狼咬伤，我才不敢与狼共舞；怕真的遇上狼时无人救助，我晓得了什么时候也不能开"狼来了"的玩笑的道理。

七八岁时，我去远在北大荒的大哥家居住。那里人烟稀少，刚去，大哥大嫂就千叮咛万嘱咐：这里不同于老家，晚上千万别出门，白天一个人也不能走远，这里狼多。

他们的话一点不假。记得刚到那里没多久，我就看见了真的狼。那天我坐在一辆装满羊草的马车上，远远地看见两只狼一前一后地行走着。两只狼始终相间几十米，而且还不紧不慢地走走停停。由于早就有了关于狼凶残、狼可怕的意识，一听说那就是狼，而且还正朝着马车走来，我心里自然就有些害怕，双手情不由己地握住了身边那把装草用的钢叉。

车老板樊大哥告诉我，那狼饿了，寻食呢。不过不用害怕，狼怕响声。樊大哥还说，那狼一前一后，不即不离，是它们为防侵袭而养成的一种自我保护习惯。说着，樊大哥便很优美地甩了几个响鞭。随着几声鞭响，两只狼果然转向走了。就是从那时起，我知道了狼很聪明，狼怕响亮的声音。

第二次见到狼是在北京动物园。由于那狼在笼子里关着，尽管它急得一刻不停地转来转去，也不会令人害怕的。因为谁都知道，被关在笼子里的狼，和死去的狼没有什么两样，对人不会有半点伤害。

第三次遇见狼，应该说是一次历险。

那是我成为军人的前一年，正在黑龙江畔的一家苇场做修理工。过春节时，那些有家室的师傅们都回家过年去了，只留下我们几个小光棍巡守场区。那里满场都堆满了收购来的芦苇，主要是怕失火。夜里巡查时，之所以每人手里要握一把钢叉，一是随时准备和胆敢来破坏的"阶级敌人"进行搏斗，但最主要的还是防备野狼的袭击。因为那是个冰天雪地的冬季，狼的食物奇缺，夜里走村入户，吃鸡吃鸭、叼猪啃羊，甚至人被咬的事，也时有发生。

那天夜里才十二点多钟，我们一行六人正走在巡查线上。突然，不远处有几个荧绿色的光点在向这边移动。生长在东北的赵师傅年龄最大，他立即提醒：大家注意，那里有狼！

随着他的话音，我不禁毛骨悚然。那一刻，似乎已经不知道自己是身处何地，脑袋里简直是一片空白。

还是赵师傅冷静，他指挥我们背对背围成个半圆形，手持的钢叉齿头一律朝外。然后又让大家用随身携带的螺丝刀齐声敲击叉的钢齿。

那几个绿色的光点不动了，我们依然不停地敲打着。慢慢地，那几个恐怖的荧点终于开始向着另外一个方向移动。赵师傅提醒，大家不要慌乱，你们在前，我断后，一律把钢叉扛在肩上，叉尖朝后、向下。回值班室！

大家安全地回到了值班室，关紧门。那一夜，大家谁也没敢再出屋门。但我们听见，没过多久，那些狼又回来了，似乎还多了一些，而且离值班室并不远。它们的嚎叫声持续了足足有一个钟头。

野外的狼，关在笼子里的狼，发着绿色荧光的狼，嚎叫声瘆人的狼，我也算领教过了。

说来，我也真不算什么好汉，就因为有了这些关于狼的际遇，对狼的恐惧感竟一直持续了多年。直至后来成为军人了，逢夜里站岗放哨时，还曾偷偷把子弹压进枪膛，以防狼的袭击。

真的，那时我不怕敌人，却害怕狼。因为，狼是野兽，它不通人性，不循人理。

姐姐出嫁

我有两个姐姐，这里说的是大姐。

大姐长我十四岁，她出嫁时刚满十八。当时我还小，朦朦胧胧记得的，是她出嫁时穿的那件紫色裙和她悲恸的哭声。

别人家的姑娘出嫁，都穿大红衣服、大红裙子，而姐姐之所以要穿紫色衣裙，是因为母亲去世还不到一年，全家人正为她戴孝，红色是万万不能穿的。至于姐姐为什么哭得那么伤心，当时我一点也不懂她的心思。

按照家乡的习俗，姑娘出嫁离家的时间要选在晚上子夜时分。姐姐临嫁的那天，天刚黑，邻居家的嫂嫂、姐姐们就来了。她们有的帮姐姐梳头，有的为姐姐试装。我还记得邻家二嫂在姐姐脸上先扑了一层白粉，然后把一根棉线的一端咬在嘴里，把另一端分别缠在两只手的几个手指上，形成一个张开的剪刀状。就这样，二嫂在姐姐的脸上就那么一松一紧地，把她额上、腮上、两颊以及唇上、下颚上的细细的绒毛一片片地铰掉。姐姐说不疼，可我看着心疼，几次要拉开二嫂的手，都被姐姐制止了。二嫂的这种做法，后来我才知道，所有人家的姑娘临出嫁时都要经历这么一道关，这是铰脸，也叫开面。

看得出，当时姐姐是不怎么想嫁人的，因为她毕竟才只有十八岁，而且还由于给母亲治病借了婆家的钱，也怕嫁到人家后受气。姐姐直哭，不想吃饭。不知道是谁为姐姐煮了两个鸡蛋，可她不肯吃，说留给小五子吧。接着就把我叫到跟前，一手把我揽在怀里，一手把剥了皮的

111

鸡蛋一点点地喂给我吃。那时候我家的全部家当也许就只有这两个鸡蛋了，可记事却并不懂事的我，竟理所应当地吃掉了它。而姐姐呢，似乎是饿着肚子嫁到了婆家。直到现在，每每想起此事，我心里都有一种说不出的歉疚。

那天晚上，我本来说好一定要等到姐姐出嫁走了我才睡觉，可谁知熬着熬着便不知不觉地睡着了。等大人们把我叫醒时，见姐姐已经穿好了新娘装，正准备蒙上盖头上花轿呢。

姐姐见我醒了，便蹲下身，把我轻轻揽在怀里。昏暗的油灯光下，姐姐的泪水止不住地流。也许因为有父亲在身边吧，姐姐才没敢哭出声来。是的，那时父亲在他的儿女们面前有一种不可冒犯的威严，我们都很害怕他。

姐姐坐在椅子上，由几位堂哥先抬到花轿边，然后才让她上轿的。姐姐临上轿前把头还扭了一下，因为她蒙着盖头，我没看见脸。我想她一定是想看我一眼，因为，我是我们兄弟姊妹中最小的一个，而且早早地就失去了母亲，应当说姐姐确实给了我很多的母爱。

姐姐出嫁走了，我一直送她出了胡同口。

暮秋的夜，凉风瑟瑟，远远地我听见花轿里传出了姐姐的一声长长的恸哭。第二天，听送亲回来的人说，姐姐整整哭了一路，谁都劝不住。

姐姐的哭，我是长大后才逐渐明白的：她是在思念逝去的母亲，她是在牵挂我这个年幼的弟弟，是在为我们这个贫寒的家而哭，也是在为自己多舛的命运而哭。

邻居家的狗

　　邻居家一定很富有，不然，就不会花那么多钱买这么一只不灰不黑的长毛狗。

　　这是一只哈巴狗。记得邻居刚买来时，它嗷嗷地嘶，却不是汪汪地叫。据说那是由于这狗才来到新主人家，对新环境、新生活的陌生感所致。更重要的，是因为它刚刚离开狗妈妈，是思念亲人的一种分离忧虑的表白。第一天晚上，它直叫了一夜。它小小年纪就离开了自己的妈妈，想想也怪可怜的，尽管那天夜里我被它吵得一夜都没睡好。

　　不过，这狗的适应性还算强，第三天夜里就再也听不到它的动静了，接着我听见了主人叫"欢欢"的声音。我猜想，这狗一定是有了自己的名字。后来证实，果然不错，因为这狗是雄性，便被取名为"欢欢"。

　　我第一次看见欢欢时，它还不到半岁。那时，它穿着一件粉红色外衣，依偎在主人怀里，只露出大半个小脑袋，模样煞是可爱。见我是陌生人，它只睁睁眼睛，又闭上，表现出不屑一顾的神态。然而它一转头模样就变了：舔舔主人的手心，又用鼻子拱拱主人的下巴，还会睁着一双黑亮的小眼睛，和主人对视一阵，并不时地歪歪脑袋，表现出一副亲善、可爱的小样。一起围观的人都说，"欢欢"真会撒娇。

　　我第二次见到欢欢时，它已经两岁多了。那是个初夏的傍晚，在小区的绿草坪上，欢欢紧随在主人身边，颠颠地左转右跑，并不时地嗅嗅这儿，闻闻那儿，还对着墙根淘气地抬腿撒了泡狗尿。

　　主人说欢欢最近学"坏"了，原因起自那天带它去一个朋友家串

113

门。朋友家也有一只哈巴狗，名字叫琼琼。琼琼是狗妹妹，它俩一见面，一下子就惹起了欢欢的非分之想，一次次想破坏琼琼的纯洁，只是由于两家主人的阻拦，欢欢才未能得逞。不过从此欢欢就不肯安分了，再也不愿待在家里，总想着往外跑，一出门就直奔琼琼那里去。有时为了求得主人的同意，那小尾巴摇得甚是艺术。欢欢害了相思病。为拯救欢欢，欢欢主人和琼琼主人还共商了一条妙计：琼琼主人借了一条比欢欢年龄大得多的公狗，等在家里。那天，欢欢跟主人去了，一路高兴得不得了。一进门就想采取亲昵行动，不料一看，这同类已不再是琼琼小妹，而是一个又粗又壮和自己的构造完全一样的同性。欢欢生气了，撒腿就往回跑。从此，欢欢就不再思念琼琼小妹，能安分守己地跟在主人身边了。不过，从那时起，欢欢就添了一个毛病，每天傍晚时分，主人必须带它出来散步，看看野景，否则，它会一夜不宁。

我第三次也是最后一次见到欢欢的时候，就因为它对我表示的那一副凶相的缘故吧，使我心中那个娇态可爱、媚态可掬的欢欢再也不复存在了。

那天我出差回来，左手一个包，右肩一个兜地走着，路上遇见邻居正和欢欢一起散步。也许是我手提包里散发出了什么味道的缘故，欢欢不许我走，拦住我非要扒开我的提包不可。我没理会它，照样走自己的路。这下可惹恼了欢欢，它上蹿下跳，猛地扑过来，一下子咬住了我的裤脚。开始我以为欢欢是闹着玩呢，就势拉扯着它拖了几步。没想到欢欢像受了多大苦难似的，撒开我的裤脚如挨了开水烫般地拼命嚎叫起来，还一个劲儿地直朝我胸前扑。

天哪，你这是怎么了，为什么要这样？

正在这时，欢欢的主人扭动着腰身走来了，不但没有制止欢欢的野蛮和无理，还指责我一定是趁她不注意欺负了欢欢，不然它不会这样愤怒。

主人都这种态度，和狗还有什么好理论的呢。回到家，妻子直笑我：人是不能跟狗一般见识的。为这事生气，不值！

那个七夕，我在青海高原

　　新月弯弯/柳帘羞面。/你手指绞弄柳叶/一声"我们"/话刚露头/又被两片樱唇儿咬断。/踏踏踏/你甩下个背影/拉长我的视线。//从此/你身上/就总缠着/用我的目光/铸成的索链。(《索链》)

　　这是 2017 年 7 月，我和妻子刘伟应邀做客山东电视台录制《一封家书》时，边出场边朗诵的一首旧作。

　　回忆起这首爱情诗的产生，至今难忘。

　　京城，初夏时节，五月的洋槐花香沁人心脾。晚饭后，我和二哥正在闲聊，随着房门被轻轻推开，进来一位年轻的姑娘。姑娘貌美，秀气袭人，还没落座便问："这是他五叔吧？"那是我第一次听到那姑娘的声音，甜甜的，心被小小地拨动了一下。姑娘坐了刚几分钟，因为又有人来串门，她便进里间和侄女说话去了。

　　这是四十七年前我当兵第五年上，第一次休探亲假路过北京在二哥家小住时发生的一幕。三天后我便如期归队，又回到了荒凉缺氧的青海高原，继续我守卫核基地的军务。

　　两个月后，二哥来信了，说还记得那天晚上问"这是他五叔吧"的那位姑娘吗？你嫂子和她嫂子想做你们的红娘，你觉得怎么样？太好了！太好了！我立即给二哥回信。一个月后，二哥又来信，并附有那姑

115

娘的通信地址和姓名。从此，我和那姑娘之间就开始了一场长达三年的"信恋"行动。

二哥嘱咐，男方要主动些。我积极响应，于是提笔便写：

刘伟同志：

　　您好！听哥嫂说，您心眼好，聪明上进，待人热情诚恳，是个少见的好姑娘。见到您的那次，因为陌生、羞怯和不自信，没敢跟您多说话，很抱歉。今蒙不嫌，十分感谢！我幼年丧母，家境贫寒，且远在几千里之外的边疆从军，但我热爱部队生活，希望您多多理解和支持。

　　　　　　　　　　　　　　　　　　　　　　张庆和

第一封信，小心思是有点试探，想了解下姑娘对远方军人的态度。因为那时我刚被提拔为军官才一年多，有股子将"革命"进行到底的劲头。信寄出去了，只等回音。二十多天过去，等来了姑娘的回信：

张庆和同志：

　　您好！收到您的来信，很高兴。最近，哥嫂提了我们的事，今后是我向解放军学习的好机会了。

　　　　　　　　　　　　　　　　　　　　　　刘　伟

第一封信，都极其简单，谁都不好意思说得太多，更不敢讲得太直接，而且还带着那个年代的印记。就这样，类似有些矜持的信、羞羞答答的信，你来我往，夹带着各自的心情、心思、心事，持续了很长一段时间。

几个月过去了，我们互相交换了照片。交换照片是"信恋"必不可少的一个步骤。有老同志提醒，一旦到了姑娘肯把照片交给你的时候，这事儿就有戏了，抓紧行动吧。于是，我首先努力，在信的称呼上把"姓"和"同志"去掉。老同志的话果然灵验，回信中姑娘也随着起舞，把"张"字和"同志"省略。

那是我们开始"信恋"行动的第一个"七夕"，我站在青海高原空军高射炮兵的一座阵地上，遥想着远在北京的恋人，浮想联翩：此时此刻，远方的她在做什么？是否也想到了银河岸边的那个故事？想想我们都通信半年多了，无法见面，不能拉手，更不能像其他恋人那样或公园漫步，或月下相拥，陶醉在甜甜蜜蜜之中……想着想着，一首《索链》短诗便很自然地生成了——那是在实境中"无"，却是在情境中"有"的获得，是一种心灵的表白和慰藉。接着，诗和信便一起飞到了姑娘身边。由此我便开始学着写起诗来，用以抒发心中的所思所感，以此寄托对恋人的思念之情。

这一封夹带着情诗的恋爱信，似乎更打动了姑娘的芳心，她的回信也表白得直接、坚决："解放军在我心里是最可爱的人。既在海边站，必有望海心。愿爱情之花开放得美妍芳香时，我将无愧地把她献给你！"姑娘的信很有文采，看着这样明明白白的态度，心情一时很激动，于是，我便向组织报告，要求对女方外调政审（这是当时部队对所有军队干部找女友的规定），以便让关系进一步发展。

然而，令人没有想到的是，组织上这一调查，麻烦却来了。首先是恋人那边，引起了一片议论，支持赞成的少，反对挖苦的多："北京有那么多男青年你不找，为什么要去找个几千里地外的军人呢？""找对象是为了过日子，大老远的，结婚后可是要当牛郎织女的呀！""吹！想找军人北京当地有的是！"……酸甜苦咸辣的各种说法纷纷塞进了姑娘的耳朵。

感谢我的未婚妻，面对这些说法，她没有动摇，依然坚信自己的选择，并且把一些说法也如实地对我倾诉。这时候，我们的信来往得更加频繁，"心语"也转换成了"信语"，不再吞吞吐吐，一封比一封甜蜜。读信、写信、盼信，真的就成了我们恋爱生活的全部，每一封来信我都要反反复复地看几遍，生怕漏掉了什么。有时候，一旦没能按时接到恋人的来信，心里就惶惶地难受，甚至胡思乱想。一次，有个战友（收发员）不知是有意还是无意，他藏起了恋人的来信。由于连续二十多天没读到恋人的来信，心里竟胡思乱想起来：病了？受伤了？调转了？还是顶不住那些议论，变心了？一赌气，我也没主动写信询问，想看看她怎么说。在焦虑的驱使下，我竟用粗笔在十六开的三张信纸上画了三个大问号，作为一封特别的信寄了出去。

可就在这信寄出三天后，那收发员却把信交还给了我，而且是两封信。当然由于那收发员是以一种"忘了，对不起"的道歉方式交给我的，我也就没再多说什么。但装着大问号的信已经寄出去了，该如何向恋人解释呢？"道歉！道歉！一个劲儿地道歉！"不等收到回音，我便立即写信道歉解释，生怕自己的力度不够，又把这一情况告诉了我的老主任张天郁，请他帮着解释。我永远忘不了恋人收到大问号的心情："我的信都是按时写、及时寄，一连寄出了两封都没见你回信，那些天我天天去收发室问，谁知盼望中等来的却是三个大问号！知道吗？那天下班，我是流着泪骑车回家的！"由于自己的多虑、莽撞，有意无意地伤害了心中的恋人，真是太不应该了。误会终于解除，雨过天晴，恋人原谅了我，且认真地告白："亲爱的，我属于你！"我亦积极响应："亲爱的，你受委屈了。"风雨过后彩虹复出，我们的"信恋"重新继续，我习作的一些诗也时不时地寄给姑娘一首半首的，其中也不排除显摆自己的心思。

后来的日子，二人的爱情关系虽然没再出现大的波折，但时间长了，感情深了，却不能相见，也是很折磨人的。你思我想，我想着和她见面，哪怕一分钟都行；姑娘也是，天天盼着我会童话般突然出现在她的面前，天天想着梦中能见到我的影子。她曾经不无遗憾地说："留下的印象太浅太浅了，怎么也梦不见你的模样。"但姑娘是个正直善良上进的人，在她的鼓励支持下，当时我真的进步很快，二十四岁便成了一个连队的指导员，也是全师最年轻的指导员。组织信任，恋人支持，那得"好好干呀"！可知，这好好干是要付出代价的。且不说"两眼一

118

静，忙到熄灯；眼睛一闭，战备警惕"的繁忙工作了，仅就干部们的休假安排，我这小小的"一把手"就要"享受在后"才成。

按照部队当时的规定，未婚干部只能两年休一次探亲假，而且只有二十天。如此算来我可以在见到姑娘后的第三个年头上休假，那样就可以与心爱的她相见了。可是，当时连队的八名干部中，有七人已婚，他们都有各自的家庭实际情况，要借休探亲假时间及时回去处理，作为连队的指导员是应该往后排的。这样，直到连队的所有干部都结束了休假，我才最后向上级写报告，经批准后进行了我军旅生涯的第二次休假。记得那次到北京后，没几天就是举国欢庆的国庆节了，也是我与恋人时隔两年半后的再次遇见。

在山东电视台录制《一封家书》节目时，主持人辛凯曾经问："你们二位两年半没见面，那见面后呢？是不是很激动，一下子就……"（主持人做了个拥抱的动作。）"没有！没有！"我和那时的姑娘现在的妻子刘伟几乎异口同声地解释。那次见面，非但没有激动地拥抱，首先给我们的感觉是那种缘于时间和距离的阻隔而导致的生疏、陌生感竟一时占据了上风，彼此都有点不敢相认了。因为，是那个两年半的岁月，几乎把我们雕刻成了另外一副模样。特别是我，更是被高原的风霜雨雪侵袭得面目全非。

我和妻子刘伟的"信恋"故事经网络、有声媒体、电视传播后，引起了众多朋友的关注，但同时也引来一些年轻朋友的好奇：一次偶然且不经意的短暂遇见后便各自东西，仅仅靠写信就成为恋人，并且走近、行远，那是那个年代，要是现在呢？

现在会是什么样子？或许只有亲历者才懂。真的，那时候，我们很纯净；那时候，我们很真诚；那时候，我们常常怀念……

2020 年 8 月 17 日　北京

女儿的名字

女儿的名字叫燚。当初起这个名字时，只是不太经意地翻了一下《新华字典》，随便在某页找出了有些特别的一个字。没想到这个名字却带来了那么多麻烦。

先是去医院给女儿看病，在化验室被人喊成张炎炎。凑巧，那天同去医院看病的还真有个叫张炎炎的，要不是他是个大男人，说不定真会把女儿的化验单取走。

接着是女儿上学，就为这个"燚"字，直惹得老师一边查字典，一边嘀咕。后来就是侄男侄女们半嗔半怪的玩笑话：显你们学问高深呀，用那么一个不靠村不着店的怪字！再后来女儿长大了，她也把一连串的问题没轻没重地抛向了我们："干吗这样难为我呀！"

别人的嗔怪可以不必当真，女儿的责问却不能不理。于是我们解释：因为你出生时正是盛夏，天热得实在难受，为让你牢牢记住妈妈生你时是多么痛苦，还有希望你今后不论做什么事情，都要有一副火热的心肠，要把自己的生命燃烧成一团烈烈的火焰……

就这样，女儿似乎认可了，以后没再说什么。可别的麻烦又来了。

前年女儿中考，别的考生的编号都发下来了，唯独女儿的没有。她着急，我们更着急：要是弄错了怎么办？于是便去查，便去问。答曰：考生的编号一律输入电脑，因为没有"燚"这个字，所以才晚了。

中考后还有高考，还有走入社会要使用名字，怎么办？为避免将来的麻烦，还是赶快改名字吧。

改成什么名字好呢？全家人开起了民主讨论会。"隽绮""萌涛"……十来个名字供女儿挑选，女儿却说俗气得想吐。结果一个也没选中，于是便自得自意地叫起"梦影"来。好吧，就叫梦影，梦中的影子，有点诗意。

改名字要去派出所。

"瞎改什么！太麻烦了，不给改！"一鼻子给碰了回来。妻子不信，又去。结果，那鼻子也差点被碰歪。

你们家不是有好几个人在公安局工作吗，为什么不去找他们帮帮忙？有人这样提醒。改名字也要走关系？这点事好意思给人添乱吗？

既然名字改不成，于是全家人又形成共识：那就不改了，麻烦就麻烦吧。人的一生不就是因为与麻烦结缘，所以才有了那么多花团锦簇、缠缠绕绕的曲线之美吗？

峭壁上，那棵酸枣树

是为摆脱饥寒交迫的日子，你才无可奈何地跳下那悬崖？是为免遭那场被俘的耻辱，于弹尽粮绝之后，你才义无反顾地投落这峭壁？

历史感怀着你，岁月铭记着你。

那一天，你真跳下来了，像俯冲搏猎的那只雄鹰，像划破静寂的那颗流星。

然而，你并没有死，一道峭崖壁缝救助了你，一捧贫瘠的泥土养育了你。生根，发芽，长叶……从此，你就在这里安家落户。日日夜夜，年年岁岁，终于顽强地活下来了，长大起来了，一直长成了一簇令人刮目相看的风景。

这便是故乡那座大山的悬崖峭壁上，一棵摇曳在我记忆里三十年之久的酸枣树；一棵在夹缝中生存，在磨难中挣扎，在逆境中巍峨的酸枣树。

那是一棵怎样的树啊！

它高不足尺，阔不盈怀；干细枝弱，叶疏花迟。云缠它，雾迷它；风摧它，雨抽它；霜欺雪压，雷电轰顶。大自然中的所有强者，几乎都在歧视它，虐待它。仿佛只有立刻把它从这世界上除掉才肯罢休。然而，酸枣树并没有被征服，它不低头，它不让步，于数不尽的反击和怒号中，练就了一身铮铮铁骨，凝聚了一腔朗朗硬气。

一次次，它在风雨中抗争呐喊；一回回，它把云雾撕扯成碎片；它以威严逼迫霜雪乖乖地逃遁；它以刚毅驱逐雷电远避他方……

122

它像大山里的一名哨兵，时时坚守着自己的岗位；它像一位忠诚的使者，及时报告着八方信息；它是一面飘扬的旗帜，召唤着，引导着，冲锋着，战斗着，率领着大山里所有的草草木木们，从一个春夏秋冬奔向又一个春夏秋冬……

它明知道自己成不了栋梁高树，却还是努力地生长着；它明知道自己不可能荫庇四邻，却还是努力地茂盛着。它不像山前的桃树、山后的梨树，一个个娇生惯养地让人伺候、抚慰，动辄就使性子甩脸子给点颜色瞧瞧。也不像贪图热闹的杨树柳树们，一个个占据了水肥土美的好地方，便忘乎所以地摆首弄姿，轻飘飘只知炫耀自己。而酸枣树，却默默地兀立着，不鄙己位卑，不薄己弱小，不惧己孤独。与春天紧紧握手，与日月亲切交谈。天光地色，尽纳尽吮。从不需要谁的特别关照与爱抚，完全依靠了自己的力量，长成了那堵峭壁的生命，让人领略那簌动人的风采。它真诚而没有妒忌，它纯朴而从不贪婪；招手向路人致意问候，俯首向胜利者恭贺祝福，似乎是它的天职。

那是我亲眼看见的：那一年秋天，于不知不觉中，它竟结出一粒小小的酸枣。是的，只有一粒，而且小得几乎为人们所不见。

那酸枣是春光秋色日月星辰的馈赠，是一片浓缩的丹霞云霓。亮亮的，红红的，像玛瑙，像珍珠，像一团燃烧的火焰，像那万仞峭壁的灵魂。

当初见到它果实的那一刻，我还陡地生出一个奇怪的想法：小酸枣，或许正是那棵酸枣树苦修苦熬数十年而得道的一颗心吧！有了心它便会有梦，便会更加热烈地拥抱世界了！

转眼远离故乡三十年，我再没有见到过那棵酸枣树。不过我想，眼下风光正好，它生长得一定会很茁壮，很茂盛，一定是干粗枝旺，叶郁果丰。长成了一个典型的男子汉形象，再也没有谁歧视它，再也没有谁欺辱它了。并且有很多小鸟常去它那里做客，和它一起歌唱。那歌声清韵悠扬，荡漾山谷……

石匠二哥

街坊邻居谁都知道，我们姊们七个，一大家子人的生活主要靠母亲给人纺线织布才得以维持的，家里不能没有母亲。母亲的病尽管很重，全家人谁也没有想到她会离开我们，所以，什么寿衣呀，棺材呀，墓穴呀，都没有做任何准备。

母亲病故了，一切都很仓促，只好用一个简单的棺材入殓，也没有埋葬，只是用土坯丘在了一个地头，准备等墓穴修好后再行下葬。

在为母亲修造墓穴的匠人中，有一个要我叫他石匠二哥的人待我特好，给了我难忘的记忆。

那年，石匠二哥还不到二十岁，却已心灵手巧。一天，我见他正在雕刻一块石板，他告诉我，这是墓穴的门楣。我问这是什么花，他说，这不是花，是云，是白色的云。你母亲心地善良，一生劳苦，有了这片白云，就会有一位神仙时刻立在这云的上面，保佑老人家在冥间永远不再吃苦受累。

我真的相信了。直到母亲移葬时，都护着不愿让人把那墓穴的门楣埋住。

我之所以喜欢石匠二哥，还由于他对我特好。每次，不管是上工走去，还是下工回来，只要我俩一起走，他都要背起我，或者让我高高地骑坐在他的双肩上。有时我没去工地，只要他快收工时，我就一个人跑到胡同口，眼巴巴地等他回来。只要他一露面，便飞快地扑上去，双手挂在他的脖子上，说什么也得打会儿秋千才肯让他走。石匠二哥也从未拒绝过我的要求，有时他很累，即便坐下休息，也能答应我坐到他的两只脚上，让他上下抬几个高高。

那时我们家虽然贫苦，但对为母亲修造墓穴的匠人们照顾得还是很好的。记得那些专为匠人们做的好吃的饭菜，比如白面馍馍呀，小米面的煎饼呀，还有什么菜呀肉呀的，不要说哥哥姐姐们吃不到，就连我这最小的也不许沾。每当吃饭时，石匠二哥只要看见我，准会把我叫到跟前，夹一些饭菜什么的，装在小碗里端给我。有时哥哥姐姐们见我吃匠人们的饭，就用手指划着耳根羞我。每当这时，石匠二哥就护着我，并安慰说，这是二哥省下给你的，没事，吃吧。

很快，母亲的墓穴就修造好了，石匠二哥也该走了。

石匠二哥走的那天正下小雨，我舍不得他，一直送到村口。临别，我竟扑上去，死死地搂着他的双腿不放，非要他把我带走不可。于是，大人们就哄，说石匠二哥就住在姨家的那个庄子，过几天他还回来的。

石匠二哥走了，从此我就再没有见过他的面。只是到后来才知道，石匠二哥也是年龄很小就失去了母亲。或许正是他理解一个过早失去母爱的孩子的心灵期待吧，所以他才把自己的良善，化作点点滴滴的关爱，真诚地送给了我，送给了一个和他一样自幼就失去了母亲的人。

书，给了我飞的翅膀

黄土高原，漆黑的夜。嚎叫的西北风卷着沙尘东冲西撞，土筑的军用钢架房在风中颤抖。就是那间小屋子里，一盏用墨水瓶制成的煤油灯，催我不停地翻动着书页。书，把我带进了一片美好而宽阔的天地。

我爱读书，是遗传还是习惯，说不清。只记得小时候我最爱坐在爷爷的膝盖上，一边揪着他的胡子，一边看他在灯下读书，有时候直到困得睁不开眼睛了，才肯爬到炕上睡觉。

在我们那个地方，爷爷算是个有文化的人，而且写得一手漂亮的毛笔字。记得每当腊月小年一过，他就会在院子里摆下桌案，铺上毡子，研好墨，从上午到下午，一直到年二十九，天天都为那些拿着红纸的街坊们写春联。爷爷一生教书，他当过私塾先生，自己也办过学堂，所以对我喜欢看书很高兴，还不止一次地对我念叨"万般皆下品，唯有读书高""书中自有黄金屋"之类的旧训。可父亲就不同了，他跟着爷爷念书一直到十九岁，却又一直认为读书无用，很不赞成我上学，更不喜欢我读"闲书"。在他的严令下，我刚上完小学就辍学了，先后还让我学过医，做过木匠活，并反复叮嘱这才是吃饭的碗。所以，从根上说，我的文化程度到头来也只是个小学毕业。

1969 年初，几经周折后，我终于成为了解放军空军的一名高射炮兵。由于自己文化水平低，很想利用那段服兵役的时间读点书，学点什么，以弥补文化不足的短板。可那时的部队里战士能读的书除了"老三篇"和一本"语录"外，其他什么书都没有。有一次我去炊事班帮厨，在一堆即将被填进锅灶的乱草堆里发现了一本破旧不堪的书，书的名字叫《诗词格律解释》，作者叫王力。没舍得烧，就拿了回来，闲暇时悄悄翻看。谁知一看就上瘾了，几乎把书中引用的古诗词全都背了下来，仍觉得不解渴，还想再看点别的书。于是，就给我的小学老师、当时已经入伍多年，并且正在兰州军区司令部秘书处工作的郭泗秀老师写信，表露了自己的想法。郭老师很理解也很支持，不久就给我寄来一本《青春之歌》。并且嘱咐，书不用寄回，但要保存好，尽量不外泄，如想看别的书，以后再寄。

那时候，中苏关系紧张，部队天天"准备打仗"，特别是空军，更是"首当其冲，首当其用"。为适应战备需要，上上下下都要轻装。上级规定干部不准有木箱子，战士不准有手提包，这样我的书就只能放在自己的枕头包里了。《红岩》《苦菜花》《牛虻》……老师的书一本本寄来，我的枕头包也越来越鼓。

天有不测风云。一天早晨，副营长突然下连队检查战备，并且搞紧急集合。我的背包怎么也打不好，几乎捆成了十字花。副营长令我重新打好，当他发现我的枕头包太大时，就问里边是什么东西，我不敢隐瞒，只好支支吾吾地如实报告。奇怪的是，那位副营长（后来当了营长）眉头一蹙，并没说什么，只是令我把背包搬进连部去。原来，副营长也是一位爱读书的人，他不但没有批评我，还说他爱人可以代我保存书籍。真是因祸得福，喜从天降，从此我的《烈火金刚》《岳飞传》《上尉的女儿》……一本一本都找到了"家"。

读书，丰富了我的军旅生活，拓展了我的心灵空间，在荒漠的年代里我拥有了自己的一片绿洲。

1973 年，为战备需要，我所在的高炮部队奉调至青海高原担负守卫核基地的防务（原子弹小型试验场、组装厂，大型试验厂在新疆马兰）。那里高寒缺氧，刚进十月，满山遍野就铺满了厚厚的白雪。身临其境，面对此景，或许是受王力先生《诗词格律解释》的影响吧，我竟产生了写诗的冲动。于是，四句，六句，八句，一口气写了好几首，而后又斗胆寄给了《青海日报》。

只是想抒发下情感，没抱什么希望，就在1974年1月初的一天，《青海日报》的《青海湖》副刊上竟出现了署名"张庆和"的一首《高原战士爱哨所》的短诗。看到自己的诗歌第一次上了报纸，当时还真是小激动了一下呢！那一年，《青海日报》曾经三次刊登过我习作的诗歌；而后、再而后就是在《空军报》《解放军报》《解放军文艺》和国内的一些大报、大刊以及文学专刊上不断露面。

时过境迁，改革开放的新时期到来了。一些被禁的书也同时解禁。为能买到自己喜爱的书，我曾与书店的营业员混得很熟；也曾托北京的老师和朋友帮我购买在驻地难以买到的书。前几天和外孙羽墨一起整理书柜，他问这是什么书呀，这么破旧。我一看原来是1978年由人民文学出版社出版的《短篇小说选1977—1978.9》。这是新时期我国出版的第一部短篇小说集，也可以说是伤痕文学和反思文学的集合。在这部书里，人们的喜怒哀乐、所经受的心灵疼痛，几乎每篇都轰动一时。为能买到这本书，记得我还一大早就去排队，等候书店开门。

读书是一种习惯，一旦养成，就不容易刹车。后来我转业回到地方，走上了一家报纸副刊编辑的岗位。副刊是报纸的亮点，读者相对要多，我深知自己的文化底子薄，为做好这份工作，我一刻也没有停止过读书。尽管每天选稿、编辑、版面设计、校对、印刷厂付印，有时还要采访、写稿等，满负荷的工作已经很忙很累，但为坚持读书，我还是给自己硬性规定：每天至少要读一篇文章，每月必须读完一本书。

知识似海，书籍如山，转眼人已古稀，回首竟有那么多想读的书还没有读。假如生命能够重新开始，我想，自己首选的一定是读书，读很多很多的好书。因为，书是瞭望世界的窗口，是人生飞翔的翅膀。

团团帮我改儿歌

团团是我外孙子的乳名。受团团平日里一些言行的启发，我对儿歌一度产生了兴趣，一年下来，竟写了百余首。其中有的儿歌在教团团背诵时，他还帮我进行过修改，而且改得很合适。

那是 2014 年仲春时节，是因为下雨还是因为盼雨，我曾经写过一首名为《我的春雨》的儿歌：

小雨点/滴滴答/叫醒了树/染红了花/争先跳进小河里/要去大海找妈妈

其中第二句开始我用的是"滴答答"，在教团团背诵时，却被他说成了"滴滴答"。我问，为什么要说成"滴滴答"？团团很一本正经地回答说："滴滴答好。"由是，我便听从了团团的意见，把"滴答答"改为"滴滴答"。这首儿歌后来被四川的少儿音乐爱好者牟雅元先生谱曲后，更名为《小雨点要回家》，由上海八岁小朋友余越在网上首唱，后来又经河北省石家庄市的小歌手高子惠在中华演出网试唱，人气一度飙升，仅一个月，点击量就达五十多万，而后又以每月数万的人气攀升。

团团给我改的第二首儿歌是《十二属相歌》之一的《寅虎》：

寅虎不姓寅/住在大森林/森林有陷阱/虎哥要小心

129

诗中第三、四句起初是"那里有陷阱/虎哥要当心"。团团听了后，说"森林有陷阱"好，"虎哥要小心"好。听后，我细想了下，觉得团团说得在理，便又一次依了他，把"那里"改成"森林"，把"当心"改成了"小心"。

团团对汉字敏感，而且爱看书。在家人并没有专门教他学文识字的情况下，凭着看电视字幕，接触幼儿读物的说明文以及路边广告语等机会，他竟然认识了不少字。今年幼儿园放寒假时我给他买回一本青少版的《西游记》，本想当故事读给他听的，没想到刚五岁的团团竟然自己能阅读了。他妈妈有些不信，就提了几个问题问他，比如孙悟空住在哪里，他的金箍棒是哪里来的等等，结果都回答得很对。我也曾当面听他读过一章，发现一页下来只有十来个不认识的字。当然，这并不影响他对儿歌个别词字的判断与改动。因而，每当我有新的儿歌写成后都先读给他听；有的一时拿不准的字，也爱听听他的意见。因为这些是写给幼儿的童诗，团团正是这个年龄段的孩子，更懂得浅语的意思，或许他的感觉会更直接些。比如一首叫《迎春花》的儿歌便是。

迎春花/像黄鸭/搂着枝条往上爬/雨来了/它不怕/风来了/
笑哈哈/大家聚在春天里/欢欢喜喜过家家

这末尾的一句最初就有"欢欢乐乐过家家"和"欢欢喜喜过家家"两个版本。后来之所以把"欢欢乐乐"定为"欢欢喜喜"就是团团的意思（"大家聚在春天里"的"在"字，儿歌《娃娃成长歌谣》出版后我用的还是"会"字，后来当团团自己捧着书本念读时是被他改成"在"字的）。

再后来的一些儿歌，比如《滑滑梯》："阳光照 风儿吹/大地一片暖微微/小朋友 滑滑梯/你追我赶比飞飞//蝴蝶飞下彩虹桥/紫燕追来歌滴翠/小小蜜蜂也要飞/一只一只排好队。"这里的"比飞飞"也是团

130

团由初稿的"比比飞"改过来的；还有最后的三个字"排好队"，我原写的是"排成队"，发表后团团看了报纸对我说，爷爷，还是"排好队"吧。于是，我就把已经发表过的这最后三个字改成了现在的"排好队"。

另有一些儿歌，比如"小雨点　贪玩耍/一眨一闪眼睛大/绿树叶上翻跟头/小水塘里捉浪花//小雨点　笑哈哈/一滴一点在长大/挽着小溪大步走/蹦蹦跳跳去天涯//小雨点　好潇洒/攀着云儿秋千架/飘来荡去显身手/一道彩虹奖给它"（《雨点荡进彩虹桥》），刚写成不久的《系纽扣》《我给太阳画个妆》《羊年到》《元宵月》等，里面也都有团团帮我修改的痕迹。

团团签名

　　"团团"是我外孙子的乳名。他出生后正赶上我退休，以朋友的说法，我成了专职姥爷。整整三年时间，在看护团团的日子里，他身上发生了不少有趣的事情，于是我就随手记下。三年下来，没想到竟然成了一本书。这书的名字就叫《团团的故事》。

　　《团团的故事》就要出版了。团团似乎懂得这书的意义，听说印刷厂要来送书，一大早就特高兴，并且几次问我：爷爷（他一直管我叫"爷爷"，习惯了，纠正不过来），怎么还没送书来呀？

　　早在几天前，我就对团团说，这书要送人的，有的团团还要签上名字送，你准备送给谁呀？团团胸有成竹地回答：给爸爸，给妈妈，给姥姥，给爷爷（姥爷）。还有安徽的奶奶、爷爷、叔叔、姑姑。想了想又补充说，还有幼儿园的老师呢。说着便念叨起李老师、杨老师、崔老师、申老师，最后还补充一句，崔老师给我发花卷。

　　为了签好"团团"这个名字，提前几天团团就开始练习这两个字。小家伙学得很认真，也很快，没两天就写得像模像样了。

　　《团团的故事》是中午送到的，团团立刻要我打开包给他看。团团看后问我，这团团往哪里写啊，他要立即签名。我说不急，咱们下午睡醒觉再签成吗。他不干，非要立即签。拗不过他，签就签吧，我同意了他。

　　团团拿笔还不正规，满手攥着钢笔，使劲地在书的扉页上写着"团团"二字，签完名字，还写上了年月日。团团热情很高，一口气签了五本。我说先签这些吧，剩下的睡醒觉后再签。大概是团团体会到了签名也不是件轻松的事吧，就同意了。我很珍惜团团签的这五本书，没舍得送人，而是把它包好，作为珍藏本留了起来。

以后的日子里，团团陆续又签了一些书，有的送给了舅舅，有的送给了姨妈（春节给舅舅和几个姨妈送书时，凡有团团签名的，都颇受欢迎。甚至他的大姨妈还怀疑团团的签名呢，说才刚满三岁，是他签的吗？直到团团当众在一张白纸上工整地写出"团团"二字时，她的疑问才随之消散），还有的送给了他爸爸妈妈的朋友。当然，我也把他签了名字的书送给了我的一些朋友。

在团团整个签名的过程中，我发现团团还真是有创意。开始时他都是按照我教的写，那"团"字的方框有长有方，可签着签着他却改变主意了。比如有的他就"擅自"先画成个"圆圈"，然后在里边再写个"才"；有的是先画出个三角形，嘴里便念叨着，再把"才"装进去。更有意思的是，一次签名，他却创造性地来了个：大团抱着小团。就是先写个竖着的长方形"团"，再写个足以把小"团"也包括进去的大"口"，然后在靠左边竖线处再写上个很小的"才"字。写完后，还很自得地问我：爷爷，像大团抱小团吧？当然，对于团团的这个创意我是给予肯定的。接着，团团就又签了一本。我没再让他多签，只两本，怕别人不肯认可。这两本书，一本好看点的被他妈妈送给了同学崔航阿姨，一本不算太规范的，我就作为纪念留存起来。

还有一次，团团签名时，我告诉他，你想怎么签就怎么签吧。结果，小家伙又趁机发挥了一下：先画了一个圆形的小"团"，接着在右面又画出一个竖着的上小下大、下部且有点椭圆的"团"字。当时我没解其意，就问他这是什么意思，团团胸有成竹地回答：小的是乒乓球，大的是球拍，打球呢。而且很高兴地一下子就签了两本。这两本书，其中一本我送给了帮我们做《团团的故事》一书的大卫先生，结果，很快就听到了大卫在电话里的夸奖声：团团的签名真有趣，很逗人喜爱呢。

我的爷爷

爷爷如果活着，也快一百四十岁了。

爷爷是个乡村穷秀才，教了一辈子书。在我的记忆里，爷爷思想守旧，观念落后，还很固执。比如，爷爷也说地球是圆的，可他所理解的圆，与年轻人所说的圆完全是两码事。他说，这地球的形状就好比一个西瓜被拦腰切成了两半，我们人就是在这个切开的平面上坐着、站着、走着或躺着。如果你说他错了，是个没切开的西瓜状，他会很生气，也会很认真地对你说，怎么可能呢！如果是那样，这"西瓜"旋转时，你我等人岂不是有时要脚朝上头朝下、头足倒立吗？记得有一天，家里从关东来了一个穿制服的本家哥哥，为此，爷爷还和他争得面红耳赤。那时候我尚不谙事，不知道他们谁说得对，似乎觉得都有道理。

一次我问爷爷，天上打闪打雷是怎么回事？爷爷说，那是老天爷生气发火呢。闪是他老人家的眼光，比如人要是做了坏事，老天爷就先瞪上一眼，如果那做坏事的人还不觉悟，不改正，他就会很生气地大喊，那雷就是他发怒的声音。那时候我不懂什么叫科学，爷爷的话还真的相信了好一阵子。

爷爷是个读书人，很爱惜书籍，甚至连带字的纸都不许随意撕扯、烧毁，更不准乱扔。有一次，爷爷曾拿着从地上捡起的一张字纸问我们弟兄几人：这是谁扔的？让人乱踩！孔圣人看到会生气的。可"文化大革命"那阵，爷爷却无可奈何了。记得有一天红卫兵们把从各家抄来的"四旧"在街头焚烧，从不爱凑热闹的爷爷也去看了。可他只是远远地站着，一句话也不说。爷爷拄着一根拐杖，目不转睛地望着那堆火。直到那火都熄灭了，他还在望，很久、很久才缓缓离去。

爷爷一生惜书如命，我见过他保存的那几大箱子书，一本本都跟新的一样。有人说他没读过那些书，只是收藏了。这我不信，因为爷爷一肚子的故事都是从那些书上来的。比如《封神演义》《东周列国志》《三国志》，还有清王朝的一些宫廷"故事"等等。爷爷像个说书人，讲得绘声绘色，头头是道。每当冬闲或是家里来了客人，他们都邀爷爷讲上一段。也许是爷爷的故事感动了人们，或者是那些听书的人出于对一个文化老人的尊重，"文革"刚开始破"四旧"时，人们谁也没有到我家里来抄过什么。后来爷爷那几箱子书被烧，说起来罪过还应在我。

记得那些日子爷爷被二姑接走了，趁他没在家，我对父亲说，红卫兵会不会也来我们家抄东西，爷爷的那些书就别留了吧，会惹祸的。当时我已看到，有的人因为私藏了一幅门神被挂牌游街，有的家里因为藏了一些被叫作"封资修"的书，惹得红卫兵闯进院子直喊口号。想想如果真有一天有人也闯进我家和爷爷过不去，那该怎么办？八十多岁的老人可经不起这种刺激呀。再说，我这个正在努力争取当"红卫兵"的人，不是也要吹了吗。于是，我就和父亲商定，把一些主要的、认为会惹麻烦的书拿到野外，趁夜色悄悄地烧掉了，只留下一点无关紧要的书，交给了红卫兵。爷爷从二姑家回来后，并不知道那些书已经被全部烧掉，也并没有发什么火，因为他老人家相信了我和父亲的话：只是替他把书藏了起来。由于"文革"的第二年我就再一次远离了家乡，爷爷也于1968年10月去世。至于后来老人家是否已经知道了他的那些心爱的书早已化作灰蝶，没了踪影，我不得而知；爷爷如果知道了，他老人家又是怀着一种怎样的心情离开这个世界的呢？为此，我至今感到不安和愧疚。

在我的记忆里，爷爷有个习惯：总爱咳嗽。有时是早晨起床时咳嗽，有时是从外边回来快进家门时咳嗽。开始我不理解，爷爷怎么养成了这么个毛病呀。后来知道了，那是他用咳嗽的声音向家人发出的信号。那意思是，我在这里呢，孙男娣女们衣着要整、行为要敛呀，免得被做老人的撞上，彼此尴尬。

在我们那个地方，在人们的眼里，爷爷是个有修养、很严肃的人。在街头，抑或另外的一个什么地方，只要有他到场或者经过，正说笑的人就不再说笑，正打闹的人也不再打闹，常常是要等他离开了，才能重新听到那些嘻嘻哈哈的话语声。

爷爷似乎有些孤独，他常和小孩子们在一起玩。据家乡人回忆说，爷爷临终前的那个上午，老人家又突然来了兴致，和一帮六七岁的孩子一起又唱又跳地玩了足有两个钟头。中午，嫂子叫他回家吃饭，爷爷说有点累，想躺下歇会儿再吃。

爷爷睡下了。大约过了一个小时，当嫂子把为他做的鸡蛋面盛好，再去喊爷爷起来吃饭时，爷爷却再也不会答应了……

那时候正闹"文革"，丧事是不能大办的。可爷爷出殡那天，听家乡的人们说，老老少少，几乎整个村子的人都去为他送行。

我落伍了

女儿要买电脑，周日便陪她去中关村电子一条街选购。

出这家店铺进那家商行，直看得眼花缭乱。真没想到，除广告上脸熟的几家电脑公司外，还有那么多不知名的小公司生存着，老少几代，堪称一个大家族了。

在当代商城，面对一台标价八千多元的电脑，我问导购员：这价格都包括哪些部件？自知问得还算得体，可话刚出口，女儿的目光便铁锹般地直剜我。

女儿读大学时学过电脑，在单位也经常使用，自然要比我懂行。在她面前我还是谦虚一点吧。

刚才怎么了？出得店门，我试探地问女儿。

买电脑不能问包括什么，应使用"配置"二字。否则，人家一听就知你是个外行，瞧不起你不说，如果遇到个缺德的，弄不好还会哄你、骗你、宰你没商量呢。

女儿的话听着确实在理。因为在许多"新问题"上，女儿的确要比我强。比如当初购买的几件家用电器，在如何串联的问题上，我鼓捣了半天也没弄好，可女儿下班回来三下五除二，一会儿就全灵了。还有前不久刚买的手机，许多功能，我就是开发不出来，女儿拿来左右翻腾了几下，不一会儿就弄出来好几个服务项目。社会在培育人，想想自己的确是落伍了，跟不上时代前进的脚步了。对此，以前我也曾嘲笑过父亲。

那时父亲手腕子爱疼，我就给他买了些伤湿止疼膏寄去。一次我回家，见父亲手腕上的伤湿止疼膏已脏兮兮的，问他怎么不换一下。他说，这膏药没掉下来，就说明它还有药效，有药效就能继续治病。问嫂子，说这药布已贴了十多天，怎么动员他都不肯换下来。我告诉父亲，这止疼膏只有二十四小时的效力，过了就没用了。说着就要动手把它揭下来。父亲赶紧制止，说不成，这药力正起作用呢，你这一揭反而误事。说什么也不让我揭。

这就是父亲对科学知识的理解。记得当时我还讥笑了他一句：真落后！

而今，我也坐到了父亲的位置上，而且已经"任职"二十二年。我是不是也落后了呢？尽管平时不愿或不敢承认，可看一看社会存在的现实，又不能不认真地考问一下自己了。

那天我下班骑车经过一座小学校，正赶上学生放学，见两个学生正在追逐、斗嘴。一个说，你是病毒，尽做坏事，人人都讨厌你；一个马上反唇相讥，你是千年虫，全世界都想消灭你。看，真是时代不同了。想想当初我上小学时，同学间的戏谑用的净是你是地主，你是资本家，你是日本鬼子、汉奸等等，差别实乃天上地下。

历史在发展，社会在进步。长江后浪推前浪，世上新人撵旧人，这是规律。规律是不可违背的，违背了就要受惩罚。从陪女儿买电脑一事我领悟到：我必须老老实实地承认，自己已经落伍，不应该再像以前那样自恃见高识广，自以为是地发号施令了。应该放下前辈的架子，虚心向后生学习，直至腾出空间，让他们去想象，去发挥，去创造，去推动这世界的更快进步。而不能只有把空间留给了愚昧，留给了腐朽，留给了贪婪，留给了野心，才叫心安理得。

曾经"著名"

我的名字是爷爷给起下的。

爷爷似乎有先见之明，还在大哥刚出生时，他就为我们兄弟五人在"庆"字辈的后边分别注下了"安、泰、平、均、和"五个字。当先我问世的哥哥们抢占了前边的四个字之后，这最后的一个"和"字，就不容置否地摁在了我的头上。

爷爷起的名字果然灵验，当母亲生下我两年后，据说她又怀了孕，结果，那个小"弟弟"还没来得及在这世界"哇"上一声就夭折了。母亲从此也被病魔缠住，而且一缠就没能挣脱。后来每当我淘气，姐姐气得没有办法时就呵斥我："你独"，独死了"弟弟"，还独死了母亲！

"独"与"不独"那都不是我情愿的事，情愿的是我自己认定了这个名字。不像三哥长大后擅自把"平"改成了"华"，也不像四哥把"均"也写成了"军"，直气得爷爷好久都不肯承认这两个字。

我是在故乡的那个小山村里靠苦苦挣扎才生长起来的。那时候我认为我属于名字，名字就是我，这世界不会再有第二个"张庆和"了。可是，我错了。第一次知道还有一个"张庆和"是在辽宁省沈阳市的北陵公园。那一天，我独步公园小径，走着走着，一块墓碑矗立在了眼前。细目一望，只见上书"张庆和烈士之墓"。

"不会吧！怎么可能呢?"凝眸再瞧，一字不差。

这"张庆和"是位飞行员师长，1953 年 4 月在抗美援朝的一次空战中牺牲，时年仅三十二岁。太可惜了。如果他活着，说不定我还真能与这位同名同姓的大哥哥邂逅，聊聊家谱呢。因为当时我正在空军部队服役，也是三十二岁。让我和一位同姓同名之人恰在他生前同岁时"相遇"，是巧合，还是冥冥中的一种安排？我说不清。后来从有关资料中得知，这位"张庆和"是河北宁晋县人，生前为空二师师长兼空军司令员第一指挥助理。其英雄事迹被记录在《志愿军烈士英名录》中。

这就是我知道的曾经在我心底引起刹那震颤而且再也没有忘却的一位"著名"的"张庆和"。

"我"的第二次"著名"是1992年在北京参加一次青年诗人笔会开幕式。那一次，会议的组织者不知为什么要把我安排到主席台就座。会前，我坐在下边，不敢走上去。因为，从我参加工作起，二十多年了，在这样的场合，我一直是处在仰视的地方望着他人，从未坐在高高的主席台俯视过。记得当时，望着主席台小牌子上"张庆和"的名字，甚至想，那不会是我，因为我没成就，没名气，没有资格往那里坐，说不定一会儿就会有另一个一字不差的"张庆和"坐上去呢。

正想着，一位老成持重的长者来了。他望着名牌上的"张庆和"问诗会的组织者：是老"张庆和"还是小"张庆和"？不出所料，果然还有一个"张庆和"要来。等着看吧。我静坐会场一隅，窃想。

结果是，那一次只出现了一个"张庆和"，他的确被拉上了主席台就座，而且破天荒的是被组织者以"著名"青年诗人介绍给大家的。记得当时听了"著名"二字，我心里慌，脸发烫，真希望那"著名"二字是他的口误，或者台下的百多位与会者根本就没听清那两个字。

那一次我认识了诗人慨燃，他就是该会的组织者。那位问是老张庆和还是小张庆和的长者，就是中国社会科学院文学研究所的诗歌理论家何火任先生，那是我们的第一次相见。何老师所问的小"张庆和"就是本人。会后，他说他已经注意到我在一些报刊上发表的诗歌了。

那著名的老"张庆和"又是谁呢？

经多方打听，数次询究，我知道了。他家住湖北的一个县城，是位农民诗人，整整长我二十一岁。他的身世、经历以及文学之路，颇似人们所熟知的高玉宝，苦出身，小时候给人放羊。他文化不高，主要靠自学，很勤奋。他写诗，也写剧本，书法也不错。诗歌《石头歌》曾入选中学语文课本，还到北京参加全国青年创作会，很早就加入了中国作家协会。据说，这位叫张庆和的先生眼下正在写一部长篇小说。

无疑，这是一位同名同姓同道的老师，真想有一天能彼此相逢，以聆听师长的教诲，倾诉世道的颠簸，感叹人生之路的坎坷。不知此愿能否到得眼前。

当然，我的名字还有一次能够"著名"简直就是一个幽默故事。

那是我从部队刚转业不久的事。一天，《北京晚报》报道了一起杀妻案，罪犯的名字就叫"张庆和"。说真的，这篇报道至今我也没有看到，当时是远在辽宁的原部队的老战友看到了。因为他一时尚不知道我转业到地方后的情况，便打听他复员在北京的战友，说张庆和的媳妇很漂亮呀，他们家是不是出事了？他北京的战友一时没能找到我，也四处打听。幸好他战友的战友的朋友很快就和我取得了联系，当知道我依然是个遵纪守法、老老实实完好无损的"自由人"时，才大笑着讲述了此事。

至于那个杀妻的"张庆和"家情况怎样，他本人该死该活，都已无须再说。恶有恶报，相信那天理之手拨转的轮盘，必会无情地碾轧作恶者的。

这就是"张庆和"的著名以及"著名"的张庆和。

话到这里，其实一个人是否真的"著名"，是否真的有人认为你"著名"，早已经不重要了。重要的倒是一个被符号笼罩着的自然人，应该有一盏自燃的心灯时常照亮自己的五脏六腑，以免让灵魂不小心陷落泥沼，或者误入黑暗的角落。

中秋的思念

那一年，是我从部队转业到地方后与家人共度的第一个中秋节。

一轮圆月朗朗地挂在窗外，全家人围桌而坐，面对五颜六色的月饼正要举杯庆贺，这时，三哥从遥远的南方打来电话，问："你知道今天是什么日子吗？"还没等我回过神来，三哥说："今天是母亲的忌日。那时候你才三岁多，不记事，母亲就是在别人家欢欢喜喜过中秋节的那一天离开我们的。"

三哥的电话，让我陷入沉思，打捞起我模糊的记忆。那一天上午，我正和小伙伴们一起在外面摔泥炮，玩兴正浓时四哥来了，非要拉我回家，我不肯走便大哭起来。邻家大哥见状抱起我，帮我擦擦眼泪说，家里有事，还是回去吧。刚到家，只见母亲躺在当庭的一张小床上，穿着与平时不一样的衣服，脸上蒙着一张草纸。我像往常一样叫娘，她不答应，拉她的手、摇她的腿也不理我。全家人还有街坊邻居很多人都在哭，大哥大姐三哥跪着，哭得天昏地暗。我不知道这是怎么回事没有哭，三哥硬拽我跪下，还按下我的头，硬让我哭。那时我真的不懂，这就是亲人的离开，这就是生离死别。我只是想，母亲很累了，她只是在睡觉呀，你们小点声，别闹醒了她。

母亲的确很累，她刚四十岁就一连生了九个孩子，两个姐姐夭折，活下来的五男二女，一个个嗷嗷待哺。父亲跟着教书的爷爷上学，书一直念到十九岁，以至手不能提篮、肩不能挑担，很多农活都不会干。这可苦了母亲，家里家外成了一把手。后来据街坊们讲，母亲生下我后又

142

怀了孕，劳累的母亲再也没有能力生养了，她不想再让这个孩子出来受罪。

那年代，没有计划生育，更没有人工流产之说，母亲企图用劳累、辛苦、拼命干活，让这个未出生的孩子自消自亡。田地里她什么重活累活都干，在家里她推碾磨面，使劲用碾棍磨杠挤压自己的腹部，到了晚上也不休息，脚踩织布机，叮叮当当，一直到公鸡打鸣才到床上小睡一会儿。未出世的孩子似乎故意与母亲作对，就是不肯离开母亲的躯体。后来，母亲不知听了什么人的巫言邪说，常把肚子趴在水缸沿儿上挤，或者搁在架起的横棍上压，孩子最终失去了……

但孩子临行时还有个尾巴不肯带走，留在母亲的腹中不停地兴风作浪，让殷红的血水不停地流。母亲就是在这样一种状况下，被活活地折磨而去。

当与家人聊起母亲时，兄弟姊妹都很难过，也对母亲所处的那个年代有了深深的了解。尽管母亲留在我记忆屏幕上的影像是那样模糊不清，但长大以后，我能感知到可怜的母亲所遭遇的痛苦，心中充满深深的疼痛和思念。

对于母亲的病，我咨询过医生，医生说如果按现在的医疗条件和我们的经济条件，母亲的病根本不算什么，只是当时社会太落后了，才导致了她生命的过早凋落。人们常说，母亲就是家，或许是因为母亲早逝家里缺少"中心"的缘故吧，我们兄弟姊妹七人长大成人后便各自东西，相继离开了老家，天南地北地开始了自己的生活。几十年来，由于相隔较远，加上都忙于各自的工作，我们七人就从未相聚到一起过。知道母亲忌日的那个中秋节，我三十八岁，母亲若是活着也还不到八十岁。我想，如果她老人家健在，我们七个子女肯定会欢聚一堂，围绕在她的身旁，与母亲共度中秋良宵。

实话真说也是药

打招呼问题

打招呼，就是用语言或动作向人致意，向接受的对方表达心思。

打招呼不仅是一种礼貌行为，而且也需要健康的心态。然而，打招呼成了"问题"，对于我，过去是不曾想到的。

过去单位的办公室分散，从一楼到五楼层层有人。那时候要找谁，非得电话约好才成，否则，想轻易和谁碰上一面，抑或聊上几句，简直是奢望。后来，调整办公室，整个单位的人挤到了另一座小楼的一层楼里，一个个成了真正的抬头不见低头见的熟人。起初还觉新鲜，可渐渐地问题就来了，而且不容置疑地横在了我的面前，这便是打招呼问题。

刚搬到一起时，不论和谁碰面我都一律地打招呼：您好！吃过了！或是点点头，拍拍肩。人熟往往和人俗画等号，这话不无道理。没过多久，果然就觉得与熟人打招呼的这些语言或动作成了一种俗气透顶的累赘，而且也不适应随时随地发生和变异着的"情况"。

与抬头不见低头见的人碰面还要不要打招呼，究竟该怎样打招呼，一时弄得我竟不知如何是好了。

就拿见人问"您好"来说吧，这话和几天没见面或者更长一段时间的人问一声还算得体，如果面对的是一天能见面几次、十几次甚至更多次的同事，总是"您好""您好"地问个没完，是够累的，而且也难免给人一种虚情假意敷衍人的感觉。诚然，对于一个比较看重他者存在的人来说，这等招呼用语不会有太长的生命力，不久这"您好您好"的招呼声就从我嘴里消失了。

再说"吃过了"一句。所在单位的人，一天里也就是中午只吃一顿饭，如果总问人吃过了吃过了的，也没劲。吃过了，什么意思？没吃过，要请客呀，怎么着！有时也会给人误解。这话有时若问得不适时、不合地，那就更糟，会弄得人很尴尬，不知如何回答才好。比如在厕所里相遇了，或是人家刚进或是刚出厕所，这时若上来就问："吃过了？"这不是倒人胃口，成心给人难堪、糟践人吗，谁受得了！所以，当这样招呼过一些时日后，自觉没趣、没味，这话也被我抛进了垃圾堆里。

既然如此招呼不妥，我曾试图以动作来招呼，如逢人点点头，或是轻轻抚一下肩头什么的。但这样也有问题，例如抚肩头，一旦养成了习惯，收不住自己的这只臭手，那要是碰上个长者怎么办？要是碰上个异性怎么办？弄不好轻者人家会认为你不庄重、流气，重者说不定还会问你个性骚扰呢。显然，这肩头也是万万抚不得的。

抚肩头不行那就点点头吧。后来又发现，其实点头也大有不完善之处。比如你所遇见的人正和某某吵过、争过，抑或还正生着气，你和人家点了头，是庆幸他生气，鼓励他吵架，还是赞同他的观点、支持他的行为呢？会不会给人误解。再说，这点头的动作一旦让吵架的另一方瞧见，会不会也产生误解：好啊，你小子向他点头，什么意思，是成心和我作对呀咋的？假如这见怪的一方是个小肚鸡肠、有些头脸的"冒号"人物，那你就吃不了兜着走吧。

看来打招呼的确成了问题，成了缠缠绕绕的一种麻烦。怎么办？干脆，一不做，二不休，不招呼了。于是，我便把自己封闭起来：不再说打招呼的话，不再点打招呼的头，不再做打招呼的动作，而且尽量少出屋，少见人。可时间不长，有话就扔过来了：瞧那个张某某，牛牛的，怎么像个怪物？

瞧，做人多不容易，活得多累呀。

顾　问

　　初秋时节。北京某居民小区内，一家取名"湘韵"的湘菜馆开张了。开业那天，檐下红灯高悬，门前花篮锦簇。应邀参加开业典礼的各方人士，或西装革履，或裙裾婀娜。主人含笑奉迎，客人颔首恭祝，场面好不热闹。

　　这是一家由江西闯京城来的钱氏姐妹以年租金二十万元包租下的菜馆。开业头一个月，生意红红火火，回头客比比皆是。姐妹俩真是喜出望外。

　　一天晚上七点多钟，菜馆里走进六个年轻的陌生男人，钱老板见生意来了，赶忙上前笑脸相迎。这六人也不客气，指一单间便入。点酒，喊菜，唱卡拉 OK。叮叮当当，六男子一阵狂欢之后，欲起身走人。那天，正好是钱氏大姐当班，见客人要去，便持单上前结账。六男子中一满脸醉气的人讲：今天哥们儿都没带钱，先赊着，下次再来时一起付。钱氏大姐赶紧堆笑申明：我们是小本经营，望几位大哥体谅，成全我们的生意。要成全生意吗？这好办。明天晚上你准备三十人的饭菜，我多带些弟兄来一起乐和乐和。说着，抬腿便走。钱氏大姐哪里肯依，箭步上前拦住，非要他们付了这四百多元的账才许走。

　　好不懂事！怎么？打听打听，谁敢挡爷的道。好说好商量，今天让我们好好去了，明天三十人的饭菜酒钱照付，一分不少。否则就别怪我等不客气，非砸你个稀巴烂不可。说话间，另外五男子已个个握拳竖目，怒容而立，一副要打斗的样子。钱氏大姐和几名刚招雇来的服务员，哪里见过这阵势，又见夜色已深，生怕吃了大亏，只好由他们去了。

这事看来很严重，如果明天他们真的弄上三十个人来，穷吃猛喝一顿，硬是不付账，弄不好再打起来，把菜馆砸了，如何是好。对了，开业那天不是有派出所的人来吗，找他们去。

值班民警解释，他们是赊账，没说不付钱，只是嘴里说砸，毕竟没有动手，似这类没有酿成事实的酒话，派出所是无法出面管的，还是明天看看再说吧。

钱氏姐妹睡不着觉了，她们反复琢磨着明天如何应付这帮人的胡闹。正苦于无甚良策之时，电话铃响了。电话里是一个女人的声音，声称是小区里的居民，听说了她们被欺负的事，很同情，也很担心。还嘱咐，这些游手好闲之人，是什么事都能干得出来的，要当心。并告诉钱氏姐妹可去找一个人，也许他能帮助。

第二天一早，钱氏姐妹如约前往，很顺利地就找到了那位大哥。

大哥，个大头大脸大眼大，说话声音也大，总之是一位颇具规模的男人。当闻知事由后，哈哈一笑，说你们只管放心好了，我去找他们摆平，中午就让他们把欠款送去，而且一分也不能少。

钱氏姐妹像吃了定心丸，又放心地开她们的菜馆去了。

这位大哥真行。我们何不聘他做顾问。当钱氏姐妹接过滋事者送还的全部欠款后，几乎同时说出了这句话。不久，这家名为"湘韵"的菜馆里，就经常出入着一个手持大哥大、鼻梁上架一副墨镜的男人。他大个头、大脸盘、大眼睛，很少说话，但一说话那声音就直往地上砸。他就是那位才上任不久的湘菜馆顾问，每月佣金为一千五百元。

有人对此事曾经进行过一番分析和推敲，结论不敢说正确，仅供参考：那六个陌生的年轻人，加上及时打电话的女人，再加上"顾问"大哥，其实他们都是一伙人，是做好了套子让钱氏姐妹钻的。也许，钱氏姐妹已经省悟，早已识破了他们。但识破了又能怎样，毕竟，这顾问大哥的确已保她们的生意半年多没有再受到过骚扰了。

2000 年 2 月 18 日

关于"水的职称"说明书

水也有职称，完全是一种自然形成状态，并非人为的评定或赐予。

水的职称基本可分为动态、静态和气态三大系列。在各自的系列中，又分为初级、中级、副高级和正高级四个档次。

先说动态系列。动态系列从低到高排序为：泉、溪、河、江。

泉是动态之水的童年期。它虽然天真幼稚，但其未来可长可短，可大可小，前途不可估量。人们对待它往往喜爱有加，庇护有加。在它面前，有时候会使人产生一种发现新生的感觉。

溪是动态之水的少年期。此时的它清纯可爱，小鱼小草小水鸭是它最好的伙伴。它虽浅，却浅得透明；有时也爱拨弄个浪花什么的，但终不会形成大碍、大害。所以，人们对它都能善以待之。

河是动态之水的青年期。它富于想象，勇于创造。有时它是人类的朋友，能帮助人们做很多好事；有时它是人类的"敌人"，会咆哮，会肆意妄为，会给人们带来灾难。但只要人们掌握了它的脾性，使其多积善德，少行恶事，还是能够做到的。

江是动态之水的老大，也是该职称系列的最高一档。它精力充沛，奔腾不息，从不间断自己的追求，具有动态之河所没有的那种力量。它的目标是大海，因为它知道，只有那里才是生命永存的最好选择。

其次是静态系列。静态系列当指塘、湖、海、洋四个职别。

塘是池塘，村村寨寨哪里都有。人们离它很近，因而它给人们的生活提供了不少方便。小的时候，我之所以学会了游泳、打水仗，交上了

151

水朋友，都是它的赐予。塘是我在故乡成长的一池难忘的亲密和温柔。

湖是湖泊。想跨入这个职档并不容易。想想看，全中国，乃至全世界也没有多少，至于那些名湖名泊就更是凤毛麟角了。

海是大海。它容纳百川，吞吸万物。人世间的所有酸甜苦辣，还有什么浊流污水，它都能容之纳之，并以其自身所具有的强大功能，再化之合之。人们啊，当你来到这个世界，也许什么都可以忘记，但千万不要忘了自己所制造的那么多垃圾，正是因为有了海的帮助，这世界才幸免了那种难以消除的恶臭与肮脏。

洋是汪洋，它是静而不静之水。由于它远离人群，大多数人对它还比较陌生，见识它，了解它，真正地认识它，还尚须时日。故不赘言。

至于气态系列，当推人们所熟悉的雾、云、虹、霓了，这也是动态和静态之水的一种升华。

这一系列，有如人的精神状态，它无时限，分布广，来去自如。当然，由于这一系列毕竟是以一种柔性形态呈现的，所以，人们常要把它视作景观，视作艺术，仰视之，想象之，寄托心情之。

总观这灵性的且赋有职称级别的水，它们不争不抢，不离不散，各司其职，精诚合作，实乃和谐有序。不像人世间的有些蹊跷，人为的因素太多太多：分明是一条小沟小溪，却非冠以大江大河之名衔；分明是一片云、一道虹，却非要把人家往池里塞，往塘里按。也不像有些聪明人，凭借着自己所占据的有利地形，随意操控和糟践"规则平等"。或者朝别人打冷枪，或者把手伸得老长老长，专取摘枣子、摸桃子的角色。直闹得人世间失了序，乱了套，乌烟瘴气，几乎没有了好人的地盘。

秽手弄风云　闻者当从容

中国人太多了，多得使许多地方人浮于事。人浮于事的人闲得无聊，便拿来周围的人和事拼命咀嚼品玩。这倒也不失为解闷儿用以驱逐寂寞的办法。想想看吧，你所在的那个处所，无论是男是女是人是妖，有谁不被咀嚼了个七上八下、九进九出呢？

被咀嚼品玩者为何者人也？

首先，那些做事多，抑或做出点成绩的人，常常会首当其冲地成为一些人口中的品玩物。

一个人来世一遭，总要做点事情，如果能留下点什么则更好。做不成事的人会被人瞧不起，说你是窝囊废一个。而做成了事，抑或做出了名堂的人就风平浪静了吗？回答仍然是否。如果你是一个男人，靠你的智慧、才能，加上勤奋和努力做出了成绩，在受到一些羡慕的同时，往往也招来一些意外的麻烦。庸者以世俗的偏见度人，认为你离他太远，便以浅薄的心态诅咒你；妒者以狭隘的目光审视人，以为你一定得到了"天"的什么厚爱，便挑剔地求全责备你；仇者以鬼祟的心思窥测人，便以你的成功堪称是他的失败的懊恼情绪寻衅于你……因为，嘴是扁的，舌是软的，话是转的。以是非混淆、黑白颠倒的手法扼杀人并不鲜见。然而，如果你是一个女人，一旦做出了成绩，那就更不得了啦，简直比掘了一些人的祖坟还要命。他们用谣言惑你，以恶语伤你，直至把你包装成一个做"肉体"生意的下流坯子而后快！

其次是男女之间的交往和他人隐私，更容易成为一些人津津乐道的谈资。

许是孔夫子"男女授受不亲"的腐朽文化太顽固了吧，直到今天，它依然幽灵般统治着一些人的意识（包括潜意识、下意识、有意识和无意识）。比如她和他多说了几句话，他和她在一起多待了会儿，如果不招至猜测和非议，那简直会成为奇迹。假如有哪个异性间胆敢有点什么心灵的沟通或共鸣，有谁的家庭真的破裂不睦，那更是捅了大马蜂窝。那群嗡嗡嗡的飞行物们，不把你蜇个鼻青脸肿人模狗样才怪呢！如此种种。难怪国人常常情不自禁地要发出一声怨叹："唉！活得真是太累了。"

无根无据或捕风捉影地制造污言秽语，随意咀嚼品玩他人，可谓人格、品位低下的一种折射，其固然是一种不道德的行为，似应在人们的唾弃之中。但嘴巴是人家的，舌头长在人家嘴里，谁又能管得住那随时随地的指指戳戳、说三道四呢？的确，他们在背后随意往你身上吐口痰就够你恶心半天的，对此可谓既无可奈何，又防不胜防。依我看，既然防不胜防就不如干脆不防，照智者说的去做，走自己的路，让别人说去吧。否则，那个怎么做都不如人意的爷孙俩"抬驴"的故事，算你白听了。

即使此小文，也许一些人看了会感觉不舒服，说不定也要弄出个什么说道来摁在言者身上呢。人心炎凉，无孽不有，由人家说去好了。相信被唾沫淹死者，是不敢腾涛踏浪的人；被手指戳断脊梁骨的，只是那些软骨病患者而已。

开发人生

常言道，人生两件宝，双手与大脑。照此推理，开发人生，就是说一个人要充分发挥其手与脑的作用，勤奋工作，努力学习，增长智慧，不断进取，在有限的生命里，使人生这个光点明亮些，再明亮些，甚至光耀人间。

开发人生，是生活着和生存着的人所应有的一种素质或品格。肯开发者，则灵、则进、则常新；反之，则僵、则退、则腐朽。纵观古今，横论天下，有多少仁人志士，他们正是由于积极进行人生资源的自我开发，或因发现大自然的奥妙而不朽，或因探究出社会的真谛而伟大……因而也才为人类的进步，做出了卓越的贡献，甚至成为彪炳千秋的人杰。

当然，如此"开发人生"的说法，其实也并非要人们都必须开发出大智慧、大成就，进而成为大人物才算做贡献。人们所熟悉的当代英模雷锋、徐虎、李素丽等人，他们正是在那些平常得人人都能举手做到而很多人却不愿去做的点点滴滴的小事上，开发出了人生的崇高，从而赢得了人们的热爱和敬重。

开发人生，那是一种生命的投入。那投入，可能会有所收获，也可能会一无所得。因为，人生之路从来就没有平坦可言，自古就有成功的英雄与失败的英雄之说。即使没有成果回报，只要去开发了，那也乐在其中。因为，结果是凝固的、冷寂的，只有过程才鲜活，才生动，才充满魅力。

155

人生是一道矿脉，那里蕴藏着丰富和美好。

勇敢地开发人生吧，那是于无声处触响的春雷，虽然辛劳却充满种植的快乐和丰收的希望；

辛劳地开发人生吧，那里有滋补心灵和健康灵魂的千般滋味；

真诚地去开发人生吧，开发是一幅美丽的画，开发是一支动听的歌，开发是一首激昂的诗……

"名嘴"析

三百六十行，行行出状元。市场经济需要，名牌潮水汹涌。名品名店名人名星，每天不名出个一两簸箕，那简直就叫作稀奇。面对如此大好环境，那些颇能发挥嘴唇、牙齿、舌头三方密切合作之功能，且有辉煌成就者，不妨奖他一个"名嘴"又如何！

名嘴者，则勇于革新创造，善于挖潜利用，嘴巴之作用，可谓发挥到极致也。

先说巧嘴。舌头软软的，嘴唇扁扁的。舌一拐一个弯，足够你绕半天；唇一碰一个响，让你神倒魂也颠。要听亮的，它有喇叭；要听柔的，它弄弦音；要听娇的，它弄洞箫；要听乐的，它弄竖琴……应有尽有，保准变着法儿地让你满足心理需要。

再看油嘴。说话油滑，善于狡辩。多与油腔滑调匹配，常跟圆滑世故联姻。实为狡诈虚伪的阴暗心理折射出的一种晦光。面对具备此类嘴巴之功能者，一定要看管好自己的灵魂，且莫被它涂污了自己。

请听贫嘴。如麻雀叫，似青蛙吵。整天价闹闹嚷嚷，下不着地，上不着天，使听者厌，令闻者烦。听它絮叨，简直是让耳朵在受苦受难。此类嘴的生成，多与浅薄和无知相伴。本是胸无城府，心无底蕴，最多算个半瓶醋，却又自以为了得，硬要处处显摆自己如何见多识广、才高语壮。于是便打肿脸充胖子，一旦从谁的牙缝里弄到一个带着口臭的词儿之后，便如获至宝，迫不及待地（贫起来不带半个标点）四处卖弄。"贫"，则是咀嚼那词儿时发出的一种噪音。

莫忘臭嘴。像是才含过臭鱼，抑或刚走出厕所。满嘴臭，浑身臭。张嘴他妈，闭嘴他娘。然而奇怪的是，拥有此种臭嘴的人，竟也有不少与之接吻者、合作者。像苍蝇飞奔垃圾，它们臭嘴相惜，臭味相投，臭话满嘴，脏话连篇。哪里有它们，哪里就弥漫一种被污染了的气氛。

　　还有快嘴。快嘴亦像喇叭嘴。这种嘴，以事事"早知道"自居、自乐、自慰，从嘴巴到耳朵，传播速度之快，散布面积之广，常令人惊讶得简直不可思议。他们闲言乱语随时抛，是是非非满地撒。常常好端端一个人，好端端一件事，被这不负责任的快嘴一抛一撒，直弄得里里外外都不是。实乃成事不足、败事有余一类也。

　　以上所列"名嘴"，仅为一斑。若肯放眼打量一下周围，又何止于此呢！比如那专门靠挠土觅食的"鸡刨嘴"，那大话弥天的"牛皮嘴"，等等等等。

　　人，作为万物之灵长，自打离开生命之门那刻起，就面临生存与存在两大人生基本课题。生存依赖于物质的滋养，存在是一种人生价值。所以，吃饱喝足之后，求功求名本属人的一种正常心理需求，也能被当代社会所容纳，可一旦成为如此"名嘴"，岂不是惨了一点！

人才断想

人才是出岸之堆，是秀林之木。

纵论历史，横观天下，凡有识有为之士，无不把选贤任能（即人才）作为其成就事业的一大要道。

人才是金子，寻找人才需沙里淘金；人才是宝石，得到人才要深山探宝；人才是美玉，识别人才要去伪存真。所以，人才并非满街筒子的萝卜白菜，到处都是。那些自我标榜如何"人才"的人，不一定有真才。因为，才真者从来不好鼓噪。

千军易得，一将难求。我们的古人早就悟到人才的珍稀。

宁吃鲜桃一口，不食烂杏一筐。善于从生活中提取幽默的当代人亦如是说。

因为，深谙事理的人们懂得，在这充满激烈竞争和生死较量的世界上，实质上是人才的竞争和较量，是人才的素质和能力的竞争和较量。

人才是报春的花蕾，人才是寥落的晨星，人才是人类的精华。

与其说事在人为，莫如说事在能人所为。亘古达今，人类文明史上的那许多辉煌与灿烂，有哪一处不是彼时彼刻的能人所为？

爱才、识才、惜才、用才，这是人才生长的土壤、条件，同时亦叠印着用人之道的曲折。

昏聩平庸者不爱才。因为他们满足于既得利益，不思进取，什么人才庸才，在他们看来，统统不过是一群吃饭睡觉说话走路的肉体而已。这便是许多人才常被埋没的实质所在之一。

层次浅俗的人不识才。因为他们缺少识才的本领，甚至会把黄铜当成金子，把珍珠视为鱼目。这也是有人常把妖魔鬼怪错当人才用之的原因之一。

无使命感、无责任心的人不惜才。这样的人是败家子，在他们看来，人才可有可无，简直多余，有它是负担，没有倒轻松。致使不少人才被抛弃，甚至会有良才者阶下囚、平庸者座上客的怪事发生。

唯有用才，是忧国忧民、大睿大智者们的一种美德。他们把发现人才看作自己对社会义不容辞的责任，所以，小荷才露尖尖角，便有蜻蜓立上头；他们视任用人才为自己对人类进步和发展的莫大贡献，所以，才能不拘一格降人才……

物以类聚，人以群分。鱼找鱼，虾找虾。不错，发现和任用人才的确需要一种境界。那种一刀切，用一种模式去衡量、剪裁"所有"的做法，无疑是对人才的亵渎和浪费，是对人们美好心灵的摧残或折杀……

珍惜人才吧。人才是社会的财富，是民族的瑰宝，切不可把他们顺手遗弃，随处乱抛……

如果说人类社会的发展和进步事业是一支进行曲，任用人才可谓是这乐曲中的一个个音符。每一个音符都被安排得很合适吗？每一个音符都是不可或缺的人才吗？回答是：否！正如光明的太阳下必定产生阴影，在人们以十二分的虔诚和认真对待人才的时候，一些假冒伪劣货色便也趁机而入。他们或靠自荐，或靠张扬，或靠了上层图谱中某些要员那么"亲"了一下，便把自己打扮成了"人才"的模样。对于这种人，切不可掉以轻心。

这是一种什么样的人呢？

他们言过其实，为所欲为；思想僵化，昏聩平庸；拉圈结团，嫉贤妒能；吹牛扯谎，好大喜功；巧舌如簧，阳奉阴违；要官图利，厚颜无耻；贪婪自私，急功近利；刚愎自用，自命不凡；文过饰非，推卸责任；欺软怕硬，拍马溜须；不主公道，是非不明；胸无大志，鼠目寸光……

这样的人绝非人才，切勿让他们扰乱了我们的阵脚。少用一个这样的人，我们的事业就会蓬勃、发展一步。

诗之三"道"

万物存在有理，百事求进有道。诗歌，作为文学家族里的重要成员，之所以百代兴盛，千年不衰，其道何在？数十年的诗歌创作实践，略有体悟与积累，借此小文吐露之际，故谓诗之三"道"，以求方家指教。

一曰"气道"

窃以为诗是有气的。气通了，诗则顺：语顺，意顺，情顺，境顺，读起来也顺，容易产生共鸣。大千世界的风霜雨雪，现实社会的冷暖寒凉，都必然会在诗人心中掀起波澜，从而萌发诗情，生成为诗，进而释放诗气，形成诗的气场，甚至使人一下子就能看见诗的形态，触摸到诗的骨骼。

因为，那诗气：

有"横眉冷对千夫指"，阳光谁也打不倒的真气；

有大格局，高品位，风吹草低，大漠孤烟，大江东去的豪气；

有蜂唱蝶舞，满园春色，向真向善的香气；

有关注社会，关注生活，关注人民群众的地气；

有忠实于心灵，坚守自己，不忮不求，不卑不亢的骨气；

有不随波逐流，勇于实践，努力登攀诗歌高度的勇气；

有蓓蕾初绽，雨后春笋，黎明露珠般的鲜气；

有虚心拜学，求知求进，积跬远涉的底气；

有风抚塔铃，珠落玉盘，心弦随之颤动的灵气；

以及情纳风云，冷眼向洋的静气、贵气等等……

身处现实中的诗人们，心灵是敏感的。生活中的酸甜苦辣，人生路上的坎坷曲折，大自然里的千山万水，等等，有如一个个弹拨器，一定会不断地来撞击诗人们的灵感之弦。那弦丝上迸出的诗曲，或高或低，或长或短，或柔或刚，或隐或显，可谓丰富多彩，各领风骚。

二曰 "味道"

我赞成这样的说法：诗若酒。酒靠酿制而成，是供人们品味的。诗亦然，只有品，方知其真味，只有耐品的诗才是好诗。

这里所说的味道并非生活中酸甜苦辣的实指或入诗，主要指诗的含蓄，诗的一种艺术表现手法。

这里所说的含蓄，并非晦涩。是说通过对诗的品味、琢磨，能使人领略其诗之意境、情境。而且一旦领略了，会有洞门大开、眼前一片明亮之顿悟。比如读现代诗人卞之琳的《断章》就有这样的感觉：

你站在桥上看风景，

看风景的人在楼上看你。

明月装饰了你的窗子，

你装饰了别人的梦。

这首仅有四行的短诗里，诗人在盛赞一个人的美，却没有用半个美字。顿悟之后，瞬间感到主人公真是太美了，美得醉人。这里，到底是人美还是诗美，已浑然一体，难以分辨。

这仅仅是颇具味道的现代诗之一。

在数不清的传统古诗词里，那些"味道"颇浓的诗作更是数不胜数。

"映阶碧草自春色，隔叶黄鹂空好音。"（杜甫）幽深的意境，直击心性，余味无穷。"纤云弄巧，飞星传恨，银汉迢迢暗度。"（秦观）辽阔的情境，摇撼心灵，令人回味再三。似这类有味道的诗词太有魅力了，堪称百读不厌。

三曰"门道"

这里所说的"门道"，显然有写作方法之寓。诗该怎么写，各有千秋，各有妙招。一个诗人就是一个哈利·波特，没有统一的模式。

功夫在诗外，奋而出诗人，是诗之门道，是千古遗训，其言至今不枯。所以，诗人们才要积极参与社会实践，亲近祖国大好河山；多走走，多看看；多读多想多写写，坚持下去，妙法自在其中。或许，这才是最实用的走进去或走出来的诗之门道。

在经过了多年的写诗之后，鄙人也曾把散文写作中常用的"通感"艺术手法导入，其中一首《夏日小河边》似觉有些意思：

柳荫锯碎阳光
粉末满河道漂荡
诱惑在前方悄悄拐弯
蝉声兴冲冲织网
碧草欲挽留脚步
不小心惊动了芬芳

在这首六行的小诗里，我把人的视觉、听觉、触觉、嗅觉，甚至味觉，都糅进了诗里。这样，诗就有了些丰富感，有了点咀嚼的味道，使满怀的惬意、闲适之情得以显露。

细想门道，堪为多多：丰富的情感是诗的内核，构思是诗歌的外在形象，语言是诗歌链条上的重要一环，有如人体的肌肤不可短缺。以及其他等等。如果说"功夫在诗外"也是门道，那应是一种见底的哲思和修为，而绝非背离正道的歪门邪道。因为，歪门邪道里走不出真正的诗人，走不出好诗人，更走不出大诗人！

诗歌的创作与创新，主要在实践而不是理论，更不要迷信所谓技巧。如果说真有技巧，正如前面所述，那也是熟能生巧。所以，以上所言诗之三"道"，只是一孔之见，且莫归属于"技巧"二字。

闲扯"用人"

一日众友聚会，因为七嘴八舌聊正上演的电视连续剧《三国演义》，不知不觉中便扯起了"用人"这个话题。

用人，即指用有胆有识有德有才之人，而绝非酒囊饭袋、昏聩贪婪之辈。

话虽这么说，但有时候一些缺德少才之人因了某种关系，靠了某种手段（有说这手段也不失为一种"能"者），免不了也会登上权力的持有者、决策者的位置。这种人爬上高位并不可怕，只要那些德才兼备之人仍在他们之上，人们的心里便也踏实，事业依然有望，只是做起事情来恐怕要麻烦点，倒是真的。

用人，即用由人的智慧之火提炼而成的良苦计谋或勇武精神。曹操谙此理，以弱胜强，大败袁绍；刘备信其道，以退为进，终于称王西蜀。假如袁绍也是个善从良谋之人，假如刘备没有诸葛亮鼎力相助，假如孙权不仰仗周瑜、陆逊，很难设想人们还能去演义什么"三国"！

用人的确是一门学问。曹操以威慑人，刘备以诚感人，孙权以恩施人，真乃各有高招。所以，才有那么多想乘坐他们的大船从而实现个人夙愿之士为其效力。但也有如徐庶一言不发、身在曹营心在汉且誓终身不事曹而甘愿埋没一身才华者。

当然也有人辩解，像徐庶这样的人才，虽不能为曹出谋，但不为他

166

人设计，实际也算帮助了曹操。有人还设想，假如曹操有诸葛亮这样的能人相助，历史又该是一个什么模样？诸葛亮为什么不去辅佐兵多将广的曹操？曹操又为什么不先于刘备去顾请诸葛亮呢？

得道多助，失道寡助。诸葛亮乃贤能之士，焉肯去事奸猾暴虐摸金盗窃的曹操呢？（当然，真实的曹操与"演义"的曹操是有区别的。）

历史就是历史，早已容不得今人去做什么"设想"和"假如"了。

用人有信用、重用、利用之区别。这是王者心态，这是霸者手段，这是智者慧思。

通常说，被信用是一种幸运，以此，他可于事主同时，达到个人某种目的，实现自我价值；被重用是一种机遇，以此，他可崭露自己的聪明才华；唯被利用者最悲惨不过了。

吕布有勇无谋，只好被人利用；貂蝉承主人恩惠，且又是一弱女子，不被人利用奈何？曹操的军需官被利用，为稳定军心甘愿丢掉脑袋，可谓他忠心事主的一种选择……

君不见，在《三国演义》一场场能人斗智的战役中，那些军事指挥家们不都在从战略或战术上利用他人之势吗？

任人唯贤或唯亲，两种对峙的用人之道，直把个《三国演义》装扮得灿烂缤纷。

任人唯贤者唯才是举，无德能之人难以由此腾至高位。但明者也难免有用错人时，如诸葛亮用马谡。但由于他能及时纠过自省，并因此导演出一场"空城计"，反而增加了人们对他的景仰度。心理变态的袁绍则不同了，吃败仗不找自家原因，为顾及面子竟含羞杀死了曾经向他苦进良谋的帐下贤士。

善良的人们还须警惕：有些贪婪、无耻之辈，为达一己之私利，常常以假象掩其卑鄙，一旦骗取信任被举荐用之，其丑陋灵魂便会逐渐暴露，如当今那些窃取高位的贪污、受贿案犯者们。

论资排辈是任用贤臣良将的一道屏障，它像一块巨大的石板，愚顽而残忍地挤压着人才的发育成长。

　　刘备不论资排辈，所以才甘拜山野村夫为军师；孙权不论资排辈，所以才肯拜年轻的陆逊为统帅；曹操亦然，所以才有了关羽温酒斩华雄的千古绝唱。

　　当代改革大潮中的开拓者们也不论资排辈，他们敢叫能者上、平者让、庸者下，所以才使平川静野耸立起一簇又一簇魅人的风景。

扬起凤头展翅飞

——关于散文写作开头之浅见

万事开头难，写散文也不例外。一篇散文的开头厘正了，写好了，往往整篇文章就会前舞后蹈，首尾兼顾，千言万语流落笔下，写出一篇使人满意的文章。

写散文就是写一种感情体验。当我们想好了要写什么的时候，如何开头，如何开好头就显得尤为重要。对此，许多散文名家大腕多有论述，并且写出了诸多堪称经典的散文名篇。在向经典学习，不断实践的过程中，自己也稍有体悟，愿与朋友们分享。

∕ 触景生情，以诗起笔

由于作家和记者的双重身份，或去某处采访，或到异地采风，全国还真的走过到过不少地方，随之也生成了一些触景生情的短文。比如，那年随中国作家采风团去广东虎门。

虎门，是鸦片战争的始源地，是留在中国现代史上令国人悲愤疼痛的一页。站在伤痕累累的虎门炮台，眺望大海上汹涌奔来的浪花，一种积蓄胸中许久的心结不由荡漾而起，一篇怀念悲壮的散文《海边，望着浪花》的开头，便应境而生："浪花呀，疾首顿足∕使劲拍打岸的胸脯∕哦，大海在倾诉。"而后又以"大海在恸哭"另段，"那是大海在叩问，是历史在嘱咐"等诗句结尾统领全文，使一篇仅有一千三百多字的短文

169

产生了意想不到的效果。

短文发表后，不但很快被《散文选刊》转载，而且先后被佛山市、台州市、东莞市、广东省、福建省以及一些学校作为当地的高中学生高考语文模拟试题应用，直至被选入散文年选、中小学生课外阅读等几十种版本图书。

2. 持疑设惑，自问自答

1993年5月7日，是我文学写作道路上一个难忘的日子，因为那一天，我被中国作家协会吸收为会员了。

入会后不久，便接到了创作联络部的函告，要在作家圈中举办一次散文征文。作为新入会的成员，当然要积极响应。可我此前几乎就没有正经写过散文，能成吗？要不要参加征文？犹豫中，转眼间就过去了一个多月。征文是有时间限定的，朋友便鼓励，不妨试试。

写什么？怎么写？

故乡是个温暖的被窝，尽管它贫穷，它有许多的不如意，长大成人后，虽然天南地北地走过许多地方，历经千境万景，但生我养我的那片土地却依然在我心中。于是，故乡悬崖峭壁上一棵记忆深处的酸枣树，便立即浮现在我的眼前，那摇曳的风姿有如撞击的洪钟在心中鸣响。它"在夹缝中生存，在磨难中挣扎，在逆境中巍峨"。一棵敢于向命运挑战的酸枣树，一种"不鄙己位卑，不薄己弱小，不惧己孤独"的强者形象，鼓励我挥动了手中的笔。

"是为摆脱饥寒交迫的日子，你才无可奈何地跳下那悬崖？是为免遭那场被俘的耻辱，于弹尽粮绝之后，你才义无反顾地投落这峭壁？"有问必答，而后以"雄鹰""风景""灵魂"为象征，三点一线，生成了一篇比较满意的散文作品。

该文于征文评选中幸运地获得三等奖。经著名文学评论家孙武臣老师推荐，在《文艺报》发表后，也是先由《散文选刊》转载，继而先后入选哈尔滨市（2001）、长沙市（2003）中考语文试卷，再后又被选入一百五十余种不同版本的图书。当然，她也遭到了多名有名有姓人士的剽窃。仅因此小文，我曾先后进行过三次维权。最近又发现，不少中小学的语文老师又以不同方式把此文搬进了课堂，并以开头的人称转换为内容，进行剖析，辅助教学。

♪ 相信感觉，借鸡生蛋

河北省丰宁县的坝上草原，一直被人们视为北京的后花园。20世纪90年代中期，我有幸去那里游览。那是个日头即落的黄昏时刻，同游的人们都争先恐后地在蒙古包里品尝烤羊肉，因为我不好这口，便在外面瞎溜达。漫步间，回身忽见东方半山坡上滚来一轮圆月。那月亮红彤彤，大得惊人，还似乎听到了它隆隆作响的轰鸣声。我被这强烈的视觉震撼了，那是一轮从未见过的圆月亮呀！当晚，夜不能寐，一篇文章的开头，直至一整篇文章则应情而出：

"既然有人把灵魂视为一座建筑，我便有理由认定，这坝上月就是建筑它的材料。"

文章脱稿特快，写得很顺。发表后同样也引起了不错的反响，有转载的，有选入图书的，还有作为语文试题进行剖析的。但在诸多的剖析中大家都没有涉及，即这篇文章的开头是怎么产生的。

这文章的开头我是缘于"教师是人类灵魂的工程师"这只"鸡"，而生出的"既然有人把灵魂视为一座建筑"这个"蛋"而起头开笔的。由于尝到了借鸡生蛋的甜头，在以后的一些散文创作中我还多次运用此法，如散文《原始的魅力》的开头"看景不如听景。这话拿到西双版纳，自然要被否定"。该文写于2000年西双版纳归来，在由全国一百三十余家报纸副刊编辑、高手如林的采风文章评选中，能获一等奖，应该说也是得益于借"看景不如听景"这只"鸡"，而生出的"自然会被否定"这个"蛋"。

除上述几种开头外，我先后还以"由表及里，层层剥笋"（如《走向崇高》，散文诗《梁山好汉》），"抛却拘绊，直入正题"（如《起点》《中秋望月》《面对草地》），"实说眼前，引出正文"（如《荔波一棵树》）等为方，写出过几篇说得过去的散文。

以上仅是一己之得，一孔之见，难免偏颇与窄隘，谨望方家批评教正。

2021 年 1 月 1 日

只说 "道" 德

此 "道" 非彼 "道"。此 "道" 乃道路之 "道"。

说的是三更半夜，人们正在熟睡，忽有汽车从小区门前急驶而过。过就过吧，大路朝天，各行一边，谁也没有说不让谁走。然而不知为何，就有那个别司机非要把尖厉的喇叭声刺入你的梦乡不可。这一声不打紧，瞧吧，那爱失眠者这一夜就甭想再去游览梦乡了。若是家有幼儿被突然惊醒，他可不管三七二十一，哭闹起来不折腾你个昏天黑地绝不罢休。倘若墙壁隔音不好，那邻居也只好跟着一起 "欣赏" 这此起彼伏的夜半共鸣了。

然而，这仅仅是 "行道" 乏德者之一，若悉数那些缺此 "道" 德者还真不鲜见。

笔者一次与几位好友在郊区路边散步，一辆运沙子的汽车开来，那车经过大家身边时，竟有人从车上用沙子撒向走在前面的两位女士。幸亏她们背对了汽车，否则，说不定还会有人被沙子迷了眼睛呢。还有一次，笔者在长安街上，目睹有人从一辆黑色轿车的车窗里抛下一把瓜子皮。瓜子皮顿时狂飞乱舞，活像一群肮脏的苍蝇，玷污着洁净的长街。笔者一朋友，就因为几年前被车上抛下的易拉罐砸过一次，至今心有余悸，每见有车从身边驶过，都要捏着一把汗，以防 "再被万一"。想想雨天水地时，路边行人因个别司机在大街上不管不顾地疾驰，为此吃苦头的恐怕更不在少数。至于大街上、胡同里，那些乱停乱放的汽车、摩托车、三轮车们，更是举不胜举。还有的甚至占据了盲道也满不在乎，

173

当有人指出时，车主还振振有词：自打这盲道修好，也没见有几个盲人经过，简直多余。瞧瞧这些人的理念。也许他们压根就没想过：一个国家，一个社会，一个地区，以及那里的人们，对待盲人即弱者的态度，可是代表着那里的公共文明程度呀！

更有一些人，竟把失此道德现象"普及"到了大大小小的角落。

城市发展，人口拥挤，地亩稀缺，人们的居住只好往空中挺进，于是，高楼大厦层出不穷。为方便特殊人群的进出，有的在大楼门口还特别设计、修建了轮椅、婴儿车道。就是这么一条窄窄的过道，有的人也不肯放过。比如笔者居住的这地儿，过道就常常被人用自行车或堆放的杂物堵塞。每遇这种情况，欲行此道者，若是婴儿车，家长动下手挪开就成了；若是轮椅们经过麻烦可就大了，只能求人帮忙，把障碍搬走。仅过去的一年里，笔者就帮人搬挪过这道上的几次物件。偌大一座城市，相信此现象，并非此一处仅有，也并非笔者一人所历见。

时下，我们的国家正在建设文明社会。文明是什么？它有如天上的日月星，地下的水火风，体内的气血津。看去，好像可有可无，实则时时处处都缺失不得。社会生活一旦短缺了它，心灵的天空就会一片黑暗、死寂、枯竭。所以，在构建文明社会、推助公共文明的时代背景下，培养和提高整个中华民族的文明素质才显得尤为重要；人的良好素质的养成，也就成了利人同时也能利己、不可或缺的大事情。人们不是常说要为"文明"做贡献、要为人间送温暖吗？其实这"贡献"和"温暖"，不只是捐献了什么什么，也不只是在一项什么时髦活动中做了些什么什么，而更重要的是在于平时点点滴滴的行为里，在于对待周围的大事小情中，是否像日月星、水火风、气血津那样，默默无闻地付出了春雨润物般的真情，在于时时处处是否能为他人的方便多想一点点，多做一点点。

174

自知·自嘲·自解

所谓好人

在一些场合，朋友们常常把"好人"二字加之于我。

何谓好人？好人是酷暑下的荫凉，是寒冬里的火炉，是吸附的磁石，是不言的桃李。其实，我们每个人身边都有不少"好人"：他们或缘于为人正直诚恳而受尊重，或因处事经心认真而被称道，或由于心地善良而被认可，或为总是替他人着想而被敬羡。

以此为鉴照下自身，差距十万八千，遥不可及。说我是好人，还真不知道自己好在哪里。所以每当大家介绍夸说我是好人时，常常免不了小脸要红上几下。所以，也才有了应对"好人"之说的几句自嘲：既然大家说我是好人，我又不知好在哪里，那就继续装好人吧；或者，大家总说我是好人，吓得我想做点坏事都没勇气了；再或，有一天或被误解或因含冤，人被"公安"了，大家一定不要感到震惊呀……如此说词，在众人面前，有时也真能减轻一时不知如何是好的窘状。

其实，好人是有属性的。现实中常有这种情况，在你这里认为是好人，在他那里就"不一定"；同理，他认为是好人的人，在你这里也许就要画个大大的问号。还有一种情况，你真诚帮助一个人，十件事帮了九件，就因为一件没去帮或者没帮好，在他那里，也许你就会从这"好人"的宝座上跌落下来。所以，好人并不是"长寿星"，为人为事只要

175

能坚持做到真诚为之，善以待之，也就很不容易了。

著作等身

这是当介绍某某作家时经常听到的一句话，有时，有人甚至还把这说词强加于我。如果真能"著作等身"倒也无妨，可就我而言，满打满算也就出版了那么十几本书。每本就当1.5厘米厚吧，如此算来，十几本书摞在一起也不过二三十厘米高。哈，问题就来了，原来，我的"高度"也不过就二三十厘米呀。如此这般自嘲自解一番，您还能轻易夸别人"著作等身"吗？您还愿意接受这名不符实的"著作等身"吗？也许这也是我从不附和别人，更不夸他人"著作等身"的缘由之一吧。

德高望重

关于"德高望重"，词典的释义是：有很高的品德，又有很高的声望。没想到的是，令人如此敬畏的称呼，近期竟有人摁在了我的头上。这可是一顶难以承受的大帽子呀，岂能接受得了呢？

是说者无心，还是有意？是当面纠错，还是沉默不语？每当闻听此说，心里都会小鼓乱敲。当面反驳吗，有些对人不恭。一直不言不语吗，好像自己已经默认。为避免在场新老朋友的误解，只好借机再来一番自我调侃：哎呀呀，建筑师为什么不给这地板留条缝呢，好让我这德高望重之辈钻进去，躲起来。如此调侃一下，引大家哈哈一笑，这"德高望重"也就矮了、轻了不少，头顶的压力自会减轻。

清廉的播音主持

几年前，应北京人民广播电台之邀录制了一台节目。节目分三次播出，每次半小时，播出前都要加个作者简介。第一次播出时我因事没听到。三次播完后，便传来一些质疑：张某某明明是区作协的副主席，怎么介绍说是"主席"呢？我也意识到了这"主席"二字的"严重"性，因为，那个区作协的主席不但大名鼎鼎，而且是我十分敬重的一位小说作家，如果她听到了或者听了传言什么的，当真起来，如何是好。该怎么解释这个问题呢？说播音主持不认真不专业是瞎说乱造？显然不妥。说自己应该承担此误，也不怎么合适。怎么办？一次，借着一个小型的文化活动，我便趁机解释了此疑，消解了尴尬：提起那个节目呀，人家做得真不错，主持人不但用心水平高，而且还特清廉，没用我跑官要官，更没有送一分一厘，人家就提升了我的"职务"，让我当上了主席。于是，大家意会，哈哈一笑，了之。

文情友情情深深

笔下蕴惊雷　毫端起雄风

——记著名画家姚少华

　　险崖峻岭，草木峥嵘，空谷野趣，撩人神思；忽见一只啸傲、腾跃的斑斓猛虎扑面而来。那气势，如飞流直泻的瀑布，似轰鸣闪耀的雷电。当身置画家姚少华先生的画室，面对一幅幅跃跃欲出的虎画时，一种真实的感受，不禁油然而生。

　　姚少华先生出生于文艺世家。慧眼识才的父亲看出了儿子艺术才华的可塑性，在姚少华十六岁那年，便送他拜老画家王静庐先生为师，专工山水。从此，无数秀山丽水风姿，不尽风花雪月美景，如汩汩清泉频频流落他的笔下。

　　姚少华1967年于北京钢铁学院毕业后，就全身心地投入了炼钢第一线，但他并没有因此而松懈自己的艺术追求。那火的热烈，钢的坚硬，更加迎合了他的性格。他愈是一心要抒发自己报效祖国的情感，愈是感到了山水画的局限。徘徊求索中他得意于虎，虎一下子开启了他的心窗。他渴望祖国能像猛虎一样威风凛凛地屹立于世界，他要把自己的全部心绪倾注于虎。于是，从1970年始，姚少华改弦易辙，便投奔国画大师张大千、张善子的得意传人胡爽庵先生门下为徒，由山水改学画虎，一画就是二十年。

　　一代画师齐白石讲过："画家，寂寞之道也……"立志绘画事业的姚少华先生深谙此理。每天，不论多么忙，多么累，即使病了也要坚持在画室三小时，做每次数十张画纸的练习。为画好捐赠人民大会堂的《虎行图》，他竟三天没出画室。邻居说，他的画室十二点前从没有熄过灯；他的夫人讲，老姚的心思全落在画上。有几次让他买酱油，不是忘了带钱，就是忘了带瓶子，最后干脆把买好的酱油遗忘在柜台上。

说姚先生不善家务的确是真，可前辈们入画、出画、功夫在画外的训导，他却深信不疑。为了画，他去大自然贪婪地汲取营养，一次次在动物园写生，一遍遍照猫画虎。生活中，他爱好很多，兴趣广泛，吹拉弹唱，样样在行；弄拳舞剑，也很通达。这些绘画之外的功夫，都有机、和谐地统一在他的绘画艺术中。他刚刚完成的六十余尺长的《百虎图》，一百零八只大大小小、神态各异的虎，只只雄武强健、栩栩如生，像跳跃于五线谱上的音符，又像一组组造型优美的舞姿。

宏阔之美，阳刚之美，和谐之美，令人赏心悦目。姚先生的虎画艺术风格日益成熟，在国内外博得赞誉。1981 年，香港举办"年历画原作展览会"，他参展的几件作品全部被收藏。其中《谷啸飞瀑图》以博大的气势、雄伟的风姿备受青睐，被多家外商选订，连续三次作为挂历封面出版。他的虎画作品曾先后被国内多家报刊发表，被欧、美、东亚等十几个国家的名人雅士收藏；而且还一次次地被国家有关部门作为礼品赠送给异国他邦的国家元首和政界官员。1987 年 11 月，画家应邀东渡扶桑，进行艺术交流和友好访问，受到日本各界人士的热烈欢迎，并虔敬地称他为"虎王"。福井市一古稀老妇，闻"虎王"到来，专程赶往寓所，竟跪地向他求画，并欲世代珍藏。那一刻，姚先生说他很激动，是因为有了祖国的强盛，他才得此殊誉。每想到此，他倍加热爱祖国，所以他才向人民大会堂、向天安门城楼、向亚运会和社会各种福利事业，慷慨地捐赠了大量优秀作品。

画如其人。姚先生为人坦诚、直率，不图名利。谈兴正浓间，我欲请他作画，姚先生愉快允诺。只见他凝神沉思，那样子，像气功师在发功。接着便是大刀阔斧地运笔，淋漓酣畅地着墨；笔随心转，意在笔先，唰唰作响，声如翻江倒海，状如风起云涌。再经细心勾画后，姚先生眼含微笑，又在画幅上庄重题字"中国建材报惠存"。

1990 年 4 月　北京

碧波中，那一簇莲荷

——《女人，没理由不爱》序

散文集《女人，没理由不爱》的作者是韩瑞莲，她是北京市昌平区文联新上任的驻会副主席。

认识韩瑞莲首先是从她的文章开始的。一天，诗友高若虹拿来几篇散文，要我看看。说作者是在镇里工作的一位基层干部，爱好文学，很刻苦，很用心，散文写得不错，工作干得出色，真诚朴实的为人更是没得说。后来，一个偶然的机会，彼此得以面识。朋友的话一点不错，凡是了解韩瑞莲的人都夸她赞她，说她文美人好心善，是那种尊重人、理解人、晴天雨日都可信赖的人。

韩瑞莲要出散文集了，很是为她高兴，她执意要我为其作序。就我的知识水平和文学修养而言，我始终认为自己是不具备为他人写评作序资格的。然而，面对一个如此真诚友善且使人生出几分钦佩的人，再推辞是不妥当的，于是便应承下来。同时也想从她的美文中吮取滋补的成分，以营养自己的文学感觉。

捧读韩瑞莲即将付梓的散文书稿《女人，没理由不爱》，仿若置身碧波涟漪的荷塘边。眼望摇曳在阳光下的那一簇簇鲜艳，会使人情不自禁地生发出美的感觉，会感觉到扑面而来的一种温馨，会想到这世界是多么的可爱。

本集中，韩瑞莲以《女人心事》《女人感觉》《女人旅途》《女人生活》为构架和内容，把一个女人的里里外外、前前后后，淋漓尽致地和盘托了出来。从而也使人们了解到，一个从山村走出的女子所经历的艰辛以及伴随其奋斗的心路历程，会因此更加喜爱她的文字。

收在《女人，没理由不爱》一书中的作品，有的是经我手编发的，有的是从《北京日报》《北京晚报》《京郊日报》《昌平文艺》以及其他一些报刊上早就读到过的，文章已经很熟悉了。我曾经喜欢的一些文章，比如祖露女人心迹的《由三十岁说开去》《四十岁的圆润与丰沛》《女人与内衣》《女人与酒》《粗厚跟，女人风》，再如爱生活写家乡的《爱上路边的那条小径》《触摸昌平文化》《北环早市》《精神家园》，还有关注人生命运、感知情感律动的《撕破灵魂》《夏·雨·翠》《感秋》《让人心疼》《树里闻歌，枝中见舞》《感动自己》《不同的行走》《下雨了，去喝咖啡》《交响生活》等文章，在这里再次谋面，很有一种"他乡遇故知"的亲切。

正是这些曾经闪烁亮点，加之其他一些具有一定质量的作品的选入，就更加增加了《女人，没理由不爱》一书的分量。读它，品它，有如眼前走过的一座方阵，那阳光下的明亮，那熏风中的芬芳，还有那心中不时莫名生成的一些难以"名状"的想法，会一次次地来触摸你的感觉，撩动你的心绪，感染你的灵智，让你在快乐中实现一次阅读经历。

韩瑞莲的人生经历是丰富的，由此也注定了她创作内容的丰富。一个来自乡村、没有任何背景的人，通过考学，一步步走来，走上教室的讲坛，走入记者的队伍，走向电视台节目主持人的位置……而且，她走过的每一个阶段，都做得很优秀，很出色——由她编导或主持的电视节目，曾两次获得北京市优秀栏目奖，个人也获得北京市第十届优秀新闻工作者称号。由此不难看出，在这些"优秀"的背后，其所付出的艰辛和劳动是可想而知的。也正是因为她能把这些亲身经历、心中的千山万水、喜怒哀乐，作为创作的资源进行开发，所以她的作品才有品位，有品头——在质朴的行文里，使人领略来自她心灵深处的那份真实和自然，以及她对大千世界的关注与热爱。

184

韩瑞莲的有些篇章写得也颇有哲理，能够融思想与艺术于一体，使人在获得美感的同时，也收获某种心灵的启迪。比如岁到不惑，当有人念念有词地在复制那句古老的颓语"意志会萎缩，理想会打折，信念会拐弯，生活会失色"而悲而虑之时，她的《四十岁的圆润与丰沛》，却似夜色里刺来的一缕光明，能立刻把人的眼睛弄亮，说四十岁的女人这时候才真的是"知道了优质，知道了适合，知道了创新"，并告诉"四十岁女人因为丰富而使自己的田园更丰沛"，在那里浇灌培植出的心的花朵，才是世界上最名贵最优雅的花朵。似这类文章，还有不少，如"春天在你心中，春就将伴随你走过每一天"的《感受春天》，在得到与失去之间要不要守护如何守护的《守护》，以及"生活里的状态就是那高音的高昂、低音的沉稳，就是那各种乐器发出的有序的混响"的《交响生活》等。这些作品，都在从事情的另个或多个角度，善意地告诉人们，人的思维不应该只行走一个通道，要发展地联系地，即科学地审视、对待我们所面临的各种事物和这个繁复多变的世界。

　　人们爱说，一篇文章，一部作品的创作需要读者与作者共同完成。韩瑞莲的这部散文集也不例外。我认同韩瑞莲在《也说文学》里那一段充满诗意的心语："文学是一种味道，生活着的味道，那味道的气息四处奔走，滋润着我们的生命，让人生的路途充满色彩，从而让人生发出相拥相亲依恋般的感受。"

　　这是韩瑞莲热爱文学的真情告白，也是她在文学的小路上长途跋涉后的切身体味。就凭这些，凭着她的那片痴情苦心，凭着她的那份执着，相信她脚下的文学之路会越走越宽广，就像那满池盛开的一蓬蓬莲荷，以绽放的鲜艳和美丽，来装扮这个多彩的世界。

2009 年 3 月　北京

弹奏心灵共鸣曲

——访著名歌词作家石顺义

如果说人到中年是收获的季节，著名歌词作家石顺义的生命之树上结出的果实，可谓硕蜜而馨香。

他曾两次荣获全国"虹雨杯"歌词大奖，由他作词的《父老乡亲》《说句心里话》早已广为流传，新近创作的《一二三四歌》《白发亲娘》和《女人是老虎》又百唱不厌，深受歌迷们喜爱。在刚刚结束的由共青团中央、文化部、广播电影电视部、新闻出版署等单位联合举办的新中国成立以来"中国青年优秀歌曲奖"群众性评选活动中，获奖的三十首流行歌曲，石顺义一人独占两首。

我与石顺义相识在十三年前空军举办的一次诗歌创作座谈会上。那时，我是才执笔习诗的文学爱好者，而顺义已是小有名气的战士诗人了。

顺义除了爱看书，几乎别无爱好。他人朴实、憨厚，话语不多，好像总在思索点什么。但待人却十分诚恳，对朋友更是无话不说。

顺义出生在河北省沙河县，三岁随父母迁来京西煤矿的一个小山村居住。父亲是一位吃尽辛苦、大字不识的老矿工，在这个缺少文化氛围的方舟里，顺义从小既未受到什么"熏陶"，也未领教过什么"真传"，好在人生途中常遇一些好人相助。正因为如此，也无形中给他的创作提供了中国最底层人的最真实的情感和品格。

顺义是诗、词兼备的作家，不知不觉中我们聊起了诗与词的关系问题。

石顺义原在陆军部队，1979 年调入空政文工团专事歌词创作。开始他曾以为诗与歌词同是分行的文体，差不了多少，可写着写着，就感觉出二者差别之大。如果说诗是通过视觉切入内心世界、心照不宣或曰可意会不易言传从而引发人们心灵共振的艺术，那么歌词则是首先能够引发作曲家产生乐感，再通过演唱，从而感染听众，即由作词、谱曲、演唱、传播诸多因素综合而成的大众听觉艺术。以为歌词好写，实在是一种误解。认识和实践这一点并不容易，顺义说在这个"点"上自己竟徘徊、探索、苦恼了十年之久。

当然，如果换个角度，把成功看作一种高度，顺义的这十个春秋并没有白费，可以说是他获得起跳成功的一次助跑。顺义同意这看法。

有人为顺义看手相，说他名字顺，命相却不很顺，但坎坷中又注定有人帮他过关，从而获得成功。顺义不信命相，但从他所流行的几首歌背后所奏出的插曲看，似乎又有点应验。《说句心里话》是这样，经郁钧剑、阎维文演唱流传之后，又有人说，战士不准谈恋爱（正确地说是战士不准在驻地附近谈恋爱），怎么能这样写呢？恰在这时，空军俱乐部礼堂里端坐的两千多名空军士兵齐唱这首歌时，一个个竟眼泪汪汪的。这一幕，也深深地打动了在场的空军领导，这首歌被选入《空军歌曲选》，在部队很快便流传开来。

人们爱唱石顺义的歌，部队战士更喜爱。现在不管去哪里，一听说是石顺义，立刻会有许多战士围上来，或握手、或签字、或问候。一位师政委紧握着石顺义的手说，你是战士的知心朋友，你写的歌太好了，干部战士都爱唱，你起了我们政工人员所起不到的作用，太谢谢你了！

一次，顺义随几位领导下部队，他是部队的文职人员，穿着随便，在那些将官、校官面前，开始人们以为他是司机，没理会他。当一听介绍说他就是歌词作家石顺义时，那热烈的掌声竟持续了很久。这掌声，是尊敬，是爱戴，是感激，是一种难以名状的多维情愫的表达。

从掌声里，顺义看到了自己所从事的工作的价值，更感到了自己的使命和责任。他说，我只给社会贡献了一点点，人们就回报我这么多，自己没有理由不写出更好的作品，去回报大家的厚爱。

在顺义家里，我曾指着他五六十个获奖证书对他说，这可是你探索道路上闪烁光亮的脚印啊！

不！顺义回答，人们对我歌的喜爱，才是最高的奖赏。

为了这最高的奖赏，顺义将倾尽全部的心血。他是一个有追求的人，他有这份执着。

1994 年 11 月　北京

放飞心中的白兰鸽

——访著名作家陈建功

陈建功，久慕其文，未识其面。在"五色石"三百期纪念座谈会上，我见到了他。

他中等身材，胖墩墩的。一尊健壮结实的体魄，一副热情随和的模样。当接过他伸出的那双曾经握风钻采煤、执妙笔疾书的大手时，心里曾有的那种因陌生而产生的距离感，随着他亲切有力的一握，一下子便荡然无存了。

我们的话多了起来，似乎有很多想说而没说完。于是，在初夏，一个细雨如丝的下午，我拜访了他。

1949 年 11 月，陈建功出生于广西北海市一个知识分子家庭，1957 年随父母迁居北京，1968 年 8 月高中毕业后，到京西木城涧煤矿当了一名采煤工人。在那里，煤矿工人的那种正直、纯朴、勤劳的秉性，那众多干部、师傅们对他的关心、爱护和帮助，至今仍深深地刻印在他的心中。一直干到第六年上，一次，他的腰不幸被矿车撞骨折，伤愈后再也不能下井了，便在井上打起杂来。什么筛沙子、运木料、挖坑、垒墙、当图书管理员，几乎什么事都干过。他曾为书记写过大会报告，也曾为劳模写过朗诵诗，然后再署着人家的名字，在《北京日报》上发表。

建功实实在在，一点也不粉饰自己。聊起他的早期作品，他说：当初自己除了想练练笔，还有"功利"这个想法在起作用。那时候，就

189

是想利用创作来改变一下自己的处境。如 1973 年发表的诗歌《欢送》和小说《铁扁担上任》等，就是这样。那阵实行推荐工农兵上大学，因建功的言谈出了点格，领导根本不推荐他，连参加考试的资格都没有。建功是个活蹦乱跳、有理想、有追求的青年人呀，用如今的话说叫作要找到自己的位置，实现人生价值。看着别人高高兴兴上大学去了，一个卓有才华的青年被弃置一边，在一种失落感的困惑下，却还要为他人唱《欢送》的赞歌，可想他心里是一种什么滋味了。

建功谈吐幽默、风趣，就如同他的作品一样，在幽默风趣的语言里，往往掩藏着一种令人难以言状的悲戚和沉重。由"唱不想唱的歌"，到"唱自己想唱的歌"，谈及建功近二十年的创作生涯时，竟被他用这轻轻松松的一句话括全。但细细想来，这轻轻松松的一句话里，包容了他多少酸甜苦辣的人生况味。

建功说他真正的创作生涯是从 1979 年开始的。

1977 年，国家恢复高考，这是新时期带给厄运中青年的第一次狂喜，建功则是最先享受这狂喜的一个幸运儿。命运转机的喜悦和自得，思想解放大潮的冲撞，促使入北京大学中文系学习的他，常常徘徊于未名湖畔默默地想。想那些别人常以为不足挂齿的事，想那些最原始、最粗鄙、最不值一顾的事物里蓬勃着的生命律动……于是人生，于是命运……他终于想明白了：那是一个每个人都可以无拘无束地歌唱的年代啊！在这魅人的时代里，一定要唱出个"颠三倒四的效果来"。于是，一篇篇风骨劲健的文章涌出了他的笔端，《丹凤眼》《飘逝的花头巾》《迷乱的星空》《卷毛》，还有一篇篇拨动人们心弦的别的什么什么……

那是被禁锢的精灵冲出瓶口的呐喊，那是白兰鸽在欢腾的白云里、灿烂的蓝天间自由自在地歌唱。从那时开始，建功以小说为主，写散文，写随笔杂谈，也写报告文学、电视剧，一发而不可收。文章满天下，大名传海外。多家出版社为他出版了小说、随笔等合集，有的作品被搬上银幕、屏幕，十几篇作品被译成英、法、日、捷、塞尔维亚等文字在海外出版。除此，我国台湾地区的林白出版社出版了他的中短篇小说集《丹凤眼》，日本早稻田大学出版社出版了《陈建功小说选》，美国蓝登出版社出版了小说《找乐》。

在北京文坛上，说起陈建功，都认为他是一个非常好的人，仗义、正直、坦率，活得很洒脱；文章不苟同，不流俗，为人为文都很可敬。

文坛上，有的人刚刚写了点东西，就爱"摆谱儿"，架子端得了不得，建功却不然。他说，"我辈本是蓬蒿人"，即以做普通人自乐，随遇而安。有的人"文人相轻"，建功更不然。他敬佩那些对社会、对人生有独到见解的人，不管他们与自己的文学观是否相同，只要对人类的情感宝库有所贡献，他都赞成。所以，他才总能客观、公正地对待每一位作家和他们的作品。他说：无论沉浸在对文明进程的讴歌里，还是沉湎于对消失的传统的挽歌中，不同的作家会以不同的情感方式把握这个世界，从而为读者重新铸造出一个个具有不同色彩的文学天地。作家们千奇百怪、千姿百态的情感呈示，足以称为人类情感的百科全书。不管某些感受是否能引起我的共鸣，它们都是人类情感汇集而成的长河中一朵闪耀的浪花。这就是文学对人类文明的进程所做的、其他学科所无法替代的贡献。

当话题转到正在拍摄的由陈建功和赵大年编剧的三十集大型室内电视连续剧《皇城根儿》时，一位电视圈内的人士说，此剧将于 5 月 15 日停机，它是北京电视艺术中心精心策划的继《渴望》（悲剧）、《编辑部的故事》（喜剧）之后的一部情节剧。该剧由著名导演赵宝刚执导，演员可谓明星新秀荟萃。葛存壮、郑振瑶、宋佳、许晴、肖雄、王志文、尤勇等都在剧中出任了重要角色。有人预言，《皇城根儿》可望再上新台阶，但到底如何，建功说拍摄的具体情况他并不了解，还是等八九月份电视台播放时，由观众去评说吧。

另外须透露的是，由陈建功和赵大年根据《皇城根儿》改写的四十万字的长篇小说《皇城根儿》，将由作家出版社出版，在电视剧播放的同时发行。

近年来，陈建功致力于谈天说地都市文学的创作，《皇城根儿》可谓是一个较大的成果。但他并没忘记他的京西工友，一有空暇，就去他曾经工作、生活过的煤矿，看望那里的老朋友，结识那里的新朋友，和他们一起吃饭喝酒，一起打牌聊天。他说：真正写煤矿工人生活的作品我还没有动笔，从感情上，我依然热恋着那块乌金翻滚的土地。

要告辞了，建功说他要去街上买菜，好为妻子和女儿准备晚饭。待到夜阑人静时，就要动笔开始他的《放声》《前科》《悲壮》三部系列中篇小说创作了，计划两个月完成。

写吧，为了心中那只唱自己想唱的白兰鸽。作为读者，我热切地盼望着它的问世。

1992 年 5 月　北京

飞雪枝头寻春色　朱墨润毫弥芬芳

——著名花鸟画家王挥春剪影

一头白发，满面红光。岁月赐他的是一幅童颜鹤发。

他腰杆挺直，精神矍铄。六十五岁的人了，依然那么蓬勃而有生气。一种被同龄人羡慕而又嫉妒的洒脱，更增添了他的风度和魅力。

性格热情奔放，为人笃诚坦荡。他胸中一定涌动着一片学识的海洋，不然，那颇有见地的谈吐，怎会如此滔滔不绝，且丰润人的情怀，启发人的心智。

这就是著名花鸟画家王挥春留给我的第一印象。

王先生酷爱绘画艺术。从十二岁起，他便对历代大师的名作、身边山川花鸟人物潜心揣摩描绘。后来从军南下，先在一野，后调二野。剿匪战役中，他是一名随军美术记者。

聊起战火中度过的那段青春，王挥春不无感慨。他说：当时大军南下，每天行军百里。很庆幸和珍惜自己那段浏览祖国大好河山的经历，不论是行军还是打仗，一有空隙我就把眼前所见、心中所悟用画记录下来。当时没有照相机，战士们谁立功了，谁当先进做模范了，我也把他们画下来，往那一挂，还真鼓舞士气呢。据说，被王先生画过的士兵，现在有的已经当了军长。

诞生在王挥春笔端林林总总的诸多花鸟画，尤以鹰画而著称画坛。人们称道他的鹰画"构思别致，笔触猛烈，纵横涂抹，恣意挥洒，大有一种为所欲为的胆魄"。

王先生对鹰情有独钟，最初缘于他戍守西南边陲的那段生涯。那里群山错落，清流鸣涧；奇峰异石，比比皆是。览山水，阅花鸟，他独见鹰鄙弃虚浮的彩饰，啸声如弓角，不比美，不争宠，飞起来为战斗，不为炫耀……于是，各种类别的鹰的形象和神态深深地感染了他，吸引了他。他用心观察，他用情感悟。渐渐，在他眼里，那凌空翱翔的不再是鹰，而是闪电与雷鸣，是旋风和力量，是搏击天宇充满信心和希望永不停止追求的一个个鲜活奔腾的生命。鹰，曾经给了他无数创作的灵感和冲动，一幅幅五彩缤纷的画作流水瀑布般从他的笔底宣泄而出。真的画了不少呢。可惜"文革"时被人指责为"资产阶级的"，给硬逼着烧了，成箱子成箱子地烧，烧得人好心疼。他是流着眼泪烧的。他曾想，如果眼泪能浇灭摧残艺术的鬼火，他情愿倾尽自己的泪水。

改革开放的新时期为奋发的人们创造了施展才华的机遇。国人在觉醒，民族要进步，国家要昌盛。王挥春一颗不甘寂寞的心亦随之躁动，蓄积心头已久的一种强烈的、扼制不住的使命感和责任感犹如一股甘泉汩汩涌入他的心底，又从他笔下淙淙流出，流成一幅幅画、一支支歌，流成一片灿烂和缤纷。那期待真善美、期待实事求是的一幅幅"好猫图"，那呼唤顽强拼搏、呼唤强国富民的一组组勇猛矫健、神态飞扬的"雄鹰图"，以及出版社为其出版的名为"腾飞"的十二幅鹰画挂历，可谓是他彼时彼刻的心迹写真。人们知道，绘画是画家调动各种手法在二度空间上表现自然物体的幻象、表述人的审美感受的艺术。遵从自己心灵的呼唤，描绘自己眼中的世界，几乎成了所有画家的人生要义和艺术准则。因而画家贵在创意。为此，王挥春苦苦追求了大半生。所以对艺术他才能够从无法到有法，有法则不拘泥于法；他的画才老而不旧，新而不怪；笔酣墨饱，自由组织，线纹飘洒流畅；落笔时的徐疾轻重，逆顺枯润，皆缘于自己的个性和当时心绪的境况而起伏变化；暗示性颇强，感情色彩颇浓；让人既领略其情致意韵，又可窥其神髓内涵。可以说，他的每一件作品都各有千秋，各领风骚，处处皆见其情、其心融入的笔触在搏动。

中国画历来重"活、生、畅"，而忌"滞、板、僵"，因而一向把"气韵生动"列为第一要义。一次，当代美术大师刘海粟看过王挥春的鹰画后，感叹不已，曾非常肯定地对他说："你的画气韵生动，很有气魄。"当即便与王挥春合作了一幅《鹰击长空图》。而后，又收他为关门弟子。李苦禅大师在世时，亦颇赏识王挥春的画作。一次他与苦禅大师同台作画后，苦老深情地赞许："你的画不像我的，也不像王雪涛的。你有自己的性格，有自己的追求。"

艺术家一向不贪图名利，却很看重自己的作品被认可、被肯定。王挥春的作品不但被大师们、同时也不断被社会认可。他的画有的被作为"国礼"赠送给日本前首相竹下登；有的被天安门管理委员会、被毛主席纪念堂等单位珍藏；有的去国外参展获"最佳奖"。中国美术馆还将于今年11月为他举办个人画展；一部精选他八十幅作品的个人彩色画册，亦即将问世。

去过黑龙江省齐齐哈尔市火车站的人们会看到，该站候车大厅里镶嵌着一幅名为《鹤乡春晓》（又名《新百鹤图》）的一百一十五平方米的珐琅彩巨幅壁画，这幅画的主要绘制者就是王挥春先生。为绘制这幅画，王先生曾先后十一次去鹤乡。在那里，在粉尘飞扬而窄小的制作车间里，他与工人们一起工作，一起流汗。经过反复的研究改进，才创作出这样一幅场面宏阔、内容丰富、表现技巧纯熟的作品。这是一幅呕心沥血之作：新叶秀水间，明媚晨光下，百余只丹顶鹤或歌或舞，栩栩如生。可谓千姿百态，神情各异，意趣万千，美不胜收。观赏者的心灵，会情不由己地从中受到一种生机勃发、不再沉寂的冲撞。对此画，中央电视台曾做过专题报道。其中珐琅彩亦属王挥春发明首创，其成果曾获中华人民共和国发明展珐琅彩壁画铜牌奖和轻工部优秀创作二等奖。这种能够永久保存绘画作品、用珐琅彩制作的艺术，目前已有六十余幅流入我国台湾省。

作为一代画家，王挥春是成功的。国内有许多家报刊或发表他的作品，或介绍他的成就。有人说该称他为"大师"了，王挥春连连摆手：

大师者乃诗、书、画、印皆精熟于心，著称于世也。这是海粟老师的教诲，吾当铭记。

在北京的一些画店，我曾见过王挥春先生挂售的部分作品，其价格一般在数万元。这么昂贵的作品，王挥春却常拿来送人，送给说得来、信得过的朋友，甚至连门口的修鞋师傅也赠送，而且是如意之作。有人说他有点傻，王挥春也不避讳，接过话头就说，一个人如果没点傻气就什么也干不成。的确，多少年来，王挥春就是靠了这种傻气，一步一步走进了艺术的殿堂，一点一滴赢得了人们的赞许。他傻得厚道，傻得实在，傻得令人喜爱。

观赏过王挥春的画室，该辞行了，王挥春先生送我到电梯口。握别的刹那，我看见透窗而入的一缕阳光恰巧投落在王挥春的身上，只炫得他朱颜愈红，银发愈亮。

那是一支燃烧的红蜡烛在光耀着；那是一枚落雪的红枫叶正灿烂着！哦，好一幅绚丽的人生图画哟。

1994 年 7 月　北京

196

烽火锻铸忠魂　壮举不该淹埋

——马淑琴报告文学《寻找李文斌》读后

"他始终无党无派，而当了一辈子共产党的诤友；他两次被八路军收编，却没紧跟部队转战南北，而是坚守平西；他在被捕入狱的生死关头，经受住威逼利诱，恪守了崇高的民族气节；他没有当官晋爵，没有荣华富贵，而是以伤痕累累却淡定平静的身心老于山乡，以一个山村农民的状态，在贫困凄凉的晚景中逝去。""他以非凡的品行、能量、智慧和毅力，集聚抗日力量，经受艰难险阻，英勇抗击外敌，守护共产党抗日根据地的东大门，并为共产党八路军输送千余兵源，为平西抗战做出突出贡献。"（引自马淑琴《寻找李文斌》，载《中国作家》2016 年第 11 期。）

就是这样一位令人感念、发人深思的历史人物、抗日豪杰，却鲜为人知。正当他几乎被岁月的尘埃完全埋没的时候，是马淑琴——这位具有使命感和责任心的京西作家，挖掘了他，再现了他，复活了他。我们为马淑琴的义举和担当点赞！同时也为具有历史眼光、能够发表《寻找李文斌》，从而让这个历史人物走进人们视野的《中国作家》杂志点赞！

下面就谈谈读《寻找李文斌》之后的几点感想。

一、《寻找李文斌》的路程很长，作家的脚步走得很艰辛。

李文斌，1971 年病逝，他没有档案，没有鉴定，没有照片，几乎找不到任何关于记载他的文字，亲历者大都逝去，仅有的也只是关于李文斌的口头传说。要想去真实地再现这位抗战历史人物，谈何容易。但马淑琴做到了。通过文章，我们不但一个点一个点地看到了被链接起的李文斌的所作所为，同时也看到了作家采访、调查时风尘裹挟的身影，这既证实了材料来源的翔实可靠，也看到了作家的艰辛以及锲而不舍、不言放弃、对自己那份初心的坚守。

历史是睁着眼睛的，该给予的一定会给予。能找到当初与李文斌共处、已经九十三岁的李成英老人，这是上天为作家的"寻找"敞开的一道门缝。作家以敏锐的目光从这缝隙里望过去，他看到了李文斌的身影，看清了他的面孔，走进了他的心扉，同时也让我们看到了马淑琴的那份虔诚和执着。请看看这段文字吧："矿区破旧的平房里"，"一个整天，两个半天，外加两个晚上"，人们仿佛看到，在一种使命的驱动下，一位作家陪着一位耄耋老人，经心地侍奉着老人，耐心地洗耳恭听，生怕遗漏掉什么。一听一讲，一问一答，甚至是再三追问，让史实一步步再现，让材料一件件细化，让人物面貌逐渐清晰，把疑团一个个解开……所以就有了鬘髻山战役后，李文斌仗义疏财、招兵买马、立志抗日的家国情怀。

所有这些所形成的文字也不过几行几页，而文字背后作家所付出的心血、汗水、艰辛却是巨大的、显而易见的，也是我们从事文字工作的人感同身受的。

二、叙事与文学并茂，事件与人物相谐，《寻找李文斌》其存在的价值不可小觑。

由于报告文学自身属性使然，它既要求其事件的真实性、人物的可靠性，又要有行文的可读性，所以说这是一种很不好驾驭的文体。而马淑琴的《寻找李文斌》把寻真、求美二者的关系处理得恰到好处，才使我们在熟悉李文斌这个历史人物的同时也获得了阅读的快感。这是因为马淑琴是作家是诗人，不仅写了大量优秀的诗歌散文，而且还写过不少颇有价值的报告文学，比如北京儿童医院的那位 B 超医师贾立群，比如那位让人肃然起敬的好民警高宝来。从《寻找李文斌》里不难看出，正是基于她以往的创作经验和文学功底，所以才有了这样一位可感、可信、有血有肉、令人再难忘却的"李文斌"。

所以说，《寻找李文斌》是一篇成功之作完全当得。

作家在积累大量翔实资料的基础上，没有就事论事照相般把人物生搬移植笔下，而是调动起自己的创作经验，对环境，对史实，对人物，进行了一番认真的思考、精致的加工创作。"庚子之殇"的铺垫，使人们找到了李文斌产生"抗日"思想的源头；"山乡豪杰"的豪气，使人们看到了李文斌爱家乡、爱乡亲，"守土、保家、救国"的赤子情怀。随着事件的递进，接下来的几章不但使人们了解了李文斌的抗日行为，而且还比较全面地察知了李文斌坎坷的人生经历。他的勇气令人敬佩，他的智慧为人叹服，他的遭遇使人同情，他的良知无可挑剔……

《寻找李文斌》一文中不少细节的描写形象生动，更是令人过目不忘。比如李文斌出场一节。先观其形：这时，着一身黑布裤褂的人从树后闪出，犹如一道黑色的闪电。只见他身材魁梧，机敏健硕，一张长方大脸上嵌着一双乌亮的眼睛，眼睛里透出深邃的光。再闻其声：六弟，三儿，把羊扛上，弄大庙去，炖了让大伙儿吃。声音瓮声瓮气。这既是主人翁所具有的气质性格的回归，也是作者在掌握一定素材的前提下充分调动其创作经验的使然。类似能够充实李文斌人物形象和战地环境的细节还有不少，比如，李文斌顺手拿起身边尺把长的烟袋，把铜烟锅儿塞进一个黑布缝的荷包里挖着烟……再如作者对用红山草搭建草铺的细节介绍，对"石塘"二字的解读，这里有李文斌的生活习性，也满足了读者对某些常识的期待。另外，行文中作者以旁白或画外音的表达方式多次显现，这种艺术手法用在这里，不但使读者看到了作家的身影，而且更增加了对主人翁李文斌这个人物的感性认识，进而使文章增色。

在《寻找李文斌》的同时，马淑琴还不露痕迹地对门头沟的山山水水、人文景观进行了一番必要的描写。无疑，我们在欣赏这些美好文字的同时，也看到了作家对家乡的热爱，对家乡文化的热爱。正是由于这种热爱也才还原了李文斌这个曾经模糊、几近被遗忘的忠良贤士。

还必须要说的是，《寻找李文斌》"后记"一章写得颇令人思索。

一块抗战热土上生长出的一棵高树，怎么说倒就倒了呢？我边读边想，自问自答，情不自禁中产生了几个"假如"。

假如那个土改工作队长不是被"左"的思想支配，不那么不分青红皂白，能够公正地对待抗战名士，李文斌的命运是否会好些，一位可歌可泣的抗战名士或许早就矗立在人们面前了。由此我想：一个人的命运为什么轻而易举地就被另一个人扼住甚至扼死呢？虽然作者没写，但我们似乎也看到了李文斌因遭受屈辱、被批判而曾经被伤害的心灵，不然他不会甘于寂寞，老死山乡的，甚至他还会为家乡的建设继续贡献自己的才智。

假如李文斌能一直跟着部队去南征北战，他的命运又该如何？凭着他的智慧、他的勇敢和忠诚，也许会弄个师长旅长的干干，也许早就血染沙场、忠骨无觅。我以为李文斌的人生轨迹之所以没这样行走，一是有他自身的局限性，也与周围缺少一位拥有大志的睿智者的明示和引导有关。但这并不影响李文斌这个人物的形象，看得出也是作者为此收敛笔墨并没有把他塑造成高大神式的抗战人物的理由之一。

但愿《寻找李文斌》能够插上翅膀，让它飞出大山，飞向全国，飞向更加广阔和辽远的地方。

一片曾经的抗战热土，一位可歌可泣的抗战前辈，却在我们身边沉睡多年无人问津。感谢马淑琴，是她通过《寻找李文斌》让我们感受到了京西这片土地的厚重与深邃，了解了京西人民为国家的独立和民族解放的付出和奉献，使我们更加了解这片土地，喜欢和向往这片土地。

所以我才建议：如同不应让"李文斌"被埋没一样，让报告文学《寻找李文斌》也不要沉睡，可以用现代的传播手段，比如电影、电视等，以便使更多的人通过认知李文斌而了解门头沟，向往门头沟。

2017 年 3 月 31 日　北京

好人总在心里

——怀念著名诗人张承信老师

今年春节前夕，文友刘辉为我刚出版的儿歌集《娃娃成长歌谣》写了一篇评论《童心在清澈里跳动》。评论有四千多字，像这种较长的文章不宜在报纸刊登，杂志比较适合，当时，我一下子就想到了由张承信老师担任主编的《大众诗歌》。于是，我就把评论发给了张承信老师。几天后，张老师打来电话，说稿件收到，已经编排好，将在近期刊出。当时，我心里真是充满了感激和期待，对朋友刘辉的盛情也总算有了一个交代。

就在感激和期待中，却等来了一个不幸的消息。那是 3 月 29 日下午五点多钟，我正在公交车上欲前往参加朋友聚会，接到了张承信老师女儿张晴的电话，说父亲于早上七点二十分在太原去世。当时我的头嗡的一声，简直不敢相信这是真的，竟情不自禁地追问一句：你是张晴吗？（因为张晴当时用的是另外一个电话，没有显示名字。）的确是张晴的电话，我所信赖和敬重的张承信老师真的走了！能为张老师做点什么呢？张晴告诉我，父亲是中国诗歌学会常务理事，她想把父亲去世的消息告诉中国诗歌学会，希望能发个讣告，但一直联系不上。我立即中途下车，翻出中国诗歌学会副秘书长大卫的电话，把这一情况先告知大卫。大卫立即回答：他认识张承信老师，人特好。他正在外面，让张晴马上和他联系，一小时后回去就发讣告。我把大卫的电话立即告知了张晴。

大概七点多钟，大卫发来信息，说张承信老师逝世的讣告已经在中国诗歌学会微信公众网发出。当时，在座的作家祝滢女士帮搜了下，发现关注和留言的已达数百人之多，可见张老师的不幸逝世不知牵动多少人的心。当晚，中国作家网的超侠、中华文教网的李月也都及时向全国发布了张承信老师逝世的讣告。

张承信老师是著名诗人，早在20世纪80年代初我就知道他的名字、读过他的诗，那朴素的诗风，醇厚的诗意，对我的诗歌创作都曾经产生过影响。认识他则是在1997年7月北戴河的中国作家协会创作之家。

其实，我是一个不太善于交往、对名人大家更是愿意保留点距离的人。记得那天在创作之家经"家长"介绍大家见面后，我认识了张承信老师，并且还知道了他是《山西文学》一位资深的诗歌编辑，但并没有立即上前打招呼，想等个合适机会再向张老师讨教。一天晚上，创作之家里的"小家们"一家家都各自活动去了，我独自在院子里散步。那棵青葱茂密的核桃树下，有几位老作家正围桌聊天，见他们都很熟悉的样子，我不便瞎凑，仍在周围转悠。你是庆和同志吧，过来坐坐吧，这里有个空位。打招呼的正是张承信老师，声音憨厚而亲切。这是与张老师的初次交谈，印象深刻而美好。十天的创作之家休假生活很快就结束了，临分别前，张老师还给我留下地址电话，要我有稿件时寄给他。第二年的下半年，我把自己新写的诗作选了一点寄给了张承信老师，很快张老师就在1999年初的《山西文学》予以刊出，而且不是一首，是一组，整整占了一个页码。张老师的这份情谊、这份厚爱，我始终铭记在心，却无以回报，深感惭愧。

说起张承信老师对我的关心和帮扶，还有很多很多，每次都让我非常感动。

其实，张承信老师也是一位重行少言话语不多的人。后来，在北京，在华山，在辽宁，或开会，或采风，或闲聊，我和承信老师还见过几次面，每次话虽不多，但心里都各有底数。我常把尊敬和感激寓于行动，比如上台阶了，扶老师一把，进门口了，拉着门让老师先行。而张老师呢，更是把那份友善和关爱寓于眼神或微笑，常常用一个动作，就能神领彼此心意。

去年6月上旬的一个上午，我正参加中国作协的一个会，接到张承信老师电话，他说，听说张同吾同志病了，是否住院？刚才给同吾打电话，感觉他说话很吃力，病情是否很重？并嘱，如同吾有什么不测一定及时告诉他。我照做了，在我得知张同吾老师去世的半小时后，就及时电话告知了张承信老师。承信老师重情重义，电话里连声说同吾好人，可惜可惜！十几天后，承信老师又打来电话，说经编辑部商定，要在《大众诗歌》为张同吾老师开个怀念追思专栏，约我再写一篇文章。此前我已写了悼念张同吾老师的文章，并且分别刊登在《文艺报》和《光明日报》上，以我当时的悲伤心情，再写也只能是重复，再加上正患肺炎，发着烧，精力实在不济，故未能从命。张老师很宽容，没再坚持，还安慰了我，并托我代向同吾老师家人表示慰问。

就在一周前我收到了张晴寄来的《大众诗歌》杂志，不但有怀念张同吾老师的专栏，而且刘辉先生的那篇评论文章《童心在清澈里跳动》也豁然在内。我知道，这是张承信老师生前编辑的最后一期《大众诗歌》了，它的价值，它的意义，它的含金量不言而喻。

带上这本杂志上路吧！尊敬的承信老师，沿途会有无数鲜花为您绽放，会有无数鸟儿为您鸣唱——为曾经引领一代诗歌的著名诗人，为曾经提携扶持过诗坛无数晚辈的诗歌编辑家。

2016 年 4 月　北京

花开春风里　芬芳斜阳下

——记花鸟女画家王倩

在群芳争艳的当今画苑中，女画家王倩是成功的一位。

六十三年前，王倩出生于河北定州。从小时候起，她就爱画画。用石块在墙上画，用树枝在地上画，家里凡是能画的地方她都画。为此，不知挨过父母多少训斥。她从没想过当画家，也没想过出名，她说她只是出于兴趣和喜好。后来她中学毕业，在解放战争的连天炮火中参了军，成了一名女护士；1954 年又转业地方，后调至中国国际广播电台工作，直到离休。多年来，无论多忙多累，她一天也没丢弃过自己对绘画的喜好。

或许是与王倩文静贤淑的脾性有关吧，最初，她喜爱的是仕女画。由于工作的繁忙、家务的劳累，她只能利用一些零碎时间，漫无边际地用铅笔默默地画，悄悄地画，边画边撕。在有幸留存下来的几幅铅笔人物画中，电影演员白杨那微笑的神态，医学专家林巧稚那和蔼的面容，仿佛都在述说着她当年的甘苦。

"我学画没有老师指导，但处处又都有我的老师，那就是书、画和大自然里醉人的风景。"为了学画，她每月都要几进书店，每月都拿出一半以上的工资购买各种书籍、图片、笔墨、纸张等；上班每到工间休息，她总是悄悄用一幅素描来驱逐倦意。后来，孩子们大了，不用再操太多心，每天下班回到家里，寂静的夜，就成了她在绘画艺术的海洋里独驾舟帆，领略乘风破浪情趣的美好世界。

随着祖国温暖春天的到来，王倩的追求和勤奋得到了电台领导和同事们的关心与支持。为使王倩的绘画艺术更上一层楼，从1984年至1989年，台里一直出学费鼓励她参加海淀老龄大学国画系的学习。在那里，她系统地学习了工笔创作、写意、书法等基础知识，并得到了田世光、卢光照、李燕等名家的指导。

无意插柳柳成荫。说起报名老龄大学一事，王倩不无感慨地说："以前我从没画过花鸟，当时报老龄大学国画系也是想学画人物，可人家没这个班，只有花鸟班。不妨试试吧，没想到一试还真有了点眉目。"当然，这"眉目"的背后，王倩所付出的艰辛是可想而知的。那时，她还没有离休，要按时上班，按时上课，还要按时完成作业。那一阵子可忙透了，她说自己竟两个月没顾上洗澡。

有人说，画家不一定每幅画都是精品，但每幅画都必须是心的感悟。王倩正是循着这一箴言，进行绘画创作的。明媚的阳光下，她用心画着，不知不觉天黑了，她慨叹：太阳啊，你为什么走得这么快！冥冥灯影里，她用情画着，不知不觉天亮了，她恳求：时间啊，再等等我吧！为了画，她入迷如痴，八年没看过一次电影；为了画，焖在锅里的米饭有时冒了黑烟，煮在锅里的鸡蛋有时成了"煤球"。只要一进入画境，一天不吃不喝也不知饥渴；儿女们送来的西瓜、桃子、鸭梨、苹果，不知烂掉了多少。她想不起吃啊！打开她的衣柜衣箱，看到的不是衣物，而是那浸满心血和汗水的千姿百态、艳丽芬芳的一幅幅花鸟丹青。

几年的孜孜追求，王倩的绘画艺术发生了质的飞跃。她的作业被学校一次次评为优秀；她的花鸟画1990年2月获"首届亚洲妇女画大赛"三等奖；同年秋，在北京举行的"齐白石门下十姐妹书画联展"中，她的花鸟画被日本、新加坡、德国、韩国、中国台湾、中国香港等地区观众一下子就买去几十幅。今年4月，中国国际广播电台等单位，在北京军事博物馆为她举办了个人画展，杨成武将军、袁晓园教授为画展剪了彩。画展期间，吸引了来自北京和祖国四面八方的参观者。来自河北的一位叫高双乐的观众留言道:"王倩老师的花鸟画,驱逐了我心中的荒漠。在这里,自己仿佛成了一只飞进百花园里的蜜蜂、蝴蝶……"

在花鸟画的艺术追求中,王倩现正专工牡丹。她说:"毕竟是年逾花甲的人了,衰老正一天天向我逼近,我总感到有一束最美的花、一只最可爱的鸟尚未画出。在有限的生命里,我将继续高举意志的火把,拼全力画出那最美的一幅,让它去领略夕阳的灿烂和辉煌。"

1991 年 9 月　北京

朗朗铮气将军诗

　　说起将军诗人，我不由想起八百多年前的抗金名将岳飞。一首《满江红》词，如飞瀑倾泻，似大河奔泻，曾经震撼了多少志士仁人的心灵。当年的岳元帅不会想到，八百多年后，他的三十世孙承袭着这一诗心剑气，从一个普通的农家小院出发，走进了军营，走成了将军，一直走入了军旅诗人的行列——他就是被人们誉为将军诗人的岳宣义。

　　岳宣义，济南军区政治部原副主任，曾任河南省军区政委，四年前，他又奉命调入中央纪委工作至今。

　　岗位变了，将军诗人还那样诗意勃发吗？浪漫的诗情和严肃的工作又是如何融合的呢？一见面，我就向岳将军递上了一串问号。

　　"诗能穿越风雨迷雾，穿透人的灵魂，去追求正义和美丽，鞭笞邪恶和丑陋。所以，诗是我生命的一部分。诗离不开我，我也离不开诗。"这是将军的回答，也是他的诗观。

　　是的，岳宣义作为军队的一名高级干部，从战士时就和诗结下了不解之缘。繁忙的军务，艰苦的训练，即便是炮火连天保卫边疆的战场上，抑或在抗洪救灾的最前沿，他也没有停下手中的诗笔。

　　当过兵的人知道，部队的野营拉练，当是和平时期的军人最苦最累的一种训练方式。那时军队还是骡马化装备，一天百余里，岳宣义背着背包和战士一起摸爬滚打，同走同练。可岳宣义却苦中寻乐，练中有思，把亲历，把感受，经思想的火焰提炼，随之酿制成诗。他的一首题为《春到太行》的诗作，就是反映军队野营拉练生活的："风霆号令动

207

苍穹，雷啸三军喜若狂。暮发西庄脚下汗，朝辞东村眉上霜。又饮清清漳河水，还唱巍巍太行腔。借问战士欲何求？铸就钢骨伏霸王。"乐观的人生，铿锵的诗句，温润、提升了野营路上战士的情怀和境界：苦被酿成了甜。

20世纪90年代初，战士徐洪刚的名字曾经响彻祖国大地。这位"见义勇为的英雄战士"，就出在岳宣义将军所在的部队。当时，岳宣义是该集团军的政治部主任，当发现徐洪刚的英雄事迹后，他意识到其行为的精神价值，立即组织发掘、整理和宣传工作，使全军乃至全国兴起了"向徐洪刚同志学习"的活动。看到自己的战士响亮地立在了全国人民面前，岳宣义喜不自胜，他随即兴奋地吟道："群雄逐鹿高峰，惊涛拍击天公。人间偏有闲狐兔，黄沙苦雨酸风。大鹏突起乌蒙，展翅直上九重。挽起金沙洗苍穹，休说有虫无龙！"（《西江月·徐洪刚》）

无疑，这是一首时代精神的赞歌，但又何尝不是对假恶丑的怒斥和对真善美的呼唤呢！

岳宣义将军毫不避讳自己是从农民家庭里走出的苦孩子。他说，是家乡那山的风骨，水的风韵，人的风情，先祖的风流，陶冶、滋润、激励了自己的情怀和心灵，从小便抱就了报效祖国的志愿。正因为这样的成长背景，才使岳宣义把爱祖国、爱人民、爱军队的一腔热血和真诚倾注在了他的一首首诗词歌赋里。四十多年来，他不仅把自己的本职工作做得很出色，而且已成功创作出近千首诗作，发表在军内外的诸多报刊上。作品飞扬大江南北，入选《将帅诗词》，并且已出版多部诗集，2003年他又被中国作家协会吸收为会员。

我们的话题又回到了他所从事的纪检监察工作和诗歌创作上。

岳宣义的秘书李晓告诉说，岳将军的业余爱好除了散步、打台球就是看书和写诗。他办事认真严谨，而且讲求实效，工作起来一丝不苟。尽管他每天的工作都排得满满的，调纪委后还是创作和发表了不少诗作。岳将军则说，下班后他要坐半个小时的汽车才能到家，每当此刻，就在他闭目回放一天工作的同时，常常也情不自禁地要过滤一下有无诗情妙句光顾，有了就及时记下。一些小本本、纸片片真的帮了他不少忙呢。说着，岳将军还吟诵了年初去十渡参加北京市监狱管理局纪委举行的"加强党风廉政建设问题"座谈会时写就的一首新作：

> 追着红日到京西，
> 晖洒山川满眼奇。
> 有情碧波生十渡，
> 无欲群雕耸万尺。
> 啄木鸟，保健医，
> 几人知晓几人识？
> 忍辱负重唤春来，
> 声震东风卷旌旗。

诗情是浪漫的，职责是神圣的，工作是繁忙的。那天，本来说好我们几人要合影留念，谁知话题的尾声尚未结束，一个电话打来，说有件"要事"正待他上阵，不可耽搁。放下电话，将军拿起皮夹包就走。那匆匆的身影，使我想起了战士的冲锋……

2004 年 5 月

209

情的旋律　美的吟唱

——有感于诗集《这是一片神奇的土地》

二十五年前，在一次小规模的诗歌朗诵会上，临近尾声时，主持人要我说几句关于诗的话。我从命，于是就不知天高地厚地说：诗，是悬挂在人类脸颊的一颗泪珠，是建筑在心灵深处的一间小屋；是摇曳枝头的一束斑斓，是难以排解的那份孤独。

这话，我理解的含义是：诗是情感的结晶，它主情；诗是温暖的文字，能给人以心灵的慰藉；诗是美的展示，抑或诗人心灵美的外溢，如婷艳的花，能瞬间把人的眼睛弄亮。同时，诗又是多愁善感的诗人们，被思虑之火冶炼出的佳言锦句的凝聚。诗属于当代生存着和存在着的所有社会人，是那种地道的共产之物。

依据这样一种对诗的理解和愿望来看蓝珊的诗集《这是一片神奇的土地》（文匪出版社 2019 年 7 月出版），那么蓝珊的诗该放在一个什么位置合适呢？下面就允许我谈一点粗浅看法。

如果不认识蓝珊这个人，只读她的诗，可以说很难看出这些是出自一位女诗人之手。这是因为她的诗不但大气，视野开阔，关注社会，关注人生和人的命运，而且内蕴着一种连一般男诗人都少有的骨气和硬度。这类诗，在诗集的每一章里都有，堪称俯拾皆是。如：

"你说，要有光/丝绸一样的光/在你手中/分天立地/你很满意/生命/绿油油的果蔬/微笑/我本是尘土/被你塑成你的模样/从此/我和世界站在一起。"（《创世纪》）

这里，诗人似乎在用诗告诉人们：我的诗为什么大气，因为我上擎天下戳地，我是上帝的产儿，我和世界站在了一起。再如：

"我肌肤里的一块石头/光滑　平整/有着火烧云的颜色/枕着河流/垂钓/在世界的地极/发出/春天的声音"（《我肌肤里的一块石头》）；"时间的尘埃/如同我等/卑微的众生/在黑夜里呼吸/天上的大光/照耀/我们群羊一样的生命。"（《尘土之歌》）

两首诗，诗人用普通得不能再普通却谁都无法脱离的石头和尘土为象征，委婉地表露出自己的心迹，一旦"大石滚落"，便是"没有语言的歌唱/石头也能发声"。读这类诗，心绪常会情不由己地随着诗的脚步，走进一片坚定、刚毅、开阔的心灵空间。依据上述例证，所以我有理由说：大格局大眼光大心境，应是蓝珊诗的底色。

细读蓝珊关于情感方面的诗，虽有不少"泪水"浸润以及与眼泪有关的诗句占了不少诗行（有二三十首之多），但大都是大爱大义使然，即便因父爱沉重所至的泪水，也难免流露出一种温暖的普世情怀，让读者所看到的不仅仅是个人的怜悯、孝悌、离情别绪，而是天下千千万万父亲以及父女相谐的身影心态。再看：

"你的童话冒烟了/你以为/爱是一把板斧/能砍断所有的荆棘/但世界是一面枯井/你掉下去了/就没有回声。"

这是在春天里写怀念顾城的一首短诗，读得心酸，读得眼涩，读得令人慨叹不已。

这些年读过一些怀念顾城的诗，像这种能把人的心灵刺痛，引发人的考问，令人感慨的诗尚不多见。在蓝珊其他有关"泪"的诗里，大都彰显了大爱大恨大悲大叹之气，以柔软的泪水击痛读者心灵，也撞响了人们所关注的关于人生、关于人的命运之钟，且余韵悠悠。

在蓝珊的诗集里还有不少短而精的小诗，其蕴藉的画境意境情境一点都不亚于那些动辄上百行或者更长的诗的含量。比如《苍老》："我相信有一匹马/飘进你的梦里/在梦中/所有的河流都/开始奔跑/风在对岸/你拧过的时间/比毛巾里的水分/更长/但你如同一个/光头的/全口无

211

牙的孩童/等待糖果。"

短短几行诗，作者把父亲思女盼女父女相怜的形态神态甚至言态都展示得可圈可点。

再如《你们真好》一诗，或许缘于一次葬礼，或许缘于对逝者的追念，诗人借白色的花朵，以敲打山的声音的悲怆，寄托了对一位如飞鸟般掠过麦田的年轻生命的惋惜与哀思。诗思含蓄，诗情却如暗流涌动，在抒发心中悲闷的同时，也完成了一次对诗歌美的寻觅。似这类少则几行，多则十几行，且完整、精短、表达准确、富含哲思的诗作，诗集中占了不少篇幅，《我的诗是明亮的》《月亮感悟》《那一天》《我把忧伤摘下》《光阴》《昙花》《大隐》《最小的时光》《回忆》《春的素描》《人到中年》等等，数量不少，很值得品味。

诗人为什么要写诗？在后来的另一次诗会上，我接着说，就是"让喜悦有个着落/给沉思找把梯子/使忧愤有个回声/为悲伤找条出路//有时候　也许/什么也不因为/心绪也扯不清楚/只想给泪水挖个池子/滋润良知/洗洗心性"。所以我才认同这样一种说法：宗教求道，诗歌寻美。看一首诗是否完美，是否优秀，其实是一种感觉，是那种能意会却不宜言传的感觉。仔细品读蓝珊的诗，就有这种感觉时常来袭。愿蓝珊继续加劲，在以后的诗歌创作实践中，不贪多，不求长，让读者去领略她更多的"心知会，言却难"的上乘之作。

2019 年 8 月

情思涓涓　爱心翩翩

——周洪安诗集《心情驿站》序

　　我与周洪安是多年好友。洪安要出版第二部诗集了（第一部诗集《潮湿的记忆》），拿来诗稿，要我为他写序。诗稿有一百六十多首，也没分类编辑，通读之后，我便把它们大致分成了三类，即：情感的、景色的和乡韵的。转眼约定的交稿时间即到，正要动笔，洪安打来电话，说他也把诗集分成了三个部分，听他说了一下分辑的意思，谁知彼此竟是惊人的一致。这"一致"其实并不奇怪，因为我和洪安不但熟悉，而且年龄相近，所思所想自然也差不了哪儿去。

　　早在十几年前，一次朋友聚会，洪安说他所在的顺义县（现在已改为区）有一位叫张海涛的青年，身残志坚，爱好文学，写作并发表了不少诗歌与歌词，让我有空时不妨去和他聊聊，看能否为他写点什么。

　　我去了，洪安也去了。到那里方知，洪安已经默默地帮助这青年好几年，而且从不向人透露，也不许张海涛透露。采访归来，当我在为张海涛创作的报告文学《超越躯体的拼搏》一文中企图吐露此情时，洪安固执己见，硬是不让提及。据我所知，洪安不但帮助熟悉的人，一些陌生人他也常常伸出爱的援手。一次，我们相约去京西郊游，路边有一十来岁的孩子在为筹集上学的书本费出售自采的野菜，洪安见状，二话没说，掏出一张二十元钞就递了过去。

　　仅这两件小事，足见洪安有一颗多么善良的心。而这善良一经入诗，所呈示的则是在责任和使命的驱动下生成的爱生活、爱家乡、爱人

213

民、情景交融、诗意翩翩的美妙篇章。

洪安现在是一家物业公司的主管，曾经任村支书多年，对农村堪称了如指掌。他离开了农村，心并没有离开生他养他的那片土地，时时关注、牵挂着那里的农事和父老乡亲。似乎是为了提醒吧，他把一年二十四节气都写进了诗。他赞美春天："牛蹄伴奏节拍/唱出农人的心事/车道上的辙痕蹄印/是天生地造的五线谱"（《春歌》）；"春天给我太多的美感/你的笑容点缀四季的变迁/从此　我的世界不再寒冷/绚烂的生活丰富着生命的内涵"（《守候春天》）。"惊蛰"了，他提醒人们莫误农时："农人把希冀埋在土里/沟通蒸腾的地气/地也潮湿心也潮湿。"（《惊蛰》）他关心、关注家乡人们的生活，他回忆昨天的苦日子："我奋力摇动辘轳/汲一桶凉水充饥/井台边几个拿蒲扇的老人/争执上顿不接下顿的话题//午后　我登上场院的房顶/敲响下午出工的钟声。"（《大暑》）他歌唱今天的新生活："裸露的村庄飘浮着缕缕炊烟/余香充盈温馨的农舍/水仙花在屋内争相开放/富裕的日子把窗外的寒冬冷落。"（《小寒》）秋天是成熟的季节，是收获的日子，洪安的歌声也更加响亮："田野里低头弯腰的谷子/随风惬意地感恩土地"（《白露》）；"站在田野阡陌路旁/倾听雨点奏起五谷狂欢的交响/暑热的日子随流火激情/灌注玉米　谷子　大豆　高粱/饱满在种田人心上"（《处暑》）。

洪安对农事很熟，对农村很爱，把一支支心曲唱给了那里。那里的春柳"染绿纤腰细腻的枝条/随和风在春潮里舞蹈"，那里的春雨"杏花掩映山村故里/桃花衬托十里长堤"，小草"挺身顶破尘泥"，看"大地一片盎然生机"。诚然，正是由于洪安爱他的家乡，所以当突如其来的自然灾害降临时，他担心，他忧虑，其情其义，也囊括在他的诗思之中："一场热风/灼伤了杏子光滑的肌肤/又一场冰雹/击穿了山里人熟透的心情。"（《西山的杏儿熟了》）而正当果农愁锁眉梢，满腹忧虑时，他的诗陡然一转，带来喜悦，"年轻人兴冲冲举着一张保单/后边跟着保险公司的红色轿车"。似这类诗歌，在本集中也都有一定反映，如《拆迁的村庄》《记忆中的老屋》等。这是一个对社会、对人民负责任的诗人应为之举，正如那句世界名言："即使世界明天就要结束，我也要栽我的苹果树。"

祖国山河美，处处皆胜景，古往今来的诗人们曾经为此留下无数的美妙篇章。洪安收在《心情驿站》里状绘景致的诗作，也是很值得一说的。他曾经《走近喀纳斯》，曾经面对《章泽湖》，曾经站在《嘉峪关遐想》，也曾经于《莫高窟》里沉思，都留下了不少美好的诗句。但，我以为能够引起人们心灵震颤的，还是那些赋予了浓浓情思、携带着主观色彩的诗作为佳。比如："我采摘绿枝上小鸟的啁啾/译成委婉动听的曲调"（《黄昏》）；"晚风吹动夏日的黄昏/是谁弹奏无音的乐章/一种渴望　一种向往/随跳动的心情　舒展/心中寂寞已久的苍凉/……感恩苍天赐予的甘霖/珍惜北斗升起的地方/和风抚慰心灵的创伤/空寂的心不再彷徨/……于是　老酒依然甘醇/醉倒的汉子舒卧残阳"（《夏日的黄昏》）；"一片落叶/沉重地砸在秋的额头/血染红西山的枫叶/火红的秋色/燃烧成熟的思绪"（《一片落叶》）。读着这些美好的诗篇，品味着美好的诗句，心便在不知不觉间也走进了由诗人精心营造的氛围中，真想一起去歌，一起去舞，一起去分享大自然的慷慨馈赠。如果不是热爱生活、热爱大自然的人，是很难觅此佳句的。

面对大自然，面对一簇簇景观，当看到那些与之不谐的另一幕时，出于诗人的良知吧，洪安也发出了自己的诗音："……曾经是绿荫清凉/遮挡酷暑的阳光/沐浴春夏风雨/饱尝秋冬寒霜/如今是枯木一桩/在半山的板栗园中/——是谁/剥去你包裹年轮的衣裳"（《三棵枯树》）；"此时我仿佛听到/小草在哭泣　禾苗/在哭泣　孤独的树/也在哭泣　这哭声/被脚下的沙尘掩饰"（《沙化的土地》）；"儿时的孩子们长大了/再也看不到那遍野的蜻蜓/他深知一只蜻蜓飞走了/所有的蜻蜓都会飞走"（《一只蜻蜓飞走了》）。从中，人们不难看出一个有责任心的诗人，热爱自然和保护自然的一致性。似这类诗篇，诗集中还有不少，不再一一列陈。

记得当年开始学诗，听一位诗人讲，"什么是诗？感情的结晶就是诗。"如果此言成立，以其衡量洪安的诗，本集中有相当一部分应归于此类，所以，他把该书定名为《心情驿站》是有理由的。下面就录下一首名为《心情驿站》的部分句段，供品味：

人生不知有多少驿站
令我走进季节的港湾
满载激情满载收获
像奔驰的列车驶入喧哗的边缘

心情击打着生活的节拍
命运安排了太多的终点
每一处都是痴狂后的冷静
冷静中寻找新的起点
谁能理解我举步的艰难

仅这最后一句，如一道门隙，便使人们窥视到了一个在人生路上曾经苦苦挣扎、奋力拼搏、艰难行进的灵魂。这就是诗歌的力量和价值，一句真的能顶他百语千言呢。

就整部诗集而言，这首《心情驿站》并非集中的高作，其他一些情感方面的诗写得也不错，有不少是含蓄地透露出了诗人的丝丝心绪，只有仔细品味，才能瞅见其轨迹。如："让手中的体温/感觉你娇羞的气息/眼神与眼神对望/品读你往日里每一个细节"（《照片》）；你"轻轻潜入我的梦乡/那是一片神秘的花园/有蝶儿恋花流水潺潺"（《梦境》）；"你的真情如柔美的画笔/在我灵魂的空间写意/……我时常站在世俗的藩篱/谛听牵牛花攀缘哭泣/我的眼神穿透密匝的缝隙/在身外的世界依附着你"（《情愫》）。人们曾玩笑地说，诗人是情感的播种机。初闻，这话有些贬义；实则，也不无道理。诗人是情感的化身嘛！谁说的，记不得。但诗人的确有敏捷、多思、善感的情怀。情志所至，凡优秀的诗

216

人无不敢于为真善美而狂歌，因假恶丑而迁怒，所以，从古至今，才留下了那么多脍炙人口的诗篇。

了解洪安的人都知道，他为人诚实厚道，始终把亲情、友情摆在至高的位置上。感恩父亲母亲，他留下过《清明》；怀念姐姐，他有《无尽的思念》；难忘朋友，他情不自禁："柳芽初上的早晨/你匆匆地走了/宛如一朵远去的云/飘出我眺望的视线/我站成一棵守望的树。"（《守望》）此外，还有一些情感类的诗，读后也使人滋生出酸酸苦苦的味道。总之，洪安在即将出版的《心情驿站》诗集中，该说、值得一说的诗作还有不少，这里就不再赘述，余者由读者去品味吧。

我极少为人写序，至今也不知道"序"究竟该怎样写才合适，只能是怎么感觉就怎么说了。不妥之处，请洪安补正即是。

让心灵在天地间徜徉

——张永生《拎着背囊看世界》读后

曾几何时，中国的游客常常被人讥讽：上车就睡觉，下车就拍照，回来想一想，几乎全忘掉。我敢说，如果读了作家、诗人张永生的游记《拎着背囊看世界》，这个多受诟病的说法，肯定要被颠覆。因为，永生的旅游不是一般的走走看看听听就了事，而是被心灵引领着的行走，是寻根觅脉、投身入心，有真切感悟且付诸文字的那种徜徉。

永生早已年过花甲，缘何有如此兴致，竟国内国外去了那么多地方？通过一篇篇有血有肉的文字记载和一幅幅生动的照片，我发现，首先是缘于他对生活的热爱。

永生长期工作在天津，曾经做编辑工作多年，退休后便从事公益事业，一直在北京西城区做志愿者，并且义务担任一家社区报《书香驿站》主编。不必多说，仅凭这一点就足以说明他拥有的那份热爱生活、热心工作、热情为民众服务的情怀，直至把他胸中的这种"热能"带入他行走中的山山水水、村村寨寨。

去俄国，他要告诉人们的是一个大家还不知道的"俄罗斯"。一路，他用热情与导游相处，用真诚与相遇的俄罗斯民众交流，因而他的游记也才写得丰富而多彩：有常识，有知识，有见识，有很多人们从未听说过的细枝末节。在莫斯科广场上，他身着俄罗斯民族服装，用热情与俄罗斯大妈共跳环舞：读着游记，仿佛见"琴声悠扬，歌声悦耳，笑语动人，伏特加和香槟在沸腾的血液里碰撞，友好友谊的种子在心灵深

218

处生根"。看得出，永生的这种热，并非在一城一池、一时一地，而是融入了他到过的角角落落：在柬埔寨吴哥，吃新加坡的娘惹餐，在佛国缅甸和信徒一起赤脚行走拜谒，面对埃及古老精美的绘画，滴滴点点，都洒落下他的不尽热诚。

读永生的游记还看到，无论去境外还是在国内，他都没有停留于走走看看聊聊，而是以探究追问为兴致，是怀揣那种敬畏历史、尊重文化的心思去对待途中的所遇所见。比如在上海，当人们都争先恐后地去盛景富地欣赏大都市新景观的时候，他却偕夫人去了一个鲜为人知的偏僻小镇——召家楼，因为那里是上海的根。

在这座具有八百多年农耕文化的古镇里，他或看或听，或饮或步。在临水的小店里闲坐，咬一口肥嘟嘟的圆子，吃一只香酥糯软的海棠饼，品那热乎乎的油墩子，嚼满口甜香的芡实糕，悠哉地流连于历史与自然的天地，同时也具体真切地感受了上海历史深处的昨天今日。当年，我曾就读上海军校，那时不兴旅游，只知道中国的历史两千年看陕西、一千年看北京、一百年看上海的说法，读了永生的游记方知，原来上海的发展史竟是如此久远。根深蒂才固，难怪上海这个大都市成长得如此之快之壮，原来，正是这脉旺盛的根系在为其助力。

从游记中看出，永生这种细心深度旅游的习惯，几乎伴随了他的所有游程：去西沙踏浪，到西部寻海，为阿拉善的草原吟诗，在云南的滇池放歌，即便到了柬埔寨的吴哥，在一个全世界几乎都知道的地方，他也能游出个属于自己的"一二三"。

从文学的大格局看，游记属于散文系列但又不同于散文。一般来说用朴实易懂的语言，把遇见的听到的看到的，来龙去脉讲清楚就行了。但文学的本质又是求美的，在大跨度、大速度、大写意般的游历中，由于永生是诗人是作家，他没有忘记这个"本"，旅途中的所见所闻所思所感，总能以散文的笔法记之述之，使人在领略异域风光、民情俚俗的同时，还增添一份审美雅趣。在俄罗斯的谢尔盖耶夫小镇，他这样描述："小镇上教堂林立，肃穆华丽的神学院神圣庄严，花园里奇花异草，雕塑各具形态，移步换景在这里并不夸张。""清澈的阳光透过彩色玻璃，照射在三位中年唱诗班修女的脸上，那么圣洁安谧，三声部的圣曲那样曼妙和谐，具有金属般的亮色和穿透力。"短短数语，使人如临其境，如闻其声，仿佛也见识了那源自天籁般的音韵。

又如："离吴哥古迹四十公里外的崩密列（柬埔寨语：开花的黄花梨树），至今有一千多年的历史……幽深的庭院古枝盘错，挂满青苔的石壁阴气袭人。在漆黑的巷道里探足，静聆远古回音，时光在回转，心绪在飞腾。崩密列太古老了，古老得连空气都弥漫着历史的味道；崩密列太震撼了，连寺殿的塌落都显得那样轰轰烈烈，悲切壮观。"似这样富有质感的文字，在永生的游记里随处可见。无论埃及游的一日一记，还是丈量北非时面对会唱歌的精美绘画，抑或行走国内时的山水见闻，都留下了属于他自己的文字。

青海省柴达木盆地有座举世闻名的盐湖，当年我就在离它不远的海晏县当兵，曾十分向往那处盛景。由于部队担负的是要地（我国原子弹组装厂，现已废弃）防空任务，虽一步之遥，却终因防务紧要，纪律严明，始终未能如愿。读永生"西部寻海"一章倍感亲切，仿佛自己也到了那里正和他一起巡湖观览："走在厚厚的大青盐和老旧的枕木铺就的小道上，听伞顶的雨脚沙沙，看盐路晶莹闪闪，烟雾蒙蒙，醉了。"一种或许只有诗人才有的浪漫和惬意，在游记里闪烁。

这就是永生的游记。作为一个生动的个体，背负着一种自信，他走在广袤的天地间：因热爱，他选择旅游；怀敬畏，他记录历程；缘文学，他抒发情怀……

我总以为，对一部书无论作序还是写评，那都是从文本出发，向着远方的眺望，抑或登上高处的俯瞰。而于我，此项正是所短。所以，以上的看法和说法很难称其恰当，如有不妥，还望永生包涵。

2019 年 11 月 12 日

诗情诗美与诗性共舞

——读程晓逊诗集《走动的土地》

1988 年初的一天，我从自然来稿中看到了来自陕西咸阳陶瓷厂一位作者的诗稿，标题为《寻找回来的童年箴言》。读后，感到诗写得很有灵气，认为作者有一定的创作前景，便立即编好，并很快刊登在由我负责的《五色石》文学副刊上。该诗的作者就是程晓逊。

后来知道，程晓逊说这是他的诗第一次在公开发行的报刊上变成铅字。正是这一首三十多行的短诗，鼓舞了他，激励了他，使他的生命中再次燃烧起诗的火焰。否则，也许他就真的与诗无缘了。因为，此前他曾一次次地把自己苦心创作的诗歌寄往一些编辑部，结果不是被无情地退回，就是石沉大海，杳无音信，他甚至怀疑自己可能不是写诗的材料。同样，他说寄这首诗时也没抱什么太大希望，只是想再最后试一把，如还不中，就从此与诗"拜拜"了。

由此，也提醒了我，想到了建材行业里那些辛辛苦苦耕耘在工矿企业的文学爱好者们写作的艰辛，以及他们渴望自己的作品被认可、走向版面、走近广大读者的心愿和企盼，于是，便在《五色石》文学版上相继开辟了《未名园》《建材职工文学作品选》和《建材职工重点作者作品专页》等栏目。在这些栏目里，不但刊登习作者的稿件，而且也刊登一些比较成熟的作者的稿件，还不定期地利用一个版的篇幅，专门推荐一个人的作品。当然，前提必须是建材行业职工。程晓逊就是曾经被重点推荐的建材行业的作者之一。

晓逊终于出版诗集了，很为他高兴了一阵子。因为他的诗的确不错，其艺术水平堪为上乘，诗坛名家们为此也早有评价。著名诗歌评论家、中国诗歌学会秘书长张同吾在有关诗歌评论中先后曾三次提及他的诗，说："程晓逊的诗风是苍劲而凝重的，又富有内在的节奏感，能感到古典诗词熏染的印痕，且又在当代意识关照中赋予诗以新的美学情趣"（1993.3）；"程晓逊以浓郁的感情讴歌土地的恩泽和对家园的眷恋，……诗里流动着一种悲怆雄浑之风，那种悲喜交融的眼泪又滋润着家园，其余味是耐人咀嚼的"（1994.5）；"程晓逊的组诗《世纪文学雕像》，凸现了鲁迅、郭沫若、陈独秀三位'五四'新文化运动的先驱的性格风貌与文化功绩，面对他们浩瀚如海洋般的学识，迷乱如星云般的生存背景，激越如风雷般的历史变革，诗人该从哪里出发走向巨人的身影？程晓逊是巧妙的"，"他让具体与空灵相统一，在独有意味的意象中含有咀嚼不尽的情思"（1999.10）。著名诗人雷抒雁对他的诗也颇为称道，说："程晓逊善于以生活的情景与自然的风光勾画诗的画面，写得很美"，"写得新鲜而别致，显示了他对新生活细微的观察"（1995.6）。

程晓逊，一个地道的农民之子，一个常年在工厂、在基层打拼的黄土坡上的汉子，其诗缘何赢得了名家们的青睐？揣着这样的问号，当我翻开他新近出版的诗集《走动的土地》后发现，名家们对他诗歌的肯定和评价是恰当的。

诗的雄浑与凝重，是程晓逊生命之树绽放的绚烂花朵。

程晓逊曾为军人，1979 年在保卫南疆的那场战争中负伤。在告别了烈士陵园里那些朝夕相处的战友之后，他复员被分配到陕西咸阳陶瓷厂工作至今。许是经历了死亡之网过滤后更加珍惜生命的可贵，他庆幸自己的生还，珍视自己的所得，在新的岗位上期望以加倍的努力为生命增值。那时他担任工厂的团委书记，繁忙之余开始习作诗歌。他写战友，写家乡，写人生，写命运，也写让他思索、给他心灵震颤的八百里秦川，以及那片深厚土地上的雄风悲歌。请看这诗句：

秋天自额顶降落/无言的愁丝丝缕缕/不忍触痛岁月的手//站在那一片文字下面/无须仰望/就可触摸到你的胡须/香烟潮动/你如火如冰的双眉/凝聚千年风骨与沧桑/让我认读骄傲背后的/另一种真实……（《五丈原》）

再看：

一路叮当叮当/中国的尘埃如烟腾起/如烟腾起/听凭远处洁白的雪莲/无声开放无声吟哦/黑太阳背面风之巅/古老的驼队/弯曲山的队伍/而抵达历史海拔高峰/是先期蹄印/无论如何也掩埋不了的/一声声血泪//古道阳关大风散尽/灞水滩头一袭淡淡的别恨/把生死含尽/白云下面马儿跑/白云下面白骨上面/由谁评说……（《驼铃》）

两首诗分别从不同角度把历史深处的那一簇簇风景，画卷般展现在人们面前，思之令人不禁要感叹中华民族文化深远的根基和曾经辉煌的古老文明。当面对一只累年累月的陶体，他沉思历史的照耀，他呼唤文化的更新：几千年过去了，在祖宗留下的文明面前，他期望人们要把握盛世，力求我们的社会发展得快些，进步得好些，不应该"季节之外海北山南/收了种种了收的还是/农业经验"（《半坡陶体》）。类似这样可读可品的诗，在本集中还有不少，如《塞上羌笛》《雪山礼赞》《走西口》《流浪的歌声》《渭城》《忠诚》《霍去病墓》等等。这些诗或歌吟或慨叹，或思古或抚今，都赋予这一个个寄托灵魂的载体，让短短的诗有了一种非细读不能悟透的雄浑和凝重，从而也触摸到了一个行走着、思索着、活灵活现生存着和存在着的诗人程晓逊。

诗的含蓄或朦胧，生成了程晓逊诗歌的独特抒情方式。

曾经有人说，程晓逊的诗有的像蒙着纱，有的像隔着雾，读起来往

223

往有些障碍；也有人说，程晓逊的诗很有张力，耐咀嚼，细品方得其味。我比较认同后一种说法，因为程晓逊的诗的确有种一下子难见端倪的朦胧感。那是他把诗意深深地埋进诗语，又把诗语拧干了水分的缘故。比如阅读诗集《走动的土地》部分诗作，就有一种不易见底的深度。甚至，同一首诗作会有几种解读的情况发生。这话并不算夸张，有诗为证：

> 流水的声音是美丽的声音/风来自海洋/鱼闻讯海洋的方
> 向/不懈的回泳就有/阳光网一般铺设开来/鱼鳃鼓动的姿势/多
> 情又绵长//网中的鱼将网当作家园/以水草构筑爱情/用危险放
> 荡幸福网中鱼//只相信捕猎的手掌/是季节唯一的馈赠/殉难便
> 是不冬眠的泪//雷声远去一生的期望/竖立永远的对岸/秋天的
> 童话依然动人/河水汩汩/鱼望眼欲穿（《春讯》）。

对于这首诗，就有人做过不同的释解：有说这首诗反映的是人们厌恶陈腐、企盼改革心情的，有说是在规劝贪图安逸者求进的，有说是讽讯只说不干说大话的，有说是批评上级猛"打雷"下边却顶着抗着就是不肯"下雨"的，有说是反映社会扫黄打非的，当然也有另外一些说法，甚至彼此完全相悖，等等。总之，这首诗是不能用"唯一"来解读的，也许这就是程晓逊诗歌的魅力所在。像这样的诗在本书中绝非仅有，相信读者对此类诗歌会由于经历、阅历、视角和认知的异同，读出各自心中的山水。正是由于这些浓缩着诗人诗情诗意的诗作的存在，也更增加了诗集《走动的土地》的厚度和重量，所以把它拿在手里才有一种沉甸甸的感觉。

诗的真诚与亲切，使人们感悟着程晓逊的诗情诗美和诗性。

生活是诗的家园，生活是诗歌赖以存在的原点和归宿。因而，只有热爱生活的诗人发自心灵的歌唱，才是真正的歌唱，其诗也才有鲜活的生命力。无疑，从《走动的土地》里人们不难读出程晓逊所拥有的这份素质。

我一直以为，诗歌和音乐、舞蹈一样，那是心灵与自然的对话，并非人人所能为。这个"自然"就是诗的诞生"场"。"感时花溅泪，恨别鸟惊心"，程晓逊正是从诗人的心灵出发，在他生活着工作着的"场"里，在很多人都习以为常、熟视无睹的地方发现诗情，吟成了无愧于土地、无愧于良知的歌唱。

他怀念生他养他的家乡和亲人，《在祖母坟前》，他忆，他思，他忏悔，他流泪："飞雪的夜晚/吱扭的纺车与屋墙上/清癯的身影，是我这一生/学得最早的歌谣/而我总是把你当作打开的/布伞，遮风挡雨/童年又青年，你亲切的笑语/是一面永远晴朗的天空/一直让我无忧无虑地/走着，走着/就像那年，你潮湿的眺望里/我头也未回地走向/那片，红得灿烂的秋风。"诗深情、悲戚而亲切，读着它，泪水情不自禁地在眼圈里打转。他热爱《乡音》，"是桥是船/是我羁旅人生的/通行证"，即使"走出山山水水沟沟梁梁/走过黄土地红土地黑土地/却无法走完乡音/千里万里的/呼唤"；在遥远的他乡，每当听到"雁群飞动的声音"，"叫我楚楚动心的/依旧是北方乡野那幕沉重的/瑰丽"（《谷粒》）；在遥远的边疆，他《思念家乡》《遥望乡路》，想着去《看望一株老玉米》；在隆隆的车间，他不忘《犁韵》，赞美《锄头》，以一颗童真的赤子之心，真切地抒发了他对家乡的热爱之情。

程晓逊所在的企业是一家国有陶瓷厂，1996 年我曾经顺路去看望过他，那里的领导和职工对程晓逊的人品和能力都有过上佳的评说。或许正为此，才使他更加热爱那里的一切，一干就是二十多年，直至企业倒闭了，工人下岗了，而他却至今还"留守着工厂的废址，像一个孤独的守陵人"（雷抒雁《哭泣的公蝉》），不肯离去。

的确，从诗集《走动的土地》中不难看出，刚进入知天命之年的程晓逊或许真的要与企业共命运了。曾经有人这样认为，凭晓逊的能力、在当地的影响以及做事的那份认真、精干和执着，早几年时，他重新找个单位，换个好些的地方，应该说不是什么难事。可程晓逊就是抱定青山不放松，不肯离开这块曾经为他孕育诗情、养育他诗性的热土，决心以自己的真诚，守护好这片土地。用他自己的话说，也是为了那些曾经关心、帮助过自己，一起打拼过的工友们碗里能有饭吃。在《怀想出窑的日子》里，他这样流露自己的心迹："缄默久了　其实/窑炉未必完全明白/当一个人终生迷误在/陶瓷这一片热土/并且　毫无悔倦地走向孤独/这生命更高处的风景　于我们/生活与热爱的世界/究竟　意味着什么//想起出窑的情节/手边的任何一件瓷器　霎时/都变得庄重起来。"

程晓逊由对工厂的热爱而升华为诗，在《走动的土地》里为数不少。他热爱祖国，喜爱陶瓷，陶瓷与祖国息息相关，本集中与陶瓷相关的诗就达十来首。他钟情企业，热爱工友，歌唱劳动，相关的诗更多。《师傅，你是一棵季节树》《走向窑炉》《汗珠》《模具工人》……每一首都是敲一敲当当响，拎一拎沉甸甸，都能给人一种非同凡响的感想。"回眸相顾难免匆匆一瞥/激动或缺憾/总是折叠台前的日子"（《包装台前》），"火的栅栏以外聆听/瓷的呻吟声声/燃烧的眸子/流不尽泥土的风情"（《陶瓷壁画》），"守望季节边缘无数/缀满品德和汗水的手掌/穿过风尘/去美丽城市的容颜那时/无论谁眸子闪烁的喜悦/都会让一个世纪扬起/含羞的头颅"（《怀想出窑的日子》）。这些朴实而生动、具体而飞扬的诗篇，如果不是在场的亲身经历，没有感同身受，只凭那种走马观花"采风"式的匆匆一瞥，是难以出此佳作的。

二十多年前，我曾把程晓逊的诗作《寻找回来的童年箴言》第一次由手写体变为铅字，并且被他认为是改变自己人生走向的一个节点。下面，就摘录该诗的部分章节，与大家分享：

　　　小小的年纪/就想要摘下/月宫里那枚青青的橄榄/寻觅的双足/沿着太阳的金线/找到了一片结满童话的果园/外婆的故事/妈妈的针线/在灯下/织成了一叶美丽的小帆/为了蓝天下/那苍茫的大海/和那大海上/长长的彩练/悄悄地/悄悄驶出了/自己神秘的港湾……

226

从"悄悄"到公开有一个过程，既是心理的也是客观的。现在，晓逊的诗早已由"悄悄"走向了大报大刊亮相，并且还在继续行走着。由此我不由想起了自己叫作《诗人为什么要写诗》的一首旧作，录下，与晓逊共勉：

　　让喜悦有个着落／给沉思找把梯子／使忧愤有个回声／为悲伤找条出路／有时候也许／什么也不因为／心情也扯不清楚／只想给泪水挖个池子／滋润良知／洗洗心性……

2011 年 3 月

诗人若虹　诗语灼人

瞧着诗友若虹的新诗集《雨水打不散羊群》这名字，一股从书中袅袅飘出的黄土味、野草味、炊烟味，令我顿生羡意。读，立刻读，一直读下去。果不其然，那一幅幅乡情画，一声声黄土谣，一滴滴心中泪，把一个漂泊游子意识深处积蓄了太久的万千风景，全方位地抖了出来。那风景，或许是一棵小草的晃动，或许是一粒石子的诉说，或许是一只羊、一头驴、一条小狗的憨态，或许是一双茧手、一个孩子、一个沉重蹒跚的身影……大到黄土塬、黄河浪，小到一片叶、一朵花……诗人都寄予了无尽情思，赋予了百般灵性。

若虹的诗靠什么获得如此上佳的效果呢？其理由自然很多，但我以为诗人丰富的诗歌语言，以及对语言的巧妙运用，则是成就该诗集不容小觑的重要元素。

何为好诗？有许多见仁见智的谈论，但我比较认同诗意美、构思美、语言美相统一的说法，因为，诗的价值取向就是求美、审美。这里仅就若虹诗歌的语言美，谈点粗浅认识，并以此就教于方家同人。

若虹是以怎样优美的诗语撩拨起人的阅读兴趣呢？

简短的诗语像一滴露，映照出廓大影物。

请看："那一刻/全国的粮食都躲在粮票里/躲在那深深的牛蹄印里/躲在父母亲一年四季不旱的汗水里/默不作声。"（《1988·母亲·粮票》）无疑，这几句当是本诗的诗核。沉重的诗语，浓浓的诗味，品读再三，直压得人喘不过气来。凡是经历过那个缺吃少穿年代的人，不必添加任何赞语，一下子就明白此诗所要表达的是什么了。又如："她不敢歇脚/脚被牛和猪的叫声/搓的绳子牵着。"（《背一背草的二嫂》）一个为了生计，一天天从早到晚辛劳着、奔忙着、隐忍着，可怜可敬的农村妇女形象不知不觉间跃然心中。如这般以小涵大、令人浮想联翩的诗语，在若虹诗集里随处可见。

灵动的诗语如一朵云，装饰着蓝蓝的天空。

品读若虹的诗，会有这样一种感觉，本是一首很普通的诗，经他三下五除二地那么一搬一运一安排，那诗便活了灵了有了生命了。这类诗作也是信手拈来："被秋风勒净绿色的草/如换装的战士/在一声命令中齐刷刷卧倒//……枯黄的草，把整个冬天背在背上/用一根根骨头爱着/爱得一言不发"（《倒伏的草》），冬天里倒伏的枯草，十分普通的诗材，经若虹这么一炒一拌，这诗便有滋有味了；"一棵站在黄河里的小树/被怀里空无一物的河水兴奋地抱着/左摇右晃/它不敢前进/也不敢后退/挣扎着/我担心它会像一个小孩子/站着站着就站不住了"（《站在河里的一棵小树》），这是一幅生动的"激流湍木图"，短短几句，给了读者丰富的想象空间——回想、联想、遐想，甚至畅想，由物及物，由物及人，可以想成即将发生的悲剧，也可以想成向命运挑战的壮美。几句诗就能给人这么多的联想、这么大的震撼，堪为诗歌之上乘。这样的诗，谁不想去品读一番呢。这是缘于诗歌语言的美而释放出的魅力。

深沉的诗语播一腔情，洒满故乡的角角落落。

为生存计，为存在谋，若虹在京漂泊多年。他虽远离家乡，而爱家乡、思亲人的赤子情怀，却始终折磨着他善感的诗心。在《雨水打不散羊群》整本诗集里，他用了大量篇幅来抒发对家乡的思念与眷恋，这里有山有水，有草有木，有人有物，甚至连一只小兔、一粒小枣、一盏油灯，都寄托着他的心愿。而承载他情怀的正是对诗语的自如运用。他《回家看娘》："一下汽车，西北风/就来打我，还带着沙子/像乡音里硬硬的字/硬硬地怨我回来太晚//土路上还有雪，白着/白得稀稀落落/难道雪也回来看娘//我突然一阵阵地心痛/肯定是娘坐在炕沿/掰着手指/

念叨我的乳名/结果将我掐疼//……快到门口了/风在门口使劲推着/我却不敢进门/我怕娘已失明的眼睛/一下认出我来。"读这首诗，简直能把人读出眼泪，无疑，这是能意会却难以言传的诗歌语言在发酵。回家后，母亲已不在人世，抱了诗人五十年的母亲，终于被儿子抱了一回，但那抱着的却是母亲的遗像："妈妈，我终于抱了你一回/当我赶回来抱你时你已瘦成一张照片/被镶嵌在窗户般的相框里看着我/……妈妈，我抱着、抱着你/用心抱着，用泪抱着/抱着你走最后一程。"（《我终于抱了母亲一回》）读这样的诗心情真的是难以平静。

芬芳的诗语如一地花，满园春色飘荡香气。

一个个跳跃的文字，一句句鲜活的诗语，直逼得土坷垃起舞，黄泥巴说话，这是一种非同寻常的功夫。面对《风中的草》，诗人看到的是："风，使劲摁住它们/让它们弯腰/一棵草，忍着，咬紧牙关/一地草，也忍着，/咬紧牙关//……这些草，这些招展绿色信念的旗帜/一次次弯下来/又一次次立起来//风吹草低/但风吹草不折/一棵长着硬骨的小草/一地长着硬骨的小草/被急速吹来的风/读出了琅琅的声响。"还是《那些草》，它们渴望生长、发芽，看我们的诗人怎么说："那么多草儿后面/又有那么多不安分的小草/屏着气从地下拱出来/脸憋得，很青/青得令人心疼。"这些活灵活现的文字所营造的意境，谁还否认这是优美的诗歌语言在尽心尽力地发挥作用呢！似这类生动得令人陶醉的诗语，说满纸皆是实不为过。也许诗人曾经听到了《一头牛对火车叫了一声》，多么平常普通的小事，诗人却让那"叫声"入诗了：一头增加了黄土塬高度的牛，在低头拉着犁铧耕地，望着开过来的火车，它是在企望火车停一停、看一看自己吗？对着隆隆奔驰的火车叫了一声，而"说着生硬外地口音的火车"呢，不理不睬，却"不服水土地开走了"。短短两句，把庄稼人的心中所盼和盘托出，这无可挑剔的诗语美令人折服。

如果说《雨水打不散羊群》为读者营造的是一座花园，那些优美的诗语则是摇曳在茵茵绿屏上的花枝，让我们不妨再信手采撷几朵，看

230

那美艳与芬芳是如何的沁人肺腑。《枣子红了》，该收获了，诗人正在捡拾打落地下的枣子："我对枣子的感恩，就是/让十指跪着行走，一粒一跪"；在黄河岸边，诗人看见一个女孩在洗手绢，说那是"擦玻璃似的用手绢擦拭黄河"；望着《风中的炊烟》，诗人说"村庄上空的炊烟被风编成辫子/攥在手里揪着，像揪着村庄花白的头发/欲把村庄连根拔起"；《午后的山村》里，"有几个老人掀起棉布帘子走出来/残留在墙角的爆竹红纸屑/疯了似的追着鞋底跑"。这样的诗语，奇特，奇美，生动，贴切，把景物，把事物，把情思，特写镜头般一一展现，不容人不去欣赏、赞叹。

诗是抒情的艺术，这抒情，这艺术常常是以精美恰切的语言来实现的。所以说，一个诗人对语言运用的优与劣，往往会决定一首诗的成与败或一个诗人的高与低。看得出，若虹是站在诗的高点上来俯瞰并审视自己的诗写过程的，所以他才能够调动那么多优美的语言为其诗"服务"。通读整本诗集，一些活灵活现且被运用得精准恰当的语言比比皆是，几乎每一首诗里都能读到让你耳目一新或心中一动的美妙诗语。总之，对诗歌语言的精当运用，是《雨水打不散羊群》的可贵之处，也是诗人若虹不断走向诗的高处的成功之妙。

人们常说，构思是诗的筋骨，立意是诗的灵魂，诗材是诗的血肉，诗的语言仅仅是诗的衣服。试想，一个有血有肉有筋骨、有灵魂的人，如果再有一套既漂亮又得体的衣服加身，面对这样的一种美好，谁不想多看上几眼呢！若虹的诗就有这种功效：看了还想看，因为他的诗有种惑人的美。

2015 年 10 月

为传记文学园地添缕馨香

——刘战英长篇传记文学《风雪多瑙河》读后

著名作家刘战英的长篇传记文学《风雪多瑙河》，近日由人民文学出版社出版。在改革开放不断深化的形势下出版这部作品，具有一定的现实意义。

《风雪多瑙河》主要描写的是旅居匈牙利的华人企业家张曼新的事迹。我国实行改革开放以后，不少人出国经商、学习、考察、旅游，他们在国外怎么生活，可能有什么遭遇，不仅是他们的家属、亲友，而且也是国人十分关心的问题。中华民族是具有传统美德的优秀民族。中国人在国外，不管是长住的还是临时的，他们一般都能遵守所在国的法纪、规定，安分守己地做事。但是，由于种种原因，他们在国外并不尽如人意，有的甚至受到邪恶势力的骚扰、袭击、欺侮。华人中也有些败类，他们在国内遭人唾弃，到了国外，也穷凶极恶，搞绑架、抢劫、凶杀等等。张曼新就是在这种情况下，发扬中华民族的传统美德，敢于同各种邪恶势力进行斗争，受到了旅匈华人的称道。

小说家刘战英，善于抓住一些典型情节，将主人公放到矛盾的尖端，从而使张曼新这个人物形象鲜明突出。在《牺牲，岂止在战场》一章中，作者写了某些贪婪的匈牙利老板不把中国人当人看待，随意地欺诈华胞。以韩繁峰、王大军为代表的黑道人物，也对华胞肆无忌惮地进行敲诈勒索。在匈牙利警方不愿管、华胞们怕报复不敢管的情况下，"华联会"会长张曼新毅然站出来，领导华胞同邪恶势力进行了不屈不挠的斗争。为抵制被称为"四虎"的市场老板大幅度提高摊位租金，两度进行了斗"四虎"的罢市行动。张曼新的正义行动，激怒了一些心理阴暗的人。有人写匿名信进行威胁，有人打电话对他恐吓……但张曼新毫不动摇，誓与邪恶势力斗争到底，显示了他大无畏的崇高人格。

抓取一些富有感情色彩的细节来刻画人物，使人物有血有肉，是作者采取的又一表现手法。读《酸楚的布达佩斯机场》一节，使人不得不动容，不能不落泪。这一节主要写了张曼新送别女儿的事。

他的女儿菲菲仅八岁，这年龄，正是需要父母呵护、关怀的时候，女儿也正是离不开父母的时候。但是，张曼新深知，自己与邪恶势力斗争的正义行动，必然会受到邪恶势力的仇恨和报复。恶人是什么坏事都能干得出来的。为了使女儿免遭歹徒伤害，不得不瞒着女儿，忍痛将女儿过继给他人。作者将机场送别一段写得动人心魄：

"寒风中，张曼新拉着菲菲，步履蹒跚地走着，觉得两条腿像灌了铅似的沉，每迈出一步似乎都要付出很大的气力。同时，随着他脖子的喉结一起一伏，大团大团酸楚的流汁在胃里涌动。他死死咬着牙帮骨，上下嘴唇紧紧地闭着……"

"爸爸，我们到哪儿去？""你姐姐不是告诉你了吗，送你去西班牙一位叔叔那里读书。""我不是已经在匈牙利读书吗，为什么还要去西班牙？""西班牙的学校比匈牙利的好。""妈妈为什么不来送我？妈妈那天为什么哭？"

面对女儿的一连串问话，张曼新想起前些天为女儿要不要过继他人与爱人的一番争执，想起邪恶势力的威胁恐吓给家人带来的精神压力，想起爱人对自己的种种埋怨，他哑然了，不知怎么回答女儿才好。因为，他历来以诚实被人称道，怎么连自己的女儿都要哄骗呢！为此，他自责，他负疚，他忍受着对纯洁无瑕的爱女不得不采取欺骗的办法而受到的鞭挞。当我们读到这里的时候，一个为了华胞利益敢于斗争、不怕失去自己的一切甚至生命的高大形象，就活生生地站立在眼前。后来，张曼新受到党和国家领导人的接见，受到匈牙利总统根茨给予的很高的褒奖，就成为顺理成章、理所当然的事了。

应该说，刘战英的《风雪多瑙河》是一部成功之作：作品取材新鲜，使人从中了解到许多鲜为人知的内容；对传记主人公形象的刻画是成功的，较好地摆脱了那种按部就班、流水账式的写法，而是利用许多典型情节、细节，多侧面地刻画人物，使人物立体化；作品具有很强的时代精神，它从一个新的角度反映改革开放给人们的生活带来的深刻变化。因此，这部作品很值得一读。

2000 年 8 月

我对她的敬重在心里

这个"她"，是专门送给著名女作家胡健的。其理由是：

她至善至真、公道之心令人敬佩。20世纪八九十年代，我转业到地方后曾写过一点工业题材的诗歌，其中一首《我们厂的年轻人》，先是在中央国家机关团委为纪念"五四青年节"举办的一次活动中被人朗诵（主持人是央视播音员薛飞），后来我又寄给了《工人日报》文艺部，不久，该诗便刊登出来。后来听一位朋友说，是胡健主任推荐的此诗（那时候我并不认识胡健）。此事虽不大，但通过它却窥见了胡健心灵世界的纯正与美好，且坚信，获此惠顾者绝非只我一人，这充分袒露了一个副刊编辑的胸襟与境界。

2000年，我第一次赴西双版纳参加中国报纸副刊研究会组织的采风征文活动，回来后写了一篇散文《原始的魅力》参赛，并且被评为一等奖。我懂得，近一百五十家报纸副刊的编辑大家们，个个文笔了得，作为一个名不见经传的行业报的副刊小编辑能获此殊荣，并非易事。也是后来我才知道，又是作为评委之一的胡健主任的力荐。数年以后我认识了胡健主任，对以上两件事情她从未提及过半个字。

之所以钦佩胡健，还有一件事也值得一说。有一年，中国报纸副刊研究会举办春节茶话会，那时候还允许抽奖发奖品。那次也巧，该着我和胡健主任在那样一种场合见面认识，我们俩的抽奖号一个是6号，一个是9号。因为是阿拉伯数字，把字旋转一百八十度后，读法就会不一样。开始抽奖了，抽奖人呼喊6号，无人应，又喊6号，还是无人应。

大概过了一小会儿，一位漂亮大气且颇具风度的女同志站了起来，她没有上去领奖，而是首先揭秘，说我这个号不知道是 6 号还是 9 号，奖品先放在那里，我不领，免得过号无效，待抽完奖看，如果 9 号没有抽到奖，这奖品就是 9 号的。瞧，一个多么善良、唯他人是先而又机敏的好人。那一次，感谢上苍的成全，6 号和 9 号都抽到了奖。从此，我便认识了温暖可敬的才女——胡健。

尽管我还没有读到胡健的《千里之心》长篇小说，但我相信那一定是一部呕心沥血之作。在对该书的出版表示祝贺的同时，我还要说，凭着胡健的睿智、一身正气和明亮的心灵世界，她的这部新著一定是携带了对当代社会的理解或生活的况味，携带了她骨子里的那份热诚，携带了她心灵的光芒和真善美，去拨动广大读者的心弦。

该文系在胡健长篇小说《千里之心》研讨会上的发言

2018 年 7 月 8 日

我说"小石头"

"小石头"，就是那个《父亲进城》的小说作者，他叫石钟山。那《父亲进城》不久，就被人改编成电视剧，叫作《激情燃烧的岁月》，直到现在，不少电视台还在播放它。

我和"小石头"认识的时候，他还不满二十岁。他个头不高，长得虽然瘦小，却很结实，所以，从那时候我就管他叫"小石头"了。

十九年前的"小石头"，爱幻想，爱写诗，诗句很特别，有人说怪怪的。用现在的话应叫作"前卫"或者"新潮"。

我俩是在空军部队举办的一个文学创作培训班里相识的。我们和另外几个人同睡在一个大房间里。他选了一个角落。同屋的人，大都天南地北东拉西扯地爱聊天。"小石头"却不，他经常一个人静静地躺着，还不时地望着屋顶发笑。笑多了，有人就说他发神经。后来我就问他，你一个人想什么好事，为什么总爱发笑？"小石头"认真地说，他看到了家乡，看到了自己部队所在的草原，看到了很多很多好看的好东西，是它们在逗着自己笑。接着他便构思小说，结果一篇短小说《热的雪》真的就出笼了。后来就登上了当时被我等认为文学的最高殿堂《解放军文艺》。可知，在那个学习班里我们共有九个人，所有写出的作品当时只有他一人的被选进了这"殿堂"呀，而且他还是我们中间年龄最小的一个。

那时候的"小石头"曾对我说，他准备写到二十五岁，行就写下去，不行就转行，绝不瞎耽误工夫。

两个月的文学创作培训班不久就结束了，我们又各自天南地北。几年后，我就转业到了地方。

那个颇有才气的"小石头"怎么样了？一天傍晚，我和妻子正在小区附近散步，忽听有人在喊我的名字。循声望去，呀，这不是"小石头"吗！

这时候的"小石头"，模样如故，依旧那样朴实、憨厚。不了解情况的人，谁也看不出他是一个高级干部的孩子。

"小石头"告诉我，他到解放军艺术学院上学来了，是文学系。

这五年你走过来了，看样子已经成功如愿。"小石头"则回答：我设定的第二个五年才刚刚开始。

周日，我请"小石头"来家做客。他说好久没有吃饺子了，很想。好，咱们就包饺子。而后，我也常去"小石头"的宿舍看他。他便不断把自己的新作拿给我看。我对妻子说，"小石头"文学创作的前景很广阔，至今还独身一人，帮他物色个女朋友吧。

于是我们就想，我们就挑。是缘分未到吧，先后介绍了两个都没成。按说那两个女孩也是很优秀的，都是名牌大学毕业。听说后来她们一个去了美国，一个成了一家报社的记者。其中有一位，一次还打长途电话问我：写《激情燃烧的岁月》的石钟山，是那个石钟山吗？

再后来，"小石头"毕业了，为工作，在京城也山山水水、跟跟跄跄地奔波了好一阵。当然，他也找到了自己理想的伴侣。结婚时，他们还专门到我家来过。"小石头"告诉我，小祁（石钟山爱人姓祁）是一家出版社的编辑，很有才气。后来她的散文还经我手发出几篇，果然不错。

"小石头"离开"军艺"后，我们已多年没见。今年春，一次朋友聚会，我们又相遇。长长短短的话，自然是少不了的。

"小石头"从部队转业已经几年，"混"得不错，自己买了房子，有了车子，还得了个宝贝女儿。那天他开车送我到家门口，临别，他约我找个机会，带上嫂子（他一直管我妻子叫嫂子）到他亚运村的新家看看。

　　和"小石头"道别了。回到家，妻子问那个送我的人是谁，我说是"小石头"啊！

　　"小石头！你怎么不让他进家来坐坐！"说着，朝后背就给了我一拳。

2004 年 3 月

我所知道的臧克家

臧克家是泰山北斗位置的当代诗人，很早以前我就读过他的《老马》。后来，曾经走进他的小院拜访，也曾经请他为我所主编的《五色石》文学副刊题写刊头。与臧老交往虽然不多，但一位亲切和善、可爱可敬的老人形象，却深深地留在了我的记忆之中。

1988 年，一个初秋的下午，按照约定的时间，我跟随老诗人阵容先生走进了赵堂子胡同臧老居住的小院。印象中的小院简朴、静洁，似有几簇绿植点缀。由于我们提前到达，臧老午休尚未起床，他的夫人郑曼老师以清茶、蒲扇热情地接待我们。不一会儿，卧室有了轻轻的响动，是臧老起床下地穿衣服的声音。这位著名的老诗人长什么模样，还有言谈举止？我殷切地期待着。

门帘掀动，臧老来到两室相夹的中堂客厅，还未落座，就连连说，让你们久等了、久等了。臧老中等身材，略微偏瘦，但身板硬朗、干练而壮实。他上身着粗布对襟白褂，下身是黑色长裤，脚穿轻便白底布鞋，一副乡间文化老人般的装束。臧老乡音未变，话语带着浓重的山东腔。他端坐八仙桌旁，神采奕奕，与阵容先生谈诗论艺，畅叙友情，兴致颇浓……临别，一直送我们到小院门口才肯止步。

我供职的单位是一家行业报，为扩大报纸影响，提升副刊的知名度，时常要约请名家稿件壮色。早在报纸创刊初期，副刊就得到过臧老赐稿。1990 年代初，由我主持副刊工作期间，想约请臧老为文艺副刊题写"五色石"刊头。臧老肯下就吗？为能获得臧老题字，我特意拜托与臧老女儿臧小平相熟的作家韩小蕙女士帮忙。很快，小蕙打来电话，说臧老很支持，不久就寄来了臧老题写的"五色石"刊头字，而且是一横一竖两幅。记得当初我在版面右上方，很庄重地配图刊发了臧老题字。那题字，至今我还很珍贵地收藏着。

时间到了20世纪90年代初。时为中国作协创研部研究员、著名诗歌评论家的张同吾先生打算着手创办中国诗歌学会，当汇报臧老后，得到了他老人家的大力支持，并且欣然同意和艾青一道出任会长。一次，我去张同吾先生家聊天，当说起臧老时，同吾先生滔滔不绝，用如今的话说，原来他早就是臧老的铁杆粉丝了。当说起《老马》一诗，同吾先生的解析，堪称透彻：这篇抒情短章虽然只有八行，却成为我国现代诗史上的经典之作，并且引领了我国诗坛的世纪风骚。它永恒的艺术魅力，并非完全在于以往人们所赞扬的揭示了阶级矛盾，而它的本质意义却在于内在地表现诗人的人文关怀，他以其独特的艺术发现和意象营造，揭示出社会不平的本质。《老马》的思维建构是内外呼应相互关照，单行着意表现外部形态，双行着意表现内在感受，两相关联，逐层递进，以其强烈的象征性，使诗思含蓄而深沉，给人们留下了回环思考与纵深探究的余地。

同吾先生是著名的诗歌理论家，他对《老马》的释解是中肯而客观的。通过与同吾先生的此番对话，不仅让我加深了对《老马》的全面认知，而且也使我在以后欣赏其他诗人的作品时，提升了拓展思维空间和对艺术深层次解读的能力。

臧克家是我国当代诗坛大师，继1933年他的第一部诗集《烙印》出版后，先后已有几十部诗集、诗论问世。其中为"纪念鲁迅有感"而作的《有的人》，既显露出强烈的批判意识，又激荡着赞美的热情，以高度凝练的语句，包蕴着深刻的哲理，因其选入中学语文课本，而为几代人所熟悉（此语摘自张同吾《心灵的火焰与历史的回声——〈臧

241

克家全集〉出版感言》。

斯人已去，诗魂尤在。臧老高尚的人格魅力、精湛的诗歌艺术，作为一笔文化财富和诗歌精神，正不断被后来者所珍藏、开采并弘扬光大。

心中有静气　冷眼量风物

——著名作家杜卫东印象

20世纪80年代末，初夏时节的一天，曾为部队战友和小说作家的时明兄打来电话，说有位朋友请我们看演出，约我同去。

那是一个温馨而恬静的傍晚。晚霞正被夕阳涂抹成酱紫颜色，鸣啭在绿荫里的鸟儿们也渐渐收腔。当我们相约到了剧场门口，只见台阶上正站着一位青年，高高的个头，挺直的腰板，一身素洁装扮，英俊潇洒，好惹人眼。时明介绍，这就是邀我们来看演出的作家杜卫东。

初次相见，并未寒暄多少。可从此，杜卫东这个名字，以及出自他笔下的一篇篇美文佳作和关于他的一些故事，便不断来袭，让我学习，令人羡慕，不由肃然起敬，继而断断续续地对他特别关注起来。

为人：他诚信友善，低谷纳流

杜卫东也有一段当兵的经历，是被接兵首长看中的文艺兵。在四年的军旅生涯中，有不少亮点至今依然在卫东生命的角落里闪耀：他代表朝阳区三千新兵在告别大会上发言；他第一次戴上领章帽徽时学着雷锋的样子在火车上做了一路好事，直到下火车了，还把一位年迈的农村老大娘护送出站外；为搞好文艺创作，他下到最艰苦的连队体验生活——打坑道、挑石头、出勤务、站岗、军训……半年后，当那个被山风和太阳濡染成黑小子的杜卫东重新回到宣传队时，他不但获得了领导和队友们的称赞，而且也为他的文艺创作疏通了气道。不久，他的作品不仅受到了队里的好评，而且还变成铅字，登上了《吉林文艺》《江城晚报》等报刊。卫东说：我这一生也许会忘记很多，但当兵时所经历的许多事却是铭记在心的，因为"如果没有那一段岁月，我的生命肯定不会有现在的厚重，也不会取得后来的成绩"。当然，卫东更不会忘记的是那些从创作到生活给过他帮助的部队领导和战友。

卫东的朋友的确很多，有名震文坛的知名作家，有正值旺年的后生晚辈，也有普普通通的市民百姓。他生性不忮不求，历来不攀不附，完全由自己的喜好交友，凭真诚朴实为人，在文学界口碑颇佳。文坛大腕蒋子龙曾经有言：杜卫东是一个可以制造奇迹的人；结识卫东三十年之久的古诗词作家朱小平侃侃而谈：当年卫东大觥畅饮，极有豪气，而今戒酒烹茶，鼓吹养生，不过，情怀依旧，风采依然；作家华静连连称道：卫东文好人好，受人敬重；程树榛、柳萌等老作家说起卫东更是赞不绝口：卫东是一个纯粹的人。勤奋，高产；待人接物温厚、真诚；他乐于扶持成长中的年轻人，更不忘曾经帮助过他的老同志。卫东还是一个淡泊名利的人，半生为人作嫁，工作上有"拼命三郎"之称，却从来没有为个人的晋级、提升、评奖找过任何一个人，向上级提出过任何一点要求。退休三年后，他主动辞去了中国作协全委会委员和中国作协报告文学委员会委员的虚职。

了解卫东的人知道，他的悲悯情怀、普世心境的确很"严重"。行走在路上，只要碰上有乞求的老人或孩子，他会毫不犹豫地伸出援手。他的老同事毛成骅先生曾经讲述，为拍摄《小说选刊》生存状态的系列封面，他们曾"闯进"了一个都市的角落，看到了意想不到的一幕：正值元宵节，几十人拥挤在一处等待拆迁的肮脏且很狭窄的荒院里，正架锅煮粥。他们中有流浪者，有乞讨人，还有的是来京上访的，大多是老人，有的还带着孩子。卫东看不下去了，立即泪流满面地转身离去。开始成骅以为卫东是怕刺激要离开这里了，没想到卫东却进了一家超市，买了一大堆挂面、元宵和爆竹，立即送到那荒院里，交给那些"煮粥"的人们。临走又把身上仅剩的三百块钱留给了他们。

卫东喜欢孩子，多么希望自己的儿子能早日成婚生子，自己也享享天伦之乐。可儿子有儿子的事业，有自己的主见，父命难从，导致卫东见了街上的小孩儿就想多看几眼，甚至情不自禁中想抱一抱。就为这，卫东还闹出个笑话。一天上午，卫东如往常一样出去跑步锻炼。在小区门口，见有个十一二岁的男孩也在那里蹦蹦跳跳地锻炼。卫东便问：是锻炼身体吗？走，跟我去跑步吧。孩子毫不犹豫地就跟卫东一起跑步走了。大约二十分钟后，卫东和那孩子又一同跑步回来，刚到小区门口，便立即被警察拦住，且再三盘问。原来，当时那孩子的妈妈进超市买完东西出来后，发现儿子不见了，便着急起来。有看见的人告诉她，孩子是跟一个男人走的。儿子会不会被人拐了？担心的妈妈便立即报警，所以就有了卫东被再三盘问直至警察在网上查证后，方解除误会的一幕。

在我和卫东交往的近三十年里，深知他为人的厚道与做事的周密。十年前我曾奉命去沙特北方省采访过一个按合同在建的水泥项目，回来后写了一篇三万多字的报告文学《远方传来戈壁的壮歌》。报告文学是我的短板，很难说能写好。发表后我想请卫东这位报告文学、纪实文学的大家点评一二，以便从中受益。卫东满口答应，不到半个月，竟写成一篇三千字的评论《壮歌礼赞新时期中国工人》。不久，该文就在《文艺报》予以刊出，并且受到了朋友们的好评。

为文：他尚美求道，多路亮剑

杜卫东的勤奋、才气，很多方面体现在他的文学写作上。自十九岁开始发表作品，迄今已有五百多万字面世，结集出版三十多部著作，有不少文章还被收进了中学生语文课本和语文课外阅读等，被选入"年选"和各种选本的文章更是不计其数。

熟悉卫东的人知道，三十五岁前他就出版了《青春的思索与追求》《走出人生的梦境》等多部杂文著作；他的报告文学和纪实文学《外交部里的小字辈》《京都女警》《中国的恋爱角》《都市里的保姆世界》《第三者启示录》《中国人口大浪潮》《北京城里的"吉普赛人"》《昨夜星辰》《洋行里的中国女雇员》《世纪之泣——艾滋病的现状、未来与思考》等，也是相继生成在我国改革开放初期。由此，可见他对现实社会生活的敏感、观察的细致与思索的宽度以及深度。秦牧、于浩成、林非等著名作家和学者对杜卫东的作品都有过很高评价，认为他的作品从宏观性与历史性的高度，对社会变革中的阵痛、矛盾、变异予以把握，使作品具有丰厚的思想容量和信息量。对笔下的问题、事件及人物持一种冷峻的审视态度，不乏新颖独到的议论和启人心扉的见解。

　　读卫东作品不难看出，卫东是一个热爱生活、忠实于感情的人，他的作品，无论是犀利的杂文还是精美的散文随笔，细品都能看到当代社会"生活"赐予他的挥之不去的影子。比如有一段时间，他在街上晨跑，见一白衣女孩总是冲他微笑，于是就有了散文《永远的微笑》；再如，20世纪80年代初，他原想把自己只有四十平方米的房子装修改造一下，使其能像个"家"的样子。第二天装修队就要进家来了，傍晚时分，无意中他听到了阳台上的鸟鸣。循声望去，见一只灰黑色的鸽子正卧在一块木板下孵蛋，怜悯之心油然而生：珍爱生命，取消装修！于是《明天不封阳台》便很快流出笔端。后来，这篇承载着卫东一片爱心的美文还被选入苏教版的中学语文课本。

　　说起卫东的小说创作，除了他的一些短篇之外，早些年就有《吐火女神》（《右边一步是地狱》）出版后三个月就再次印刷、发行量颇为可观的记录，但最绕不开的还是他退休后创作出版的七十多万字的长篇巨制《江河水》（与人合作）。这是一部激荡着"伟大心灵回响"的工业题材小说，是由卫东在职期间创作的一部报告文学衍化而来。小说通过江东港起落兴衰的命运，塑造出一批踏平陷阱、勇于探索、追求理想之光的时代人物，为喧嚣的尘世注入了一股清新的空气。卫东曾说，报告文学的属性无法释放他心中的压抑，或许只有小说才能实现他的心志。据悉，《江河水》已经被影视界看好，眼下正由卫东亲自操刀，一部四十集的电视连续剧，也许过不了太久，就会与观众见面了。

为事：他倾心尽力，力求完美

卫东曾不止一次地对人说，写作只是他的业余爱好，甘为人梯、为人做嫁衣的编辑工作才是他的正事。卫东这话并非谦词，除写作之外，他做的"正事"的确很有成色。从部队复员后，卫东先是在一家工厂当工人，因为发表的几篇文章的缘故，他被慧眼识珠的中国青年出版社的编辑老师看中，由此走上了与文字为伍的行当。在他近四十年的编辑生涯中，他编发过很多著名作家的作品，也扶持过不少青年才俊。

还在他担任《追求》杂志副主编期间，一天，一位青年拿来一摞诗稿给他看。明心慧眼的卫东一下子就看出了这位年轻作者的创作前景，立即选了一组诗歌在《追求》杂志予以推出。情况果然如卫东所料，诗歌发表后，受到了全国大中学生的热捧，因此这青年也成为家喻户晓的著名诗人。他就是人们所熟悉、已逝的著名诗人汪国真。

卫东主编杂志期间，认稿不认人，一些很有名气的作家"遭遇"过他的退稿，一时曾有人说他有点不近人情，但卫东热爱每一个文字，他的编辑水平却是被充分肯定的。那是 20 世纪 90 年代初的一天，我看见单位里的几个人在争阅一份《光明日报》，原来大家是在看一篇转载的文章《毛主席周恩来二三事》。后来我也看了这篇连载，知道了文章来自《炎黄子孙》，接着我还听黑龙江朋友电话里讲，该期《炎黄子孙》在他们那里被报摊加了十倍的价钱出售。

也是这个时期，著名军旅作家权延赤拿着一摞书稿到杂志社找到杜卫东，说一家出版社已经决定要出版他写的新书，希望时任《炎黄子孙》副主编的杜卫东能选发部分章节。卫东看了下目录，又看看《卫士长答作家二十问》书名，觉得书名欠妥。你说叫什么好呢？卫东想了想，马上回答老权，就叫《走下神坛的毛泽东》。第二天一大早，权延赤就给卫东打来电话，说出版社非常满意这个标题。《走下神坛的毛泽东》很快就出版了，发行量一版再版，盗版的更是不计其数。从此，权延赤这个名字也走进了广大读者的视野。

私下曾有人说，杜卫东办杂志很有一套，他办一个火一个，发行量都有明显增长。他在《人民文学》任副社长期间，曾兼任《中国校园文学》社长。在任几年，经过和大家一起"辛勤"耕耘，杂志知名度、发行量都上了一个新台阶。到《小说选刊》任主编时，他所采取的一些"措施"更是令人"想不到"。他曾把杂志封面一改延续多年的老模样，用农民工、用小孩子、用普通人的影像替代；也曾把一篇被漏掉的稿子重新捡回、编发，而且作为头题刊出，结果大受普通读者的喜爱，发行量立刻改观。记得一次会议上，卫东发言时曾说过这样一句话：文学要贴着地面行走。事后不曾和卫东探讨过此话题，他所主编过的杂志都有令人称道的"曾经"，这是否与他"贴着地面行走"的文化理念有关，尚不得而知。

正当写作本文期间，朋友曹怀新转来一篇关于"为什么要提升意识能量"的文章。作者是位经济学家、法学博士。他认为宇宙间存在着一种大意识，即高等意识。所以人才有了高等意识与低等意识之距离：一种是以超越他人为荣为幸，往往满足于微不足道的奖赏；一种则是以助人为荣为幸，心平气静地面对风情万物。纵观卫东的人生阅历，显然他是一个把财富、名誉、成就置于末位的人。正是他内心的一种平静，即便有雷有雨，也会把它化作唤醒沉睡的春雷和滋润干涸的春雨。

2017 年 5 月

行走着，她的情怀是风景

华静是好人。好在哪里？怎么个好法？了解和熟悉她的人心里都有数，往往一时又难以用很恰切的语言予以表述，所以，当朋友们在一些场合介绍她的时候，就常常把"好人"这个词慷慨地送给她。

其实，我们每个人周围都有不少"好人"，他们或缘于为人正直诚恳而受尊重，或因为处事认真而被称道，或由于心地善良而获敬慕，或为总是替他人着想而被感动。在这些情境里，细想华静，好像都能看到她的影子。

由于我和华静都从事过报纸副刊工作，又都钟情于文学缪斯，一起参加采风、采访活动，一起出席一些有关文学的会议，就有了经常见面的机会。华静心慈性善，从一些细节上可见证其实。外出采风时，我曾不止一次地看见她把一些小的学习用品送给贫困的少数民族孩子，还和他们一起照相，和当地的老人亲切攀谈。

记得一次在黔南采风，当地民族以他们的习俗欢迎大家：把一头牛拴紧在柱子上，要两个刀手向牛脖子上砍。按规则每人最多三刀就要砍下牛头，可持刀手太生疏了，连续十数刀下去，那牛头依然不坠，可那牛的疼痛、挣扎感人们却是看在眼里的。当时我看华静，第二刀还没下去，她就转过了身，眼里的泪喷涌而出。此后，不管去哪里采风，凡有此类习俗表演，华静都避而远之，甚至，从此她就很少再吃牛肉了。

作为国家级报纸的编辑、记者，同时又身为作家的华静，堪称一位响当当的公众人物。作为记者，作为作家，华静的文笔都很漂亮，而且文学的感觉敏捷。有时候我们同赴一地采访或采风，我这正为怎么写犯愁呢，而她那里的文章都发出来了。

记得一次去京郊参加一个桃园诗会，正当我感到寡淡无味不知从何说起的时候，她的散文《地头上的诗会》就已经出炉了。文中有描述，有细节，更有感慨和感想，她说："一群有着三分童心的诗人在油桃里将自己尚存的稚气和纯真展现，加温。这是一群幸福的人在油桃里行走，在地头上行走，传递着久违了的一种童心，一种感觉，一种自信。在这里，谁都愿意相信，超越现实的力量也很动人。掌声，在这里不是恭维，也不是应景，而是冲过超重生活负担生发出来的快乐。"无疑，因为华静是诗人，所以她的思绪才能饱蘸着诗的情感一起奔跑，也让诗会有了诗意的升华。

华静做事仔细周到认真，这在朋友圈里是有共识的。曾经有人说，只要是托付华静的事，你不用再问第二遍，不管做得成还是做不成，她都会尽心尽力去做，最后肯定会给你一个认真的交代。这话一点不错，即便随着大帮人异地采风也是如此，她不但随时随地抓拍了不少照片，随身携带的小本子里也总是记满了密密麻麻的文字。那年我们随中国副刊研究会同去柳州，柳侯祠本已走过看过，可华静总觉得还有点什么没看清楚，于是第二天上午趁自由活动时间，她又再次前往，直到把心中的问号抻直。

华静对事对人都很负责，对文也毫不含糊。我没去过"南部"，在尚未阅读她写的《穿行在南部的那三天》之前，相信很多人会和我一样，根本不知"南部"的含义。读了才知道，那是云南的一个县名，而且历史悠久，文化底蕴深厚，眼前风光宜人：那里香蕉树摇曳，累累硕果飘香，河流绕寨子流淌；远眺闻渔歌互答，舟楫往来；细瞅星星垂在草尖，似碰你撞我，碰撞着整个世界……这不是简单的描述或抒写，是一种诗化语言的熟稔应用。由此可见华静才气和行文之认真。

由于新闻这个职业的需要，华静去过全国很多地方采访或采风。作为记者采访，要真要实；作为作家采风，就要有充分的想象力。无疑，这二者的关系华静处理得很到位。该实写时毫不含糊，该诗写时收放自如，所以，在华静笔下才生成了那么多吸引人们眼球且引发人们思索的文章，有的只看标题就会使人产生阅读的兴趣和冲动。诸如《在大理古今传奇该用多大箱子存放》《灵魂岂能无家可归》《给心找个家》《扎在心里的刺怎样拔去》等等。这些文章，有情有义有理，娓娓道来，不咋呼，不自以为是，以平易平淡平常之心，与读者平等对话。

华静善于学习，爱读书，知识面很广，这些仅从她主编的副刊和她飞扬在全国诸多报刊的一篇篇美文里可窥其一斑。即便如此，华静也从来都是低调做人，虚心学习他人之优长，从未见其张扬过自己，这与那些自恃才高、盛气凌人者形成了鲜明对照。

在阳光里行走，于月光下漫步，以辛勤俯拾生活的碎片；跨越大江南北，穿行秀山丽水，以爱心剪影万千风光。无疑，华静都是一位很出色的行走者。

仅凭着我对华静零零散散的了解，写下此篇，勉为序，并以此就教方家朋友。

一个女人的奉献

张学坤是现场总经理助理，精通机电设备，是工程不可或缺的技术骨干。为投身沙特北方水泥厂建设，张学坤是从南方一家民营企业辞职后来的。张学坤一走，与他同在一个企业的妻子牛所芝工程师便被辞退了，而且不容商量地收回了他们的住房。

张学坤奔赴了沙特北方水泥厂工程建设之中。牛所芝失去了工作，没有了住房，只好带着未成年的儿子回山东老家，在张学坤的妹妹家栖身。

2007年初夏时节，牛所芝病重住院了，为不影响丈夫工作，她不准家人向张学坤透露半点消息。直到出院很久，张学坤从回家探亲的同乡那里才得知妻子病重住院的事。从此，深深爱着妻子的张学坤，就总是隔三岔五地打电话询问妻子的病情。可妻子总是说没事、没事，别惦着，一点小病，养养就好。

那是2007年8月的一天傍晚，张学坤又打通了妻子的电话。听妻子说话有气无力的声音，就担心地问，你的病是不是又重了，还是孩子惹你生气了？妻子说没事，有点小感冒，白天打扫卫生，有点累，正躺着休息。接着张学坤又关切地聊起了她的病情。妻子告诉他，听人说上海有家医院专治自己的病，等你把项目做完了，回国后就陪我去那里看看。张学坤满口答应，说再有半年时间工程就结束了，那时候咱们就一起去上海。

可远在国外的张学坤哪里知道，此时的妻子正躺在医院的病床上。

张学坤的妹妹见嫂子病情严重，几次要打电话告诉哥哥，牛所芝总是阻拦着："你哥哥是个做事非常投入的人，他施工正忙，这时候千万不要让他分心。听嫂子话，别告诉他。"

张学坤更没有想到的是，就在他与牛所芝通完电话的第二天，家里传来消息，他的妻子，就在和他通过电话的几个小时后，病逝了。

一个妻子，一个女人，为了丈夫，不，那也是为了国家和企业啊，甘愿承受这样的牺牲，真是太了不起了！

沙特的天在哭泣，沙特的地在默哀。工地上每一位得知情况的人，都在向牛所芝默哀，致敬！

张学坤泪如泉涌，眼睛哭红了。当他加急办好手续返回国内时，已经是妻子去世的第五天了。张学坤捧起牛所芝冰冷、僵硬的脸庞，望着她曾经那么和善、可亲、刚毅的面容，悲痛至极，欲哭无泪。这是与自己朝夕相处二十年的妻子啊，就这样匆匆地走了！

妻子的支持和奉献精神，给了张学坤一种无形的力量。他安葬好妻子后，把儿子托付给妹妹照料，把悲痛，把哀思，把怀念，把无尽的歉疚深深埋在心底，及时返回了北方工地，投入到了紧张的工作中，决心不辜负妻子最后的嘱告：好好工作，别总惦记我，咱一定要对得起领导，对得起企业，对得起国家。

（节选自报告文学《远方传来戈壁的壮歌》）

一个寻梦女孩的美妙吟唱

——万玫诗集《寂寞清秋》序

我认同这样一种说法：诗人写诗的过程，就是一个不断地寻觅美、追求美的过程；就是要把属于诗人自己发现的美呈现于世，让人们去品味，去甄别，去鉴赏，去和读者一起共同完成一次塑造美的过程。青年女诗人万玫的诗可以说具备了这样的要素。这是我通读了她即将付梓的诗集《寂寞清秋》之后的感觉，并且相信其他读者也会认可这种看法。

读万玫的诗比认识她本人要早。那时候她和丈夫刚来北京不久，属于寻觅、闯荡、试图找一片天地立足的"北漂"一族。他们夫妻二人都颇有才气，都很善良，都很能干，也都很低调，一路坎坎坷坷走来，没少吃苦受累。最后他们选择了"文化"作为人生追求、开拓事业的起点。当然，劳累之余他们都没有忘记实现各自梦想的努力，正如万玫在《我将和你结缘——献给诗歌》一诗中所言，"……我深深记住了你的名字/这么久以来/就这么固执地/占领着我的心地/厚着脸皮不肯离去"，并"深信/某年某月的一天/我将和你结缘"。在诗的道路上，万玫已寻觅了多年，追求了多年，今天终于有了回报：她从自己多年创作、发表的数百首诗歌中精选出近百首佳作，奉献给读者。

说万玫的诗美，美在哪儿？

读万玫的诗，会有一种说不清道不明的诗意美不时地来光顾你的心情，让你回味，让你咀嚼，让你在情不自禁中为某一首、某一句甚至某一字而称妙。如，"午夜的玫瑰/凸现在生命的枝头/静静绽放//含苞待放的花蕾/在沉寂中/默默酝酿/凝露的花瓣/在寒意的侵袭中兀自芬芳//抖落昨日风尘/窥探夜的眼睛/装满箩筐的心事/在与夜比长/她那/烈火燃烧的狂热/迎接崭新的黎明/托举自己心中的太阳"（《午夜的玫瑰》），把诗的意境美、含蓄美都蕴蓄其中了，甚至会使人陪着诗人一起失眠，一起思索，一起感叹命运，一起崇拜心灵。像这样的诗句随手都可拈来。再如，"一股蠕动的欲望/在春的催促下/迫不及待地打点轻装/还没起步/思绪早已抵达远方"（《挥不去的乡愁》）；"生命的四季/正如飘零的枫叶/曾傲立枝头的灿然/收敛着嘴角最后一丝微笑……"（《寂寞清秋》）；"只有那口古老的钟/像一位披着蓑衣的老人/以梦想作诱饵/垂钓希望"（《情结》）等。诗意虽有些忧郁、感伤，但忧伤中透出的却是纯净美好的心灵。特别是"迫不及待地打点轻装"的"轻"字，就用得非常精妙、到位。从这一字里，读者至少可以看出这样两种情境：一是作者思念家乡、轻装简行急切回家的心情；二是衬托出作者生活拮据，并没有多余的金钱购买更多的物品，以满足家乡人的期待。初读此句我曾设问：为什么不用"行装"呢？再读方悟，原来奥秘在这里呢。所以说，万玫的诗由于含蓄，而必须咀嚼品味才能真正看懂，她的诗美也就在这其中了。

万玫的诗除了含蓄还有一种画面美、韵律美和语言的美也不断地触动人的感官。它们或把你的眼睛弄亮，或把你的耳朵弄响，或把你的心灵扯痛，让你的视觉、听觉甚至嗅觉、味觉一起行动，迫你实现对某一首诗的审美。请看这些文字："月亮睡进云层/万物似在沉睡/星星也不想熬夜"（《梦，在夜里醒着》）；"……在无数个躁动的日子里，我透过薄如蝉翼的夜晚……为你盛开一世的芬芳。豆蔻年华的我，是一个不知疲倦的歌者"（《爱的回眸》）；"柳絮儿轻轻跳上睫毛，任凭思绪舞蹈。

鸟儿衔来了一束蓝色的梦，偷啄着一粒粒古典的阳光，谁的心事开成了桃花？枝头那抹淡淡的红晕，令人心颤。谁的情丝生动得像一幅水墨画，泼上了重彩？"（《谁点亮了我心上的春天》）似这样画面美、韵律美、语言美，又互相交织着、融汇着的句段，随意采撷一枝，都可嗅到香气。

在《寂寞清秋》这部诗集中，万玫除了写人生写命运写心灵的诗，爱情诗也占了一定的数量。这些诗，无论写少女怀春还是写伤离别苦，那期待、思念、一种燃烧的渴望、诗的凄美都跃然纸上。"一场太阳雨/不小心淋湿了/少女的心事/饱含苦涩心事的丁香/在雨后的午夜/悄悄绽放"（《渐落的心事》）；"我的影子却在/不断地和你的影子厮咬/目光也在与你的目光僵持//踩着起伏的节拍/按捺不住的两颗心/跃动在灯光深处"（《聚会》）；"与旧梦作别/跳上枝头/抖落心事/花瓣般的往事/洒落一地"（《邂逅在最初相遇的地方》）；"山冈浅浅的月牙/瘦弯了相思/山谷流淌出的清泉/载不动我似水的情怀"（《故乡的月光》）；"用沉睡千年的眼睛/打开一片远古的时光/从此天与地结缘/水与山联姻/我也就在/你幽幽暗暗的眸子里/鲜活出尘的美丽"（《浪漫红尘》）；"夜晚淡淡的哀愁中/我为你缓缓拉起了/一帘相思雨/季节高高的寒袖里/又为你徐徐吹起了/一笛相思风//倘若今生找寻你的路/没有尽头/那么就让寂寞的红颜/在相思风雨中/为你守候"（《相思风雨中》）……从这些诗里，读者既看到了诗人对爱的渴望、追求，也看到了对爱的忠贞不渝。所以，尽管他们的生活并不宽裕，而且还租住着别人家的房子，但他们夫妻风雨同舟，生活有滋有味，小两口的日子很安静很甜美，以致让很多街坊邻居羡慕不已。

回想自己，也是一个从少年时代就揣着文学梦四处乱撞的人，由于十年动乱的干扰，像万玫这个年龄时我在文学的小路上才刚刚蹒跚学步，而她却已经取得了如此的成绩，真的很羡慕她。借草成这篇小序之际，也为万玫送上我深深的祝福！并祈愿她以此为开端，以她善感的情怀和灵秀的诗笔，在诗的道路上不断寻觅，不断追求，一直走向开阔和辽远。或许用不了太久，她就会站上一个理想的高度，去接受鲜花和掌声了。

一切缘于对诗歌的爱

8月8日，正要吃午饭，张同吾先生的夫人孟繁琛老师打来电话，说同吾于上午九点四十分走了。闻之哽咽，悲痛之心难以言表。头天晚上我和孟老师还通了电话，说同吾情况不好，家里人都排好了班，准备日夜守护。

二十多天前，我曾去医院看望过同吾。他几乎吃不下饭，偶尔吃进了还会吐出来。他面容憔悴，精神还好，本打算看看他就走，不承想一聊竟二十多分钟。实在不愿离开，可又怕他太累，只好四手相握，洒泪而别。

我和同吾相识四十多年，我们心相通，语相谐，每每相见，大都叙家事胜于诗事，言自身多于他人，一种晴天雨日都可信赖的友情，随着时光的流逝而愈加深厚。

作为著名的诗歌评论家，张同吾的名字是响亮的，在诗歌界几乎无人不知。早在二十五年前，同是诗歌理论家的阿红就对张同吾有过这样的评价："难得的是他不执不随，难得的是他不媚不俗。同吾是有主见并且有创见的诗歌评论家，他的诗观是成熟的理性，评论一段时间的诗，他能做出精当的、历史的、有说服力的概括，指陈得失与路向；评论一位诗人的诗，他从多角度观察，从横向纵向比较，他能做出恰切的中肯的评价。""读同吾的评论，常常觉得是一种享受，没有经院气，没有酸腐味，不摆架子，不唬人，有感情，有色彩，有形象，通篇像散文，许多段落又像诗，但终究是评论，寻脉究络，又有严密的思辨逻辑。"阿红先生的评价是很准确很公允的，一个评论家能取得这样的成就，并形成鲜明的学术个性，是很不容易的事。

一个人成为杂家不难，而在许多领域都取得一定成就就难了。张同吾不但是评论家，他自己的散文、小说和诗歌也颇有成就。他当年评论过的小说《受戒》《蒲柳人家》等，都曾经引起过很大的反响，有的还上了中央人民广播电台早间的"新闻和报纸摘要"节目。二十多年前，继他的诗论集《诗的审美与技巧》（这本书当时印了1.1万册，很快就销售一空）、《诗潮思考录》《小说艺术鉴赏》等颇受读者喜爱的文学评论集之后，近年来又连续出版了他的评论集《诗的灿烂与忧伤》《沉思与梦想》《诗的本体与诗人素质》《枣树的意象和雨的精魂》《青铜与星光的守望》《高山听海音》、散文随笔集《哲学的白天与诗的夜晚》《放牧灵魂》以及书法作品集，《张同吾文集》七卷本也已经面世。作家从维熙说张同吾的小说评论"立意新颖，文笔朴实无华，字里行间飘溢出一种淡淡的墨香"，并称赞他的文风有一种阴柔之美。难怪青年作家和诗人们称赞他的评论是哲理风和散文美的统一。当年他的中篇小说集《不只是相思》出版后，引起了许多人的兴趣，蓝棣之教授在读了其中一部小说《爱，不是选择》之后，还兴致勃勃地写了一篇评论，称他的创作是"淡蓝色的初雪"。

张同吾先生的文化积淀是中西合璧，他的文艺观是开放的，他有着自由不羁的灵魂，对人间真善美的追求可以超越世俗的羁绊，充满人性美的魅力。可是在处世之道人格精神方面，又深受传统文化的熏染，比如他对青年朋友们都以礼相待，客气而尊重，却不轻易承认是他的弟子，一旦他认可，就不再客气而要求甚严，对你的做文做人全面负责。他从不以名家自居，居高临下。虽然对朋友感情深厚有求必应，但是，他又是寓刚于柔的人、永远不失去自我的人，是个不能任人摆布的人。如果你待他以诚，他一定投桃报李。过去在中学和大学教书，领导都很尊重他，他则以礼相待，恭谨勤学，他群众威信高，能一呼百应。他离开通州已经几十年了，至今那里还流传他的一些故事，有的甚至被增添了许多传奇色彩。

张同吾先生自幼爱诗，终生为诗事忙碌。他既是诗歌评论家，又是一位杰出的诗歌活动家、组织者，为我国诗歌事业的发展、繁荣做出了重要贡献。

20 世纪 90 年代初期，为创建中国诗歌学会，在前无先例、手无分文的情况下，同吾凭着对诗歌的那份热爱和执着，克服种种困难，冲破无数阻力，终于为诗歌界搭建起一座诗的平台——中国诗歌学会（当初同吾先生曾私下对我说，去民政部办理登记手续时需要注册资金，诗歌学会分文没有，他便把自己多年储存的稿费拿出一些，作为开办费用）。同吾担任中国诗歌学会秘书长达十七年之久，这是一段漫长的岁月。十七年里，无论组织诗人采风、搭建文企联合桥梁、挂牌授牌、研讨诗人作品，还是创建诗歌奖项等，他一桩桩、一件件都做得扎实、细致，方方面面都考虑得周全，并且尽量照顾到各方面情况和诗人们的心情。十七年的秘书长工作，倾注了他退休生活的全部心血和智慧。同吾先生为中国诗歌事业所做出的突出贡献有目共睹，有口皆碑。

每当述及中国诗歌学会的工作时，同吾都以感念的心情，不止一次地说起最初那些曾经支持、关心、帮助，与他一起风雨同舟的伙伴和朋友。还特别感谢当年支持学会成立的作协领导玛拉沁夫，老诗人臧克家、艾青、邹荻帆等前辈，以及历届作协领导对诗歌学会的关心和支持，感谢来自全国的众多诗人们的理解和支持，感谢学会几位副秘书长的合作和辛勤工作。

诗歌学会的日常工作很繁杂，外出开会、讲学、各类文学活动和接待朋友等等，弄得他没时间看书写文章，为此他也曾经很苦恼，很无奈。他每年收到各地诗友寄来的诗集达数百册，约评约序者不计其数，他常为顾不上回信致谢而歉疚，而深感不安。但是，他仍然是在极其繁忙中不断挤时间写作，这累累硕果实在难得。最近两年，诗歌界先后逝去几位重量级诗人，情义笃深的同吾心情十分沉重，他为每位过世的诗人都写过感人至深的怀念文章，字里行间无不流露出他的悲痛惋惜之情。可知，这些文章都是他以自己的病弱之体而为之。

今年3月，同吾病了，病情很重。北京乃至全国各地的诗人们得知消息后，有不少人想去看望他。同吾先是瞒着大家，电话里总说是感冒，小毛病，几天就好。后来他住进了医院，也不肯告诉大家。他对家人说，我一生只是缘于热爱诗歌，为诗做了点该做的事情，有点病犯不着惊动大家。大家都很忙，来一趟也不容易。再说了，来看我的人，要么带物，要么带钱，我这一生欠朋友们的太多太多了，以后让我拿什么去回报大家。同吾先生就是这样，为了诗事，为了诗人、朋友，他想得周到，做得细心，辛劳操持了一生。

同吾先生是一座山，站上这山会望得更远；同吾先生是一棵树，走近这树会感知心清气爽；同吾先生是一条河，站在这河边，会发现那种见底的清澈——这是千言万语说不尽的张同吾。

天堂之路也许不再坎坷，愿同吾先生一路走好。

2015 年 8 月 10 日　北京

文载《光明日报》(2015 年 8 月 14 日)
《文艺报》(2015 年 8 月 14 日)

又是一年春草绿

——怀念著名诗人张志民

1

两年前，也是 4 月。在北京八宝山革命公墓第一告别室。您安卧在翠柏鲜花丛中，弥漫的清香笼罩着您，一双双泪眼仰望着您。您双目紧闭，神态依然安详、慈爱，仿佛于静默中正孕育诗情。

是的，您是一位和善多思的人。那是 1988 年乍暖还寒的春天，我第一次去拜访您。那时您还住在一处前后很不规整的大杂院里。由于是初次登门，一时找不到您的住处，我便向一群跳皮筋的孩子打听。一听说是找您的，有几个小朋友几乎同时说，我知道张爷爷在哪里住。说完，有两个小朋友就领我一直到您家门口。

您住的是两间平房，分里外屋。屋里生着火炉，那炉温与您的热情相偕，一起温暖着我。我便无拘无束地向您求教，还家事国事天下事、天南地北地与您交流。您谈笑风生，谦和随意，毫无师长之气。话到开心之处，您还拿出和妻子傅雅雯老师当年的一张结婚照给我看。我看得很仔细，照片陈旧得虽然已经有些发黄，但照片上的两个年轻人，依然透露出当年的勃勃英姿。

那一次，尽管您不太愿意讲述自己，但我多少还是知道了您曾经因为胡风问题受牵连，"文革"中被迫害曾经蹲大狱四年之久。也是那一次，我第一次知道了您还写小说，而且在解放前就写，发表的作品还不少。说着您还签名送我一本刚出版不久的《张志民小说选》。那天，我第一次与您促膝长谈，收获颇丰。我深深地感到，您的诗好，人更好；同时也深深地悟出，一个优秀的诗人，正是缘于一个优秀的灵魂，那个灵魂时时为人民而忧，为祖国而忧。那一次，我没能写出我们相见相叙的半个字，但一个富有魅力的人格，却深深地嵌入了我的心灵。那一次，您还送我一张您的特写照片。那照片只有一个侧脸和右手夹着的一支正在燃烧的香烟。后来，我就把这照片发表在了我负责的《中国建材报》的《五色石》文艺副刊上，取名为《沉思》。

2

平时与朋友在一起交谈，聊起某某人时，常爱说他是个好人。

其实，这好人的说法只是一种美好感觉，是人际关系中一种滤去杂质后最纯正、最朴实、最直接的褒奖态度，也是对一个人生命价值的综合评断和认可。不必问他好在哪里，他的好就在于平平常常、润物无声的点点滴滴之中。您，尊敬的志民老师，就是这样一个人。

还是 1988 年，辽宁工源水泥厂和辽宁省文化厅，以及本溪市文化馆等单位主动发起，要在全国范围内举办一次有一定规模的文企联合活动，定名为"工源杯"全国诗歌大赛，请时任《诗刊》主编的您担当评委会主任。

文企联合，特别是举行诗歌活动，当时在建材行业尚属首次，即使全国范围也不多见。您立刻看到了它的价值，欣然答应。就在征文结束，即将出版《工源诗歌选》一书时，承办者请您为书作序。时间紧，离出书只有几天时间，这对于向来严谨为文的您来说，更是马虎不得。您反复地看入选作品，字斟句酌地写作。初稿刚写出来，本溪文化馆一名在京经办出书事宜的年轻人耐不住了，几次打电话催问"序言"写好没有。出于谨慎，您回答，有些地方还需推敲，稍等，不会误了最后期限。急躁的年轻人，不知天高地厚的年轻人，竟然向您发起了火，并宣称，下午就去取稿件，否则再没有时间了，你就自己把稿件送交出版社吧！您说，听了这话，当时心里的确不快，觉得这年轻人不懂礼貌，真想放下，不作此序了。可一想到这是一次与诗有缘的公益之事，是来自企业，来自基层同志嘱办的事，既然答应了，就应当做好它。至于年轻人在电话中说的那些话，他还年轻，不必计较。后来，《工源诗歌选》如期出版，并及时发放到了出席颁奖会者的手中，您数千言的"序言"付梓卷首。至于稿件是怎样到了出版社的，我不得而知，再也没有问过您。

您的随和认真，还有一次也给我留下了深刻的印象。

那是1993年，我所供职的报纸副刊，为提高档次，增加可读性，准备开办一个新档目"名人斋"，专发名人名家的作品。我便向您约稿。凭着一种信任和对副刊的爱护，您欣然命笔，不久便寄来一篇《聪明的孩子自己玩》的作品。文章一千六百多字，发表后，我鼓足了勇气，也才只给您开了一百元的稿酬（就这一百元，后来还被人反映给领导，说我稿费开得过高）。记得我去您家送稿费的那天，面对师长，面对一头白发的您，觉得这一百元稿酬实在拿不出手，就又悄悄从自己兜里掏出仅有的二十元钱加在一起，递给了您。当时您没问，也没看稿酬多少，更不知道这一小小的过程，只把装稿酬的信封随手一放，便和我又聊起了别的。然而让我更感不安的是（几个月后我才得知），您自1989年类风湿病严重起来，手指已握不住笔，而应约给我的那篇稿件，是您病情刚有好转、歇笔三年后写出的第一部作品。每忆此事，我都有一种深深的歉疚和不安，感到太亏待了您的劳动，您的付出与回报太不等值了。

说起您对我的关心和爱护，那也是永生难忘。

1993年初春时节，我收到中国作协寄来的表格，准备申请加入中国作家协会。按规定，入会要有两名作协会员介绍，第一位是著名诗歌评论家张同吾老师，这第二位就是您。那天，我拿着入会申请表去请您签署介绍人意见，您很认真地看了表格所填的全部内容，又询问了我的创作近况和打算，然后才郑重地写下"同意介绍入会"字样，并工整地签上自己的名字，加盖上名章。

这就是我印象中的志民老师，您谦和、严谨、宽厚、善良。那时，我只有为您默默地祈祷：愿好人一生平安。

3

然而，不幸的消息传来。1996 年 4 月份，您在发烧一个多月后，检查发现患了肺癌。

癌症啊，你这吞噬人类生命的恶魔，你这好坏不分的丑类，你为何要残忍地侵袭一个好人的肌体呢！我那一声声默默的祈祷，我那一次次真诚的祝福，难道你真的这样无视一个人的恳求吗！

终归，这只是一厢情愿。剩下的日子，就是您为战胜病魔而付出的痛苦代价了。

我听说一次又一次的化疗，使您浑身乏力，食素无味，一折腾就是个把月……那时我曾给您家打过多次电话，想问一下病情，可一直没人接。后来又向朋友打听，说您可能住协和医院，也可能去通县的医院，一时还说不准。我也曾去过协和，问过那里的医生，他们说住院的病人多，记不得了。

终于到了 1997 年的 4 月，您出院在家，我们取得了联系。就在 5 月 1 日的那天，我和《农民日报》的编辑韩敏相约，一同去家里探望您。

那天见到您的情形，我至今记忆犹新。

您穿着整洁，脸色虽有些苍白，但精神很好。您坐在客卧兼具的床沿上等候我们。我们奉上一束鲜花，您接过去，很高兴，连声说谢谢。我们不敢谈病，很谨慎地选择着每一句出口的话语。可您倒很坦然，似乎并不在意癌症的严重。而且还给我们讲述一些治疗过程中的感觉和体验。当时看您的神态气色，我和韩敏还真的以为病魔已经离您远去了呢。谁知还不到一年时间——1998 年 4 月 3 日，这一天竟成了您的忌日。

向您遗体告别的那天，前来哀悼的人们排成了长长的队伍，无数花圈摆满了告别大厅，一阵阵抽泣声环绕着您。这是您一生品格的感召，表达着人们对一位好人的哀思。此前，当报社总编辑谢镇江同志得知您不幸病逝的消息后，心中很是惋惜，嘱我一定要给您送个花圈，要好的，多少钱都行，而且要我一定去为您送行。

转眼，您已离世两载。自那天参加您的遗体告别仪式后，我就想一定要写一篇文章，把您的高风亮节告诉更多的人。但沉痛的心情，竟迫使我一次次搁下了手中的笔。宽厚的志民老师啊，我想您是不会责怪晚生的。因为，您的音容笑貌，早已嵌进了我生命的深处。

4 月，又是一年春草绿。相信这遍地的葱翠和芬芳，一定会给您捎去我深深的敬仰和祷祝。

志民老师，我永远怀念您！

2000 年 4 月 3 日　北京

在梦的世界"遇见"

黎明，再接受一次恳求吧：留一片夜的角落，藏我美丽的梦——

1

素不相识，自从那次"遇见"，一下子你就陨落在我的心湖。那溅起的涟漪，一圈接着一圈地荡漾。从此，我心里就有了一个"你"：你的美颜，你的微笑，你的舞姿，你的一幅幅灵动的画，你的一首首优美的诗……只要一天不见，我心就惶惑，情就无主，梦就无依，灵魂就开始流浪、漂泊……它将漂向哪里？

2

一切都这么突然，一切都来得莫名其妙！是友情？是亲情？是文情？是爱情？是性情里的你与我？不用解释，无须明白。愿收就收，不愿意收呢？为什么它总来叩响心门？难道只有糊涂或者只有装糊涂才是爱吗？这么多这么多的问号，真的不知道是顺其自然，还是一个一个捋直了才好。

3

真没想到，多年前梦游般生成的一首小诗，此刻竟在这里应验：伫立在你的窗前/心情凋如一片落叶/是你的目光不肯照耀/它才枯萎的吗/是落叶不甘枯萎/才化作冬青/伫守你窗前的吗？（《窗前》）

4

此前，如果说是被你的美颜吸引，我才像一只蜜蜂向你飞去，那么此刻，我必须老老实实地承认，是你的才气、你的文采震惊了我：就因为你是一棵山脚下的树，却怎么也高不过山头的小草；就因为你不喜好寻觅攀爬，一枝青翠的紫藤却只能在平地匍匐。然而，面对你依然茁壮挺拔的生命，无能为力的我只有为你祈祷：愿天上的阳光不要亏待你，愿周围的空气不要冷漠你，愿身旁的溪水不再绕开你……你是一粒优良的种子，你可使荒漠绿化，你能让大地缤纷，你是一道被寄予厚望的未来风景……更期望所有的阳光、空气和水分们，从此要去珍惜每一粒种子的发芽，要懂得每一朵蓓蕾的绽放，要爱护每一株小树的成长。人们啊，但愿不要太自私了，不能只顾自己的人前辉煌，而无视那些怀梦想有追求的小草小花们企盼葱茏、渴望斑斓的心愿。

5

如果是雄鹰，给你天空；如果是骏马，给你草原。这是老掉了牙的套话，不足取。现在，面对着你，我就想你是一朵花，不管是开放还是关闭，不管是浓香还是残淡，就那么一直望着。望着你就像望着一颗星，望着你就是望着一种快乐，望着你时还希望你也这么望着我……

6

真的是爱上了吗，就像一棵树的根深深扎进了土地：风撼不动，力拔不出，即便想把它挖走，恐怕也是一件极其艰难的事情。既然如此，索性就让它快乐地生长吧。让它的根更深，干更壮，枝更阔，叶更郁，花更艳，果更香……直至成为一道人间风景，任由人们或褒或贬的想象去自由发挥吧。

7

忘掉吧，忘掉吧！那是一朵浪花：借水势，它只是拍了拍河岸，而后就随波去了天涯。忘掉吧，忘掉吧！那是一朵鲜花：它属于蝴蝶，它属于蜜蜂，即便香消玉散，也是随风飘撒。忘掉吧，忘掉吧！那是一朵云霞：它高高在上，它属于天空，它不会下嫁。忘掉吧，忘掉吧！为忘掉，心绪在搏斗，灵魂在挣扎；从春到秋，从冬到夏……

8

忘掉吧，忘掉吧！嚷了千回，它不肯离去；喊了百遍，它依然不走：在诗里，在画里；在心里，在梦里；在高举的酒杯里，在满桌的珍肴里；在志得意足的快乐里，在艰辛无助的痛苦里；在一个人的孤独里，在孤独无慰的寂寞里；在长夜的思念里，在踽踽的行走里；在一枝一枝的花香里，在一树一树的浓荫里；直至云里雾里，风里雨里，时时处处都是它的影子……

9

男人，女人，之间只有一层纸。一个不戳破，一个不肯提，就这么僵持，僵持着。一天，一方终于抛出一个锋利的话题，僵持被瞬间刺破，沉默被逐出领地。貌似遥不可及的距离，原来就近在咫尺！如厚墙倒塌，似江水破堤，两颗心一下子就跳在一起，心灵从此就纠缠在一起。庆幸吗？有说，这是一截前世的缘，终于获得重生的机遇；有说，这才是人生一次伟大而隆重的赴约。

10

人生一世，心里一定要装进个爱：爱亲人，爱家人，爱朋友，爱家乡，爱祖国，爱事业，爱工作，爱自己喜欢的人，爱自己爱做的事……总之，心里只要有了爱，就不寂寞，就不孤独，就有努力追求的目标，人生就丰富，生活就充实，就有响鼓不必重槌敲的动力……

爱是嘹亮的号角，它能吹醒沉睡的灵魂。爱吧，拥有爱是每个人的权利。

怎一个"情"字了得

——王贤根散文集《又是烟雨迷蒙时》读后

诗歌讲求意境，散文抒发情怀。依照这个说法阅读著名军旅作家王贤根的散文集《又是烟雨迷蒙时》（人民文学出版社 2018.12），眼前所浮现的不仅是缥缈烟波和蒙蒙细雨的江南风韵，更见那种站在大漠深处，仰望千年文明，爱国家、爱人民的赤子情怀荡漾书中。他从"养蜂"的山庄走出，站在"将军石"上，望"边陲月夜"，直到叩响"青藤书屋"的门扉，所抒发的都是一个"情"字。这"情"又宛如一条锦线，把他几十年来生成在不同境遇不同时期的心灵感悟穿成一挂彩色链珠，成为摇曳在读者面前的一簇风景。

亲情乡恋，是作者心中难以释怀的结。

故乡是个温暖的被窝，从那里走出的人，不管走到哪里都会留恋她。这话并非夸张，从贤根诸多思亲恋乡的文章里可证其实。

《养蜂》，作为文集的开篇之作，写得有情趣有味道。通过"接蜂""分蜂""割蜜"等一系列细节的叙述和描写，除了能告诉人们一些有关蜜蜂的知识外，也使读者看到了一个和睦、殷实、善良人家的生存状况，同时也让我们领悟了一个优秀作家成长的家庭背景。在第一辑的其他篇章里，作者更是不吝笔墨，把一家四代人都着了浓浓的一笔：手持月牙形篾刀辛劳一生的祖母，咔嚓一声自己为自己接生时用剪刀剪断妹妹脐带的母亲，蹚过河的小弟，一生爱着他的妻子，还有自己的爱女、女婿，直至曾经给自己系过领带的岳父大人，用他美妙的笔，都一一将其呈现，从而演绎出一曲美妙的亲情大合唱。

说起贤根的乡恋情结，《寻找长城脚下的乡亲》，堪为精彩。

明朝时期曾有一支威震天下的戚家军，他们在戚继光的率领下，南平倭寇，北守长城。而胸怀使命、勇于担当的军旅作家王贤根风餐露宿、行程千里所要寻找的正是那支应戚继光之招，前来京北守城的"南兵"后裔，因为这南兵里绝大多数都是他的义乌同乡。这一笔很重要，如果不是贤根把他们写出来，或许根本就不会有人知道那位南兵后裔、长城的守护者张鹤珊以及其父张世文抗击日寇的动人事迹；也就更难了解在京北蜿蜒千里的长城脚下，至今还居住着那么多的"南兵"后代。

感谢这位肯担当有情怀的军旅作家，如果不是他的辛苦挖掘，当年那些曾经为国家为民族献了青春又献子孙的义乌人，或许就永远被淹埋在历史的尘埃中了。

大格局大心怀是王贤根散文写作的基本盘。

看一个作家及其作品是否优秀，除了谋篇布局及其支撑的语言文字和写作手法是否有魅力，更要看重他对国家命运、民族前途及其所在时代状况的关注度如何。千百年来，能够产生影响并流传至今的一些优秀散文，大都符合了这一理念。如果以此来衡量王贤根的散文，应当说是立得住的。

这样说虽然算不上什么命题，但贤根的不少散文是蕴含了这一要素的。比如，除上面所说《寻找长城脚下的乡亲》之外，其他如《将军石》《雨中三湾》《走进罗布泊》《"神舟"升起的地方》《寻访阿房宫》《寂寞关陵》《遥桥古堡》等篇章，都或隐或显地透露出他志向高远、放眼历史、关注民族兴衰和国家命运前途的军人情怀。

熟悉贤根的人知道，他谦虚正直，为人低调，虽然当初早有一部发行三十万册的巨著《援越抗美实录》问世，且被境内外诸多媒体选载，而他却从未以此作为资本炫耀，依然怀着一种善良的心愿，真情地《走在寻找的路上》：寻找"不老的青山"，寻找"珍贵的书简"，同时也在寻找自己的文学梦。这位把双足扎实地踩在地上的作家，至今也未停下寻找的脚步，从边疆北陲，到雨中三湾，从《老槐树下》到《金阁山》，每一步都留下了他深深的脚窝。

20世纪90年代末，因参与编辑《心灵相约——当代名家散文精选》一书，曾约请著名作家、时任中国作家协会书记处书记高洪波先生作序。他在序中说：这世界有一种东西很珍贵，有时候它离人们很远，有时候它离人们很近。它就是心灵。现在读贤根的这本散文集，深感他正是一位用心灵写作的作家。不然，就不会有这么多打动人的文章，更不会读得人泪流，同时也使人对贤根的为人平添几分敬意！下面就让我们采撷文集中的几段文字，以领略他心灵的土地上正在绽放的一束束花朵：

> ……我小时候做过许多许多荒唐的调皮捣蛋的事，故乡的亲人、朋友、同学都原谅了我，宽容了我。故乡如同我的家人，包容了我的优点与缺陷，包容了我的一切。后来我走远了。走到哪儿思念到哪儿。这种思念成为习惯，成了我生命的重要部分。故乡人的喜怒哀乐，故乡人的爱恨情仇，都是我的财富。亲人朋友对我的爱，融化在血液里；对我的恨，铭刻心间。恨我不成钢，恨我当年不娶她，恨我不常回家看看……走遍天涯海角，故乡依然是故乡，"我是故乡的一条狗"。

不难看出，贤根不但是思乡的"情种"，而且还思得真想得切，甚至以锋利的笔勇敢地对准自己，把心灵解剖给人看。

再如：

> 9月8日，北京已经感到秋日西风的凉意了。上午，我只好给她爱人打电话，几次拨号，不是等会儿再拨就是没有信号，后来就成了关机状态。我以为他在开会，待中午再拨，仍

是关机。我的心重了起来。下午五时许，再度给她爱人打电话，手机里传来低沉、悲痛的声音："小玲走了！"

我头脑"嗡"的一阵，"什么时候？""今天，一下子，几分钟……"我说："前天她还跟我通话！"他说："本想转院到上海或北京，可……"我一时无语。一天多我心生疑端，但万万没想到，劫难会落在这么一位年轻且具才华的女子身上，会落在这么一位执着地做着文学美梦的金小玲身上。

一颗有着旺盛文学潜质的生动的心，突然停止了跳动！一颗正在升起的文学新星，就这般陨落了……放下手机，我靠在椅背上许久，许久……

转眼五个月过去了，雪花飘零，已是四九寒天。明天是除夕，故乡的风俗，这天要拜坟烧香。小玲的亲人，这两天一定在念叨她活着时的一些事，小玲的文友们也会念及她的为人为文。作为身在远方年长些的文友，在这时刻，我谨以《一位未来文学家的纪念》遥寄哀思吧！

一位很有前途的年轻文学之星不幸陨落了，他痛苦，他悲伤。泪水打湿了他的梦境，惋惜沉重了无数个黎明！这就是贤根，总是以善良的心、多思的笔，寄情那些曾经占据他心灵空间的亲人、朋友，直至山水物事。

真心真情真意　热肠热面好人

——访著名作家肖复兴

　　说起肖复兴，人们并不陌生，知道他出版过三十多部著作，是一位很有名气而且名声很好的当代作家。他写知青的报告文学，一篇《啊，老三届》，曾经强烈地震撼过一代人的心灵；他写中学生题材的青春派小说《早恋》等，又使千千万万少男少女们情不由己地走进一个梦幻般的世界；近年他写散文，一篇《母亲》，直感动得孙道临很快便把它搬上了银幕。当倪萍在中央电视台《综艺大观》节目里朗诵《母亲》片段时，又惹得现场和电视机前的观众们一个个涕泪纵横。

　　商念疯涨，真情枯萎。有人说，人心已经麻木。莫非肖复兴有什么魔法，不然，怎能把那么多各式各样的"心"，一下子泡进由他挖掘出的感情的清涟中接受浸润呢！秋日，一个阳光普照的下午，我登门拜访了他。

　　肖复兴面色白净，中等身材。微微发胖的体形，展示着中年人的风度。复兴说话很有底气，且谈锋犀利。关于他的热情、真诚和朴实，结识过他的朋友都说，和复兴一见面，会产生一种一见如故的亲切或相见恨晚的感觉。就这样，在一种无既定题目、轻松自如的气氛中，我们开始闲聊。

　　肖复兴祖籍河北沧县，自幼长于北京，曾到北大荒插队，当过大中小学老师，毕业于中央戏剧学院。显然，他和他的同龄人一样，属于出生时连天炮火、上学时遇上"文革"、一毕业就上山下乡、返回城只好待业的那拨儿。他家境贫寒，加上幼年丧母，过多的酸楚和不幸，丰富了他的人生阅历，同时也给了他一个多思善感的情怀。

人世间真假善恶共存，生活的两面使复兴看透了人生世态。他不抱怨，不自弃，在冷寂的暗夜中燃亮心中的火把，在荒漠的旷野里寻找自己的绿洲。他读书，拼命地读；他写作，真诚地写，用喷发的情蘸着滚烫的血；写身边的人和事，写历尽沧桑的小人物，从黑夜一直写到黎明……1971 年春天，他发表在刚刚复刊的《黑龙江文艺》（即《北方文学》前身）上的散文《照相》，就是他被发配去猪号喂猪时，在猪食棚里写成的。

对于那段艰辛岁月里的不幸，复兴是深有感触的，甚至可以说改变了他的一生，连后来的报告文学《啊，老三届》里也注入了它的营养。

说起当年的长篇报告文学《啊，老三届》，复兴意犹未尽。他说，对于这些同辈人，我对他们一往情深。下乡、插队，曾经给予他们不知多少难以说尽的痛苦包括悲欢离合的故事，同时也给予过他们青春独一无二的风景线；返城，他们又默默地嚼碎了旁人难以想象的辛酸苦辣，为国家做着贡献。这是一代可尊敬的人。为了解他们，我骑车在北京城穿街走巷，寻找着他们也寻找着我自己。我得老老实实地承认：那里边的人物融进了我的感觉、我的感情。我写的是他们，同时也写的是自己，写的是一代人的历史和心路。

对于昨天的成功，复兴说："人生的意义不在于成功，而在于追求的过程。这样我们才不会匍匐在成功脚下成为爬行动物，而会永远站着，走着，顶天立地。"

关心复兴的读者曾问及，肖复兴近几年短小的散文随笔很丰收，怎么不见了他的鸿篇巨制？

是这样。复兴介绍说，自 1989 年后，自己停止了报告文学的创作，尽管有时也写点小说，但主要精力却转向了散文随笔，几年来已出版《雪痕》《情丝小语》《都市走笔》《父亲手记》《今朝有酒》《复兴随笔》等六本散文集，计八十余万字；同时还为《大连日报》《今晚报》

《中国妇女报》《当代人》等报刊为其开设的专栏及时撰写不同题材的稿件。

一聊起当前散文创作的盛况，复兴谈兴甚浓，滔滔不绝地倾吐了他的见解：

散文是一种古老而新鲜的艺术，我国"五四"之后的 30 年代曾经有一个空前繁荣时期，并因此出了一批大作家，如鲁迅、叶圣陶、冰心等人。进入 20 世纪 90 年代后，市场经济兴起，人们生活节奏加快，加上逐步杂志化的报纸的增加和对市场的占领，使散文脱下了华贵的披风，走进了寻常百姓家。散文需求量的增多，迫使一些作家不得不调整了自己的态势和角度。不仅散文家写，一些小说家、诗人，甚至学者、理论家也加入了散文创作的行列，使散文从以往多少年的陪衬、铺垫上升到了主角的地位。说文学走进了低谷，只是指某一方面，就散文而言，却是空前的活跃。可以说，与 30 年代散文最辉煌时期相比并不差。无论其政治含量、感情色彩，还是语言的丰富性上，都有较大的继承和发展。当然，就总体质量而言，大多数散文尚不能尽如人意，平庸之作尚不少见。萝卜快了不洗泥，有人粗制滥造。一些名家的作品不见得就高，一些习作者的散文也不见得就低。所以，我们应该看到，散文在空前繁荣的同时也在空前堕落，不论是名作家还是习作者，都应认真、慎重地对待，散文不能因自己的平庸、造作、程式化、太艺术化而被糟蹋。

话到这里，复兴还说，他不赞成那些一会儿上岸一会儿下海、患得患失翻跟头的作家。尽管这世界充满了诱惑，但作为一个文化人，不能过多地去凑花红柳绿的热闹。

当话题转到写散文《母亲》一文时，复兴很动情地说，真诚、真情实感永远是作家创作的原动力；勇敢地解剖自己，审视自己，是作家对社会所负的一份责任。因为作家在审视和解剖自己时，同时也在审视解剖一批人。《母亲》也只是解剖了自己的一部分。文化人的心理其实很脆弱，常常不能面对现实，不敢面对生活。有些作家不是缺少语词，不是缺少能力，缺少的是解剖自己的勇气。所以中国也减少了卢梭式的大作家。对于那些像孔雀一样，总爱藏起屁股，只把美丽的羽毛给人看，甚至连自己曾经卑微的门第都羞于说出的人，复兴指责他们为假贵族。

复兴的小说《早恋》等中学生三部曲发表后，曾在少男少女中引起强烈反响，数不清的读者来信雪片般飞落他的案头，有时要用提包往家里装。这么多的信，肖复兴如何对待呢？

他以为，那里有青少年们滤尽了杂质的人世间最纯洁的情感，他十分珍重这份友谊和信任，每一封信都认真阅读，有的及时回了信，有的还念给全家人听。复兴的爱人孙广珍说，有的信写得真好，直念得我们全家人一起流泪。

了解肖复兴的人知道，他不但关注他的同龄人"老三届"，也十分关心和爱护青少年的成长进步，他与云南思茅一女中学生保持六年通信联系的事，曾一度被朋友们传为佳话。

六年前的一个秋天，复兴收到一封从云南思茅辗转四个月才寄来的信。打开一看，他惊呆了，泪水一下子模糊了眼睛。那信是一个十四岁的女中学生写来的。说她在思茅县城上中学，因为母亲是农村户口，每学期要交一百五十元的"议价学费"。她父亲是县城的建筑工人，每月工资养活全家五口人已经力不可支。每学期开学这一天，就成了她最害怕的日子。这一天，为了这倒霉的"议价学费"，她一时怎么也想不开，竟然用绳子吊在房梁上，把头伸进去想自杀。幸亏她妈妈及时发现了她……就在那天晚上，她给复兴写了这样一封令人心碎的信。信笺上还落有她的泪痕。

这是一个小姑娘悲愤的心声与殷切的期待呀！复兴捧着信心绪万端，泪流满面，连夜给她写了回信。我知道姑娘的第一封回信，很感人。她说当收到回信时，猜到一定是肖叔叔写来的，她的心怦怦直跳。还没顾得看内容，只看了一下落款，就伏在课桌上哭了起来……

多么真挚的人间友情啊！就这样，至今他们已保持了六年的通信

278

联系。

　　受到肖复兴关心爱护的青少年们何止于此呢。有的少年因不理解父母的管束想离家出走，有的学生感到前途无望对人生失去信心和勇气……甚至连自己的父母不能告诉的话，都向他一吐心声。复兴从来也不觉麻烦，都认真地和他们交朋友，把温暖，把爱心，把鼓励和期望，托飞鸿一一传递给他们。这些通信，复兴说已积攒二十万字，本没想到出书，多了，收集到一起也成了书，刚刚出版的《和当代中学生通信》，就是这方面的内容。这是他所有书中最特殊、超乎文学之上，复兴说也是他特别看重的一本书。

　　复兴同志有一个很幸福美满的家庭，妻子孙广珍贤淑善良，儿子肖铁正读初中，功课很棒，今年上半年曾获"世界华人日记大赛"中学组一等奖。肖铁很有性格，不喜欢人说他是肖复兴的儿子，因为他要用自身的能力去证明自己的存在和实现人生价值。复兴说肖铁在报纸上发表的文章，包括获奖的日记，开始家里一点都不知道。

　　和复兴交谈感觉时间特别快。该告辞了，我冒了一句："像您这样一位事业有成、家庭美满的人再不会有什么忧虑和痛苦了吧?""怎能会没有呢。忧虑和痛苦是引发思考的导火线，思考则是作家冶炼生活之矿石的火焰。"

　　反复咀嚼复兴的这段话，我想这火焰一定能使他再度冶炼出一块又一块真金，沉甸甸，光灿灿，世界缘它的出现而增值。

1994 年 9 月　北京

图书在版编目(CIP)数据

好人总在心里 / 张庆和著. －－北京：中国文史出
版社，2022.1

（跨度新美文书系）

ISBN 978－7－5205－3240－2

Ⅰ．①好… Ⅱ．①张… Ⅲ．①散文集－中国－当代

Ⅳ．①I267

中国版本图书馆 CIP 数据核字（2021）第 201605 号

责任编辑：薛未未

出版发行：**中国文史出版社**

社　　址：北京市海淀区西八里庄路 69 号院　　邮编：100142

电　　话：010－81136606　81136602　81136603（发行部）

传　　真：010－81136655

印　　装：廊坊市海涛印刷有限公司

经　　销：全国新华书店

开　　本：720×1020　1/16

印　　张：18.25　　　字数：263 千字

版　　次：2022 年 1 月第 1 版

印　　次：2022 年 1 月第 1 次印刷

定　　价：63.00 元